織島かのこ

illustration

ただのゆきこ

嘘つきリップは恋で崩れる

七《なな》瀬《せ》晴《はる》子《こ》
大学一回生。キラキラ系美女。
ファッションが好き。

「大事なものなの。
拾ってくれてありがとう、
相楽くん」
彼女はそう言って、笑みを浮かべる。
うちのゼミきっての美女が
俺の名前を知っているとは、驚きだ。
こんな地味な男のことなど、認識していないと思っていた。

七《なな》瀬《せ》晴《はる》子《こ》（裏）
大学デビューの地味メガネ。
可愛いは化粧で作るもの。
料理が得意。
「素顔のわたしを知ってるのは、
相楽くんだけだから」
七瀬

「おまえが根っから
キラキラ女子になれたら、
俺に関わる必要なくなるだろ」
相楽《さがら》創平《そうへい》
大学一回生。
おひとりさま主義。
万年金欠のバイト戦士。

視界に、浴衣を着た女性の後ろ姿が飛び込んできた。
綺麗だ、と思った。
何より、姿勢が良い。
後れ毛はゆるくウェーブがかかっていた。
襟元から覗く首筋は華奢で、驚くほどに白い。

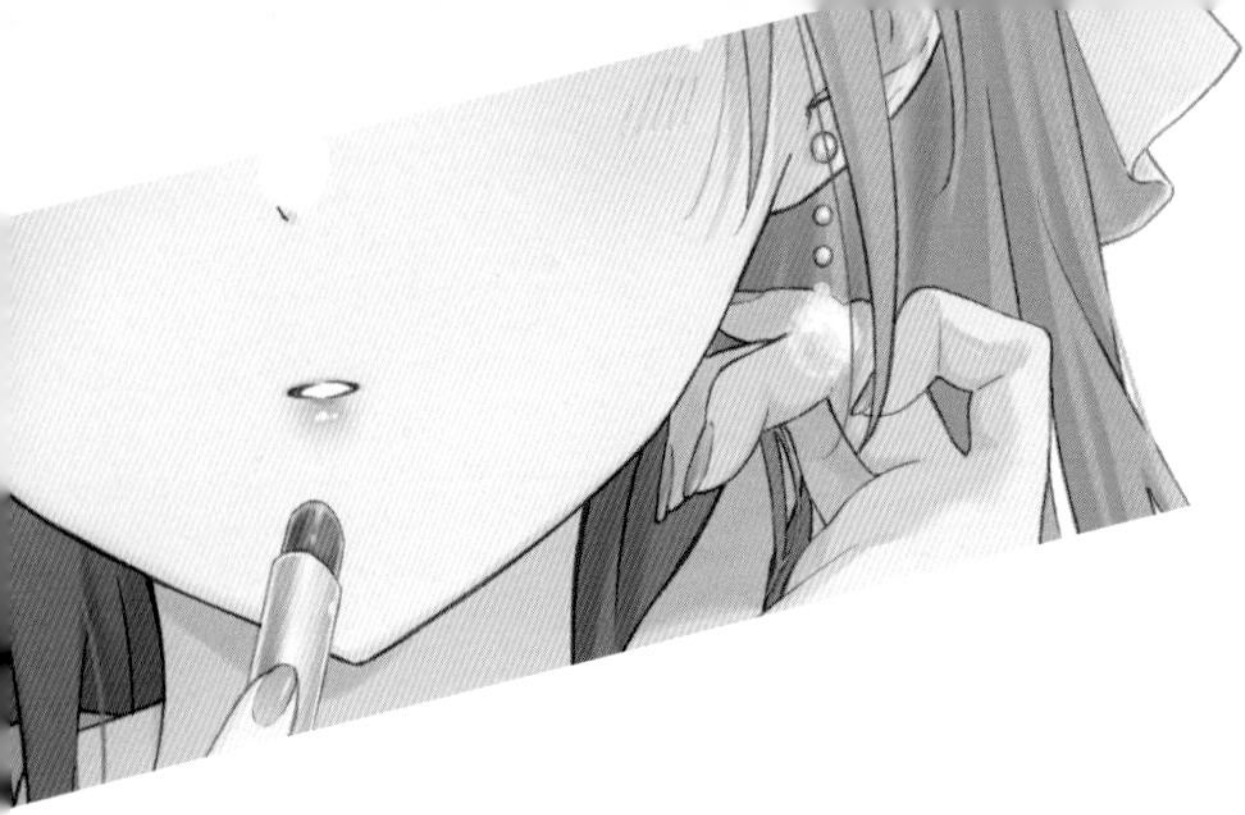

CONTENTS

usotsuki lip
ha koi de kuzureru.

嘘つきリップは恋で崩れる

織島かのこ

GA文庫

カバー・口絵・本文イラスト
ただのゆきこ

第一章　君と出逢った春

usotsuki lip
ha koi de kuzureru.

俺《おれ》の大学生活を大きく変えたその日は、特別なことはない、ごくありふれた平日だった。

駐輪場に自転車を停《と》めると、ポロシャツの袖《そで》で額を流れる汗を拭った。今日は天気が良く、五月の半ばにしては気温もかなり高い。自転車を三十分も漕《こ》ぐと汗だくだ。京都の暑さは湿度が高く、かなり厳しいと聞いている。無事に夏を越せるか否か、今から心配でたまらない。

ゴールデンウィークが終わると、大学構内の人口はぐっと少なくなる。入学してから今までは真面目《まじめ》に来ていた一回生が、次第にサボることを覚えるから、らしい。五月病に罹患《りかん》し、そのまま大学に来なくなる奴《やつ》もチラホラいるようだ。

校舎へと歩き出したところで、がしゃん！　と大きな音が背後で響いた。

振り向いた俺の目に飛び込んできたのは、倒れた自転車と、女子学生の姿だった。自転車のカゴに入れていたらしい鞄《かばん》の中身がぶちまけられており、彼女は慌ててそれらを拾っている。

そのとき俺の足元に、何かが転がってきた。ごく小さい円柱状の物体――たぶん、口紅だ。拾い上げて、彼女の背中に向かって声をかける。

「……あの、これ」

彼女は、はっとしたように面を上げる。顔を見た瞬間に、あっと思った。

くるりとカールした長い睫毛《まつげ》、ぱっちりとした二重瞼《ふたえまぶた》、吸い込まれそうに大きな瞳《ひとみ》、抜けるような白い肌、ツヤツヤとした桃色の唇。思わず一瞬見惚《みほ》れてしまうような、キラキラと光り輝く美女だった。

えーと、たしか同じゼミの……名前、何だっけ。

思い出そうとしているうちに、彼女は俺の手元の口紅を見て、ホッとしたように頬《ほお》を緩めた。

「あっ、わたしの……！」

彼女はひどく大切そうに、俺からそれを受け取った。白い指は華奢《きゃしゃ》で、ピンク色の爪《つめ》には小さな石が輝いている。

「大事なものなの。拾ってくれてありがとう、相楽《さがら》くん」

彼女はそう言って、笑みを浮かべる。うちのゼミきっての美女が俺の名前を知っているとは、驚きだ。こんな地味な男のことなど、認識していないと思っていた。

俺は倒れた自転車を戻してやると、「それじゃあ」と言って、その場から立ち去る。背後から「ありがとう！」という声が聞こえたが、振り向かなかった。あんな目立つ美人とは、関《かか》わらない方が吉だ。

芝生広場を横切ると、四人ほどの男子グループが座り込んではしゃいでいるのが目に入った。そのうちの一人に、見覚えがある。名前は覚えていない。向こうもこちらに気付いたようで目が合ったが、そのまま通り過ぎた。特に挨拶《あいさつ》する間柄でもない。

そもそも俺はこの大学に、挨拶を交わすような人間はいないのだ。

大講義室に入ると、迷わず最前列のど真ん中に陣取った。水曜三限の授業は、教授の声がボソボソと小さく、何を言っているのか聞こえづらい。昼食後というコンディションもあいまって、生徒のあいだでは〝昼寝タイム〟と評判である。

講義室の後方では、派手な風貌の男女が大きな声で話していた。会話の内容からして、社会学部の学生だろう。不思議なことに、なんとなく学部ごとに学生のカラーが出るものだ。ちなみに、俺は経済学部である。

次第にぱらぱらと人が増えてきて、席が埋まり始める。授業開始まで、あと五分。

「……あの。ここ、座ってもいい？」

囁《ささや》くような声が聞こえて、俺は顔を上げた。明るい栗《くり》色のロングヘアが、目の前でさらりと揺れる。花のような甘い匂《にお》いが漂ってきて、思わず唾を飲み込んだ。

つい先ほど、口紅を拾ってやったキラキラ美女だ。名前はまだ、思い出せない。

「え、あ、うん」

そう答えた声は、僅かに裏返ってしまった。くそ、なんで緊張してんだ、俺。

「お邪魔します」

そう言って微笑《ほほえ》んだ彼女は、やや遠慮がちに俺の隣に腰掛けた。

「相楽くん、さっきはありがとう。この授業取ってたんだね」

「……ああ」

「この先生、声ちっちゃいよね。後ろにいると、聞こえづらくって。でも授業は面白《おもしろ》いから、今日は前に座ってちゃんと聞こうと思ってたんだ。急に声かけて、ごめんね」

「……いや」

一人で喋《しゃべ》る彼女に対し、最低限の相槌《あいづち》を打つ。俺には気の利《き》いた返答はできないし、するつもりもない。

そこでようやく、彼女の名前を思い出した。たしか――七瀬晴子《ななせはるこ》だ。

この調子でずっとペラペラ話しかけられたら嫌だな、と思っていたが、教授が講義室に入ってくると、七瀬は口を噤《つぐ》んで、真剣な表情でノートを取り始めた。まるで背中に定規でも入っているかのように、まっすぐに背筋《せすじ》が伸びている。

同じゼミといえど、俺と七瀬のあいだに、関わりはまったくなかった。名前以外のことは、何も知らない。まあ別に、俺には関係ないから、どうだっていいんだけど。

どうでもいい、と思いつつも、こっそりと横目で七瀬を観察する。

ウチのゼミの中でも――いや、学内全体で見ても――トップクラスの美人だと思う。同じゼミの男連中が、可愛《かわい》いと騒いでいるのも頷《うなず》ける。服装もなんかよくわからんが、オシャレな格好をしている。俺のような地味なタイプなど、鼻にもかけないだろう。こっちだって、お近付きになるつもりは毛頭ない。

教授の話を真剣に聞いている、完璧《かんぺき》に整った横顔を眺めていると、何故《なぜ》だか懐かしいような気持ちが湧《わ》き上がってきた。

……この顔、いつかどこかで見たことがあるような気がする。どこで見たのだろうかと考えてみたが、どれだけ記憶を辿《たど》っても、こんな美女を間近で見つめたことはない。きっと気のせいだろう、と視線を引き剝《は》がす。

百二十分間の授業が終了すると、テキストと筆箱をショルダーバッグに突っ込んだ。そのとき、七瀬の元に見覚えのある女子が駆け寄って来る。

「ハルコー！　こんなとこ座ってたんや！」

京都に来てからもうずいぶんと聞き慣れた、関西弁だ。名前はわからないが、たぶん、同じゼミだった気がする。つり目が印象的な、やや気の強そうな美人だ。キラキラ美女の友人は、やはりキラキラしているのだな、と思った。

「なあなあハルコ、来週の土曜暇？　うちのサークルのメンバーでバーベキューしようって言うてるんやけど、ハルコも来おへん？」

「あ、そうなんだ。えーと……ちょっと予定確認しておくね」

「先輩から、いつも一緒にいる綺麗《きれい》なコ呼んできてよ、とか言われてさあ。あたしのハルコに手ェ出さんといてくださいね！　って言うといたから！」

「もう、さっちゃんってば」

七瀬はくすくすと肩を揺らして笑う。その拍子に、耳にぶら下がっているゴールドのピアスがキラリと光った。

「授業終わったら、買い物付き合ってー。ついでに新しくできたドーナツ屋さん行こ」

「うん！　行く行く！　わたしも、新作のシャドウ買いたいんだ」

女子の話を盗み聞きするつもりもないため、俺は早々に立ち上がる。次の語学の授業は四号館だ。さっさと移動して、予習でもしておこう。

「あ、相楽くん。またね」

立ち去ろうとしたところで、七瀬がそう言って手を振ってきた。挨拶をしてきたことに驚きつつ、俺は無言で軽く会釈をする。講義室を出る寸前に、「なんなん。あいつ、愛想ないなあ」という声が聞こえてきた。

……またね、と言われたが。今後、七瀬と関わることもないだろう。

入学してからこっち、俺は極力他人と関わりを持たないように努めている。サークルにも部活動にも興味はない。そもそも学生の本分は勉強なのだから、余計なことはせず、授業に出て

試験を受けて単位を取得すべきである。

必要に迫られれば会話ぐらいはするが、友人は一人もいない。恋人なんてもってのほかだ。俺を〝ぼっち〟と揶揄《やゆ》する輩《やから》もいるのだろうが、なんとでも言うがいい。自分の時間を自分のためだけに使えるし、煩《わずら》わしい人間関係に振り回されることもない。ぼっち最高だ。

他人との関わりを極力削《そ》ぎ落とした、おひとりさまの大学生活は、気楽で快適だった。


五限目の授業を終えると、もう陽《ひ》は暮れかけていた。今から帰って飯を食ったら、すぐにバイトだ。深夜シフトは時給が良いのでありがたい。自転車に跨《また》がってペダルを漕ぐと、自宅アパートに向かって走り出す。

俺の出身は名古屋で、四月から一人暮らしをしている。進学先に京都の私立大学を選んだ理由は、とにかく実家を出たかったことと、本命の国公立の試験の日にインフルエンザにかかって、滑り止めの私立に行くしか選択肢がなかったからだ。俺はこういった人生の岐路において、どうにも不運に見舞われがちである。

大学近くの住宅街を抜けて、西大路通りを南下する。行きは上り坂が辛《つら》いのだが、帰りは楽だ。バス停には制服姿の修学旅行生がたむろしており、道を塞《ふさ》いでいる。平日だというのに、バスは観光客で満員だ。バス通学の学生はさぞ大変だろう。

そのまま南へと下がり、三条通りまで来ると、交差点のど真ん中にある線路にぶち当たる。

嵐電《らんでん》と呼ばれる路面電車が走っているのだ。

信号が青になるのを待っているあいだ、なにげなく線路の向こう側に目をやり、おや、と思った。背筋をピンと伸ばして、真《ま》っ赤《か》な自転車を漕いでいる女。風に吹かれて揺れる栗色のロングヘア。今日会話を交わした、七瀬だった。

気付かれると面倒だと判断した俺は、信号が青になった後も少し待って、彼女の背中が小さくなってから、再び自転車を漕ぎ始める。

しかし、いつまで経っても七瀬の後ろ姿が消えないので、やや不安になった。もしかして、結構近くに住んでるんじゃないだろうか。大学からはかなり離れているし、顔見知りに会わないところが気に入っていたのに。

さらに交差点を越えて、七瀬が郵便局の角を西に曲がっていく。俺もノロノロ運転で角を曲がると、七瀬はちょうど自転車を降りたところだった。そのまま古びたアパートの階段を上っていくのを見て、愕然《がくぜん》とした。

「……まじか。同じとこ住んでんのか……」

俺が住んでいるのは築四十年超のアパートで、ユニットバス付きのワンルームだ。オンボロなうえに大学からも遠いが、家賃の安さは圧倒的である。

七瀬は二階の角部屋の前で立ち止まった。バッグから鍵《かぎ》を出して開けると、部屋に入っていく。「うげ」と思わず声が漏《も》れた。

まさか、よりにもよって。隣の部屋に、七瀬が住んでいるとは。そんな偶然があっていいのか。一カ月ものあいだ気が付かなかったなんて、自分が信じられない。

どうしてこんなオンボロアパートに、あんな美女が住んでいるのだろうか。あまりにもイメージと違いすぎて、違和感がすごい。防犯面を考えると、オートロックつきの新築マンションとかに住むべきなんじゃないか。

駐輪場に入ると、七瀬の自転車から一番遠い場所に、自分の自転車を停めた。

アパートの階段を上ると、カンカンとうるさい音が鳴る。鍵を出して、なるべく静かに部屋の中に入った。彼女にバレないよう、今後は気を付けて生活することにしよう。

四月からここに住んでいるが、このアパートは壁が薄く、生活音が筒抜けだ。今までほとんど意識していなかったくせに、すぐそこに七瀬がいると思うと、なんだか落ち着かない。

……ええい、気にするな。ほとんど知らない女だ。

ぶんぶんと頭を振ると、敷きっぱなしの布団《ふとん》の上に、ごろんと寝転がった。

俺の部屋にはテレビもベッドもない。家具といえば、小さなローテーブルがひとつあるだけだ。冷蔵庫と炊飯器、電子レンジはかろうじてあるが、自炊をしないので冷蔵庫の中身はほぼ空っぽだった。たしか、スーパーで三十円で買ったうどんがあった気がする。今日はそれを茹《ゆ》でて、醤油《しょうゆ》をかけて食べることにしよう。食ったらバイトの時間まで仮眠だ。

目を閉じて、そんなことを考えていた、そのときだった。

「きゃあああああああ‼」

隣の部屋からものすごい悲鳴が響く。七瀬の声だ。

慌てて跳ね起きると、部屋を飛び出した。インターホンを押そうとして、一瞬、躊躇《ためら》う。

……このままだと、俺が隣に住んでいることがバレてしまう。

そんな考えに及んだ自分を、頭の中でぶん殴った。馬鹿《ばか》野郎、何か事件だったらどうする！

何事もなければ、それが一番だろうが！

覚悟を決めた、その瞬間。俺の顔面に、何かが思い切りぶつかった。ものすごい衝撃に、思わずその場でよろめく。

「いっ……てぇ……」

目の前の扉が開いたのだと気付くと同時に――胸の中に、柔らかなものが飛び込んできた。

反射的に、それを抱きとめるような形になる。ふわり、と甘い匂いが鼻腔《びこう》をくすぐる。

「ご、ご、ご、ご」

俺の胸に顔を押しつけた女は、明らかに平静さを失っている様子だった。身体を震わせ、喉《のど》の奥から絞り出すように、甲高い声で叫ぶ。

「ご、ゴキブリ‼」

……ああ、ゴキブリ。そうですか。

じんじんという鼻の痛みに耐えながら、ほっと息をつく。俺の顔面はあんまり無事じゃないかもしれないが、まあとにかく、大事《おおごと》ではなくてよかった。

落ち着かせるように、ぽんぽんと七瀬の背中を叩《たた》く。腹のあたりに押しつけられた、柔らかな感触をなるべく意識しないように、内心の動揺を隠して言った。

「殺虫剤ある?」

「え? う、あ、えっと……な、ないです……」

「わかった」

七瀬をやんわりと押し退《の》けると、自分の部屋に戻り、古紙回収に出すつもりだった古雑誌を手に取った。それをぎゅっと固く丸めて、再び外に出る。七瀬に向かって一応「入るぞ」と声をかけてから、部屋の中へと踏み込んだ。

そういえば、女子の部屋に入るのは生まれて初めてだ。ゴキブリを探すついでに、ぐるりと部屋を見回す。

室内に装飾の類はほとんどなかったが、小さなテレビの上には可愛らしいサボテンが置かれていた。巨大なクローゼットと、ハンガーラックにかかった衣類が、狭い部屋をかなり圧迫していた。本棚には参考書がぎっしりと詰まっている。部屋の中央にあるローテーブルには、鏡のついた大きな四角い箱が置かれていた。おそらく、化粧道具か何かが入っているのだろう。

と、ベッドの下から黒いものが、カサコソと這《は》って出てくるのが見えた。古雑誌を振り上げて叩きつける。潰《つぶ》れたそれをティッシュで回収して、外にいる七瀬を振り返った。

「倒した。後で床拭いといて」

「……！　あ、ありがとうございます！」

しゃがみこんで震えていた七瀬が、ぱっと顔を上げた。彼女の顔を見た瞬間に、何が起こったのかわからず、脳が混乱する。

……今俺の目の前にいる女は、一体誰《だれ》なんだ？

「……な、七瀬？」

そこにいたのは、俺が知っている七瀬晴子ではなかった。

すれ違ったら次の瞬間には忘れてしまうような、地味で素朴な顔だった。赤縁の眼鏡《めがね》に、紺色のジャージ姿で、栗色のロングヘアは無造作に二つに結ばれている。

目を瞬《またた》かせた七瀬の顔が、さーっと青く血の気を失っていくのがわかった。

「さ、さ、さ、さがら、くん」

ぱくぱくと、酸欠の金魚のように口を開け閉めさせている彼女の顔を見た瞬間――俺の脳裏に、ある記憶が蘇《よみがえ》った。あっと声が出そうになったが、すんでのところで堪える。

「……さ、相楽くん。ど、ど、どうして、こんなところにいるの？」

よくよく考えてみると、彼女にしてみれば、親しくもない同じゼミの男が、急に部屋に押しかけてきた形である。非常事態だったとはいえ、ストーカーだと勘違いされても仕方がない状況だ。警察を呼ばれてしまう前に、慌てて弁明した。

「あ、いや、俺。おまえの隣に住んでて……そしたら悲鳴が聞こえたから、それで」

「え⁉　そ、そうだったの？　全然、知らなかった……」

「俺も、今日気付いたんだけど」

「ご、ごめんね。うるさかったよね」

大学で見るときよりも、やや自信なさげな、弱々しい声だった。普段はもう少し、堂々としているように見えるのだが。

「あ、あの……た、助けてくれてありがとう、相楽くん」

七瀬はそう言って、ぺこりと頭を下げた。あまりに素直に礼を言われて、戸惑う。

もちろん嘘《うそ》はひとつも言っていないが、俺の話をあっさり信じるあたり、ちょっとお人好《ひとよ》しすぎないか。俺がタチの悪いストーカーだという可能性だって、なくはないんだぞ。

とにかく、早くこの場を立ち去った方がいいだろう。これ以上、彼女と関わるつもりもない。

「……じゃ、俺はこれで。このアパート結構虫出るから、殺虫剤買っといた方がいいよ」

これで、お互い素知らぬフリでさよならだ。俺と七瀬は明日からも他人として、お互い関わり合いになることなく過ごしていく。俺の快適なおひとりさまライフは守られる。

「待って！」

立ち去ろうとしたところで、パーカーの裾《すそ》を摑《つか》まれた。

「あの……びっくりした？」

「何が？」

「わたしの、すっぴん……全然、いつもと違うでしょ」

七瀬が不安げに問いかけてきた。否定するのも嘘になると思ったので、「うん」と頷《うなず》く。

今目の前にいる女が、同じゼミのキラキラ美女と同一人物だとは、到底信じがたい。決して醜いということではなく、パーツのひとつひとつは整っているけれど、どうにも地味で素朴な印象を受ける。普段のような華やかさはない。化粧の力って、すごい。

「……だ、誰にも言わない、でね」

どうやら彼女は、自分の素顔が地味であることを、俺が周囲に言いふらすのではないか、と危惧しているようだ。それは無用な心配である。

「言わねえよ。俺、友達いないし」

俺の言葉に、七瀬はホッとしたように目元を緩めた。化粧をしているときとはまた違う、穏やかで優しげな印象を受ける。

「よかった。ほんとに、誰にも知られたくないから……わたし、高校時代まですごく地味で、いわゆる、大学デビューっていうか」

「うん、知ってる」

思わず言ってから、しまったと思った。

「……え。な、なんで？」

　七瀬は不思議そうに、首を傾げている。観念した俺は、やむなく打ち明けることにした。

「七瀬……出身、江諒《こうりょう》高校だろ」

「え、ど、どうして知ってるの⁉」

「……俺、おまえと高校同じだよ」

　地味な素顔の七瀬を見たとき、俺の脳裏に蘇ってきたのは。ほんの数カ月前の、高校時代の記憶だった。図書室のカウンターに座って勉強している、地味で真面目な図書委員。

　七瀬晴子は、俺の高校の同級生だ。

　とはいえ、思い出話に花を咲かせるような関係でもないし、そんなつもりはなかった。そもそも、知らない相手から一方的に顔を覚えられているなんて、七瀬にしてみれば気持ちが悪いだけかもしれない。

「え⁉　う、嘘でしょ⁉　そ、そんなことってある……⁉　し、信じられない……」

　七瀬は啞然《あぜん》としている。正直なところ、俺も同感だ。高校が同じで、同じ京都の大学に進学して、しかもゼミまで同じで、隣の部屋に住んでいるなんて。ここまでの偶然が重なるのは、天文学的確率だろう。

「一応、言っとくけど……ストーカーとかじゃ、ないからな」

「え？　う、うん。わかってる」

「俺は七瀬の名前知らなかったし、顔変わりすぎてて、まったく気付いてなかった」

「ごめんなさい。わたし……相楽くんのこと、覚えてなくて……」

七瀬がしょんぼりと目を伏せた。毎日図書室に来ていただけの地味な男のことなど、覚えていなくて当然だ。だから、そんなに申し訳なさそうにしないでほしい。

「……全然、関わりなかったし。それに俺、高校のときから苗字《みょうじ》変わったから。思い出せないのが、普通だと思う。大学で話しかけたりしねえから、安心して。じゃあな」

早口でそう言い捨てると、今度こそ振り向かずに、彼女の部屋を出た。すぐに自分の部屋に戻って、小さく息をつく。

もしも七瀬が、自分の高校時代を周囲に知られたくない、と思っているならば。彼女が今後、俺に話しかけてくることはなくなるはずだ。自分の過去を知っている人間なんて、関わりたくないに決まっている。

孤独を望む俺にとっては、その方が好都合だ。

今日は予想外の出来事が起こったが、明日からは平穏無事な日々が戻ってくるに違いない。安堵《あんど》した俺は、うどんを茹でるために、鍋に水を入れてコンロにかけた。

◇◇◇

わたしは、化粧をすることが好きだ。

化粧下地の上からファンデーションを塗ってチークを乗せると、真っ白く透き通った美肌と血色の良い頬になる。二重テープをつけて、つけまつげを乗せて、アイラインを引くと、アイドルのようにぱっちりとした大きな目になる。冴《さ》えない地味な顔が、自らの手によって華やかに変化していくのは、真っ白いキャンパスに絵を描くようで楽しかった。

一番最後に、唇に口紅を塗って、鏡に向かってニッコリと微笑む。そうすると不思議なことに、ふつふつと自信が湧いてくるような気がするのだ。

そのとき、隣の部屋の扉が閉まる音がした。今は朝の八時だ。明け方に帰ってきたのに、もう学校に行くらしい。いつ寝てるんだろう、と心配になってしまう。

……まさか、同じゼミの男の子が、お隣に住んでたなんて。しかも、わたしの高校の同級生だったなんて……。

彼――相楽創平《そうへい》くんと会話をしたのは、昨日が初めてだった。なにせ、彼は誰とも関わろうとしないのだ。いつも講義室の最前列に座って、真剣に教授の話を聞いている。みんなは、「アイツ、ほんま真面目やなあ」と呆《あき》れたように言っていたけれど、わたしは彼に親近感と好感を抱いていた。真面目さは美徳だ。少なくとも、わたしはそう信じている。

高校までのわたしは、真面目さしか取り柄のないような女だった。

制服を着崩すことも、髪を染めることもしなかったし、メイクなんてもってのほかだった。常に無遅刻無欠席で、休み時間も机にかじりついて勉強ばかりしていた。おかげで成績だけは良かったけれど、ただそれだけだった。

別に、物を隠されたり無視されたり、陰口を叩かれたりしたわけじゃない。でも、クラスメイトはわたしに対して、どことなくよそよそしかったし、授業で二人組を作るときには、わたしは必ず最後まで余った。

――七瀬さんは真面目だからさ、あたしらとはちょっと違うよね。

お情けで入れてもらえた修学旅行の班の女子たちは、悪気なんて少しもないですよ、という態度でそう言った。わたしも、まるで傷ついてなんていないですよ、という顔を装って「そうだね」と答えた。その後はなるべく邪魔にならないように、じっと黙って、少し離れたところから、後ろをついて歩いた。修学旅行の記憶は、クラスメイトの背中しか残っていない。

わたしの高校生活は、空っぽだった。思い出なんて何ひとつない。ただ毎日登校して、呼吸をしていただけ。友人と呼べる人間は、一人もいなかった。恋人どころか、好きな人だってできなかった。

わたしだって、みんなみたいにキラキラした学校生活を送りたかった。オシャレして友達と遊んで、少女漫画みたいな恋をして、彼氏とデートしてみたかった。

――今からでも、遅くないんじゃない？　きっと、充分間に合うよ。

そう言って背中を押してくれたのは、わたしの憧《あこが》れの存在である従姉《いとこ》だった。美人で社交的で優しい従姉のことを、わたしは〝おねえちゃん〟と呼んで、実の姉のように懐いていた。

──でもわたし、おねえちゃんみたいに可愛くないもん。

──大丈夫。晴子はこれから、いくらでも可愛くなれるんだよ。

従姉はそう言って、わたしに口紅をプレゼントしてくれた。それが、わたしが生まれて初めて手に入れた、化粧品だった。

それからわたしは、おねえちゃんの母校である、京都の大学を受験した。地元を離れて、これまでのわたしのことを誰も知らない場所で、やり直したかったのだ。

合格通知を受け取ってすぐ、化粧品を一式揃《そろ》えて、服やアクセサリーを買った。美容院に行って髪型を変えて、ピアスの穴を開けた。小学校の頃からコツコツと貯《た》めていたお年玉はあっという間になくなってしまったけれど、清々《すがすが》しい気持ちだった。

わたしは変わる。きっと変われる。絶対、変わってみせる！

そう決意したわたしは、薔薇《ばら》色の大学生活を夢見て、京都にやって来たのだった。


お化粧をした後ぼうっとしていると、いつのまにか五分も経《た》っていた。しまった、朝の貴重な五分間を浪費してしまった。

クローゼットの中から服を選んで着替えると、高めの位置で髪をひとつに結んで、毛先を軽く巻く。アップスタイルにするから、ピアスは大ぶりのものにする。このあいだ買ったオープントゥのパンプスを履《は》いていこう。そんなことを考えているだけで、心がウキウキと弾んでいく。自分に似合うオシャレを考えるのは楽しい。

日焼け止めをしっかり塗ってから、部屋の外に出る。ちょうど、大家さんが花壇に水を撒いているところだった。アパートの大家さんは、わたしのおばあちゃんくらいの年齢だ。

「おはようございます!」

そう声をかけると、大家さんは目を細めて「おはようさん」と返してくれる。

「今日はええ天気やけど、暑なりそやねえ。気ぃつけてな」

「はい、いってきます」

ぺこりと頭を下げてから、自転車に跨がる。背中を丸めた大家さんは、優しい笑みを浮かべて見送ってくれる。小さく手を振ると、振り返してくれた。

少し前までのわたしなら、きっと蚊の鳴くような声で挨拶をした後、下を向いて通り過ぎていただろう。わたしは大きく息を吸い込むと、力いっぱいペダルを漕ぎだした。


アパートから自転車で三十分ほどで、大学に着く。朝早いからか人は少なく、校舎から一番近い駐輪場に自転車を停めた。キャンパス内を歩いてると、ポンと肩を叩かれる。

「ハルコ! おはよ!」

わたしに声をかけてきたのは、白のシャツに細身のダメージデニムを穿《は》いた、綺麗な女の子だった。ややつり目がちで、しなやかな猫を思わせるような風貌だ。

「あ、さっちゃん。おはよう！」

彼女はさっちゃん――須藤早希《すどうさき》ちゃん。彼女はわたしが大学に入ってから、初めてできた友達だ。

仲良くなったきっかけは、ゼミの説明会。講演の途中で、さっちゃんが「あの教授、チベットスナギツネみたいな顔してへん？」と声をかけてくれたのだ。わたしは教授の顔を見た後、思わず吹き出してしまった。

その後、二人で大学構内にあるカフェでお茶をして、ＬＩＮＥを交換した。買ったばかりのスマートフォンに、家族以外の連絡先を登録したのは初めてだった。

――初めて見たときから、絶対ハルコと友達になりたかってん。

アイスティーを飲みながら、さっちゃんはそう言って笑った。

同じゼミの女子は、わたしを含めて五人しかいない。その中で、さっちゃんのように綺麗でオシャレな女の子が、わたしに声をかけてくれたことが嬉《うれ》しくて誇らしかった。きっと今までの自分だったら、彼女に選ばれなかっただろうから。

七瀬さんはあたしらとは違うよね、というかつてのクラスメイトの言葉は、今も胸の奥に黒い染みとなってこびりついている。

わたしの隣を歩くさっちゃんは、口を手で押さえて大きな欠伸《あくび》をした。

「ほんま一限だるいわー。昨日もサークルの子らと遊んでてさあ」

「さっちゃん、家遠いから大変だね」

「ほんま、ゆうべ終電で帰ったのに、今日も六時に起きてん。めっちゃ化粧てきとー」

そう言われて、さっちゃんの顔をまじまじと見つめる。ややつり上がった瞳は灰色がかった綺麗な色をしており、鼻筋はすっと通っている。彼女は適当なメイクでも美人だ。わたしなんて、メイクに一時間以上かけてるのに。

「ハルコ、来んの早いな。あたし阪急ちょうどいい時間なくて、早めに着いてしもた」

さっちゃんの言葉に、わたしは手首の腕時計に視線を落とす。時刻は八時四十五分。授業が始まる十五分前だから、早すぎることはないと思うのだけれど。どうやら大多数の学生にとっては、始業ギリギリに講義室に飛び込むくらいが〝ちょうどいい〟らしい。

「いいなあハルコは、一人暮らし」

さっちゃんは大阪にある実家から、阪急電車と市バスを乗り継いで通学している。一時間半もかかるから早起きが辛いのだと、以前愚痴を零《こぼ》していた。

「でも大学遠いし、そんなに便利じゃないよ」

「いつか終電逃したら泊めてな。てか、遊びに行きたい！」

「う、うーん……うち、狭いからなあ……」

わたしはそう答えながら、六畳一間の我が城のことを思い浮かべた。あそこに友達を呼ぶのは、ちょっと気が引ける。暮らしやすさよりも、安さを優先してしまったので仕方ない。敷金礼金ナシの家賃四万円。場所を考えると、破格の物件である。生活費はできる限り、化粧品や洋服に注《つ》ぎ込《こ》みたい。

それにしても、オンボロなのはわかっていたけど、まさかゴキブリまで出現するとは。ゴキブリを倒してくれた相楽くんは、大袈裟《おおげさ》ではなく神様だった。あのままだと、二度と部屋に戻れなくなるところだった。今日はドラッグストアで、殺虫剤を買って帰ろう。

……よく、考えると。男の子を自分の部屋に入れるのは、生まれて初めてだったな。

そんなことを考えていると、講義室の前に着いた。今日の一限は、必修の英語だ。英語は入学してすぐのテストで成績順にクラス分けされており、わたしは一番上のクラスだった。同じクラスには、相楽くんもいる。

「ほな、お昼一緒に食べよ。終わったらＬＩＮＥするわ」

さっちゃんはそう言って、軽《かろ》やかな足取りで去って行く。わたしは手を振って見送った後、講義室に入った。

語学の授業は他の授業とは違い、座席が決められている。わたしの席は窓際の一番前。相楽くんの席は真ん中の後ろから二番目。黒のＴシャツにカーゴパンツを穿いている彼を、すぐに見つけた。早めに来て、自習をしていたのだろう。やっぱり彼は真面目だ。

そういえば、彼は高校時代の、地味で冴えないわたしを知っているのだ。誰にも言わないと言っていたし、疑っているわけじゃないけど、一方的に秘密を握られているのは落ち着かない。

「さ、相楽くん。おはよう」

声をかけると、相楽くんはギョッとして顔を上げた。それから、不機嫌そうに眉《まゆ》を寄せる。

「……何？　あんまり、話しかけてこないでほしいんだけど……」

「あの……昨日の、ことなんだけど」

「……大丈夫、わかってる。誰にも言わねえよ。言う相手もいねえし」

相楽くんはそう言って、またテキストに視線を落とす。これ以上おまえと話すつもりはない、という強い意志を感じて、わたしはすごすご自席に戻った。

……ほんとに、大丈夫かなあ。友達がいないのは、本当なんだろうけど……。

しばらくすると、アメリカ人のネイティブティーチャーが講義室に入ってきた。朗らかな「グッモーニン！」の挨拶に、生徒たちはボソボソとまばらな「グッモーニン」を返す。

斜め後ろの相楽くんにちらりと視線をやったけど、相変わらず彼は真剣な表情で授業を受けていて、こちらを見ようともしなかった。

◆◆◆

学生たちで賑《にぎ》わう、昼休みの学生食堂。カウンターの上に貼《は》り出されたメニューを、上から下まで睨《にら》みつける。安さと量がウリの二号館食堂の中でも、最も安いのは素うどん百円。祈るような気持ちで財布を開き、中身を確認した。

入っているのは、十円銅貨がたった二枚。つまるところ俺は、給料日までのラスト一日を、二十円で過ごさなければならない。

無駄遣いをしたつもりはないのだが、新生活を始めるにあたっての諸々《もろもろ》の出費が、今になって響いているらしい。先月まではバイトが研修期間だったため時給が安く、思っていたほどの収入が見込めなかったのも痛い。

母親に連絡すべきか、と一瞬頭をよぎったが、絶対に嫌だ、という結論に至った。何があったとしても、実家には頼りたくない。仕送りだって、一銭ももらっていないのだ。

……仕方ない、我慢するか。今日一日ぐらい、どうとでもなる。

後ろ髪を引かれながら学食を出て、ふらふらと歩き出す。今日は授業の後、深夜から朝までバイトがある。極力エネルギーを消費しないように、どこかで昼寝しよう。

「あっ、相楽くん」

そのとき、背後から名前を呼ばれて、ぎくりとした。

もはや聞き慣れつつある声は、七瀬のものだ。聞こえないふりで歩いていくと、再度「相楽くん！」と声が聞こえる。渋々、足を止めて振り向いた。

「はあ、はあ……な、なんで無視するの。絶対、聞こえてたよね？」

息を切らした七瀬が、上目遣《うわめづか》いに睨みつけてくる。

「……何か用？」

「えっと、用事はないけど……相楽くん、今からお昼ごはん？」

七瀬は愛想良く笑って、俺の顔を覗《のぞ》き込んできた。何故だか彼女は、俺に素顔を見られた後も、こうして頻繁に声をかけてくる。もしかしたら、俺が周囲に秘密を言いふらさないか心配しているのかもしれない。そんなこと、するはずないのに。

「俺、昼飯ないから」

「えっ、なんで？」

「……給料日前で、金ねえんだよ」

ボソボソと答えると、七瀬は「えっ」と目を丸くした。彼女はしばらく考え込む様子を見せた後、おずおずと提案してくる。

「じゃあ……わたしのお弁当、半分食べる？　おかずは昨日のアスパラ豚巻きの残りなんだけど、今日は卵焼きがすっごく上手にできたんだ。もしよかったら、一緒に……」

「いや、やめとく」

そう答えると、七瀬は悲しげに目を伏せた。その表情を見た瞬間に、罪悪感に胸を刺される。俺なんかに断られたところで、痛くも痒《かゆ》くもないだろうに。なんで、そんな顔するんだ。

すれ違った男子学生が、チラリと七瀬に視線を向けていく。どうしてこんな美女が冴えない男と一緒にいるんだ、と思われているのだろうか。化粧をした彼女は、華やかな美人だ。瞬きするたびに長い睫毛が揺れて、大きな瞳が太陽の光を跳ね返して、宝石のように輝いている。

必要以上に関わるつもりはないが、傷つけたいわけではない。俺はほんの少し声のトーンを落として、付け加えた。

「……ごめん。でも、ほんとにいらねえから。おまえの弁当だろ」

「でも、おなか空《す》いてるでしょ？」

「別に」

そう答えるのとほぼ同時に、ぐうぎゅるる、と腹の虫が鳴り響いた。巨大な腹の音を聞いた七瀬の瞳には、俺への同情が滲《にじ》んでいる。

……くそ、かっこ悪い。誤魔化《ごまか》すように舌打ちをして、再び足早に歩き出す。さすがに諦《あきら》めたのか、七瀬は追いかけてはこなかった。


授業を終えて帰宅した俺は、畳に寝そべったまま、ぼんやりと天井《てんじょう》を見上げていた。こんな時間は無益だとわかっているのだが、極力エネルギーを消費したくない。

目を閉じて空腹をやり過ごしていると、ふいにカレーの匂いが漂ってきた。腹の虫が、一段と大きな音で鳴る。

匂いの発生源は、隣の部屋だ。どうやら、七瀬がカレーを作っているらしい。大学で見た華やかな美女の顔とともに、素朴で地味な図書委員の顔が頭に浮かぶ。

……やっぱ、あれが同一人物とは、普通思わないよな。

高校時代の七瀬は、地味で目立たない生徒だった。俺が彼女の顔を覚えていたのは、彼女が図書委員で、かつ俺が一時期図書室に入り浸っている時期があったからだ。

家に帰りたくなかった当時の俺は、放課後時間を潰せる場所を探していた。部活動や委員会に所属していない俺に居場所はなく、最終的に行き着いたのは、旧校舎の隅っこにある図書室だった。受付カウンターに座っている図書委員は、いつも同じ女子——七瀬だった。

高校の図書室は設備が充実しているとは言い難《がた》かったが、いつも掃除が行き届いていて、綺麗で清潔だった。生徒の手によって返却棚に雑に置かれた本は、すぐに所定の場所に戻されていた。〝返却期限は○月○日です〟と書かれた文字は美しかった。それが彼女の手によるものだということを、俺は知っていた。

俺が毎日のように図書室に入り浸っていたのは、居心地が良かったからだ。地味で真面目な図書委員は、下校時間ギリギリまで入り浸る俺に対して、嫌な顔ひとつしなかった。

彼女と会話を交わしたのは、卒業間際《まぎわ》のたった一度だけ。閉館時間を過ぎ、戸締まりをしている彼女に向かって、俺は問いかけたのだ。

——俺、邪魔だった？

すると彼女は、こともなげに答えた。

——ううん、全然。

きっと彼女にとっては、大した意味のない言葉だったのだろう。だが、その答えを聞いた瞬間、俺は救われたような気持ちがした。

だから俺は彼女が大学デビューだろうとすっぴんが地味だろうと、誰かに吹聴《ふいちょう》するつもりはなかった。そもそも吹聴する友人もいない。これからも俺の知らないところで、幸せに生きていてくれるならそれでいい。……そう、思っていたのに。

どうして彼女は、俺に構うのだろうか。せっかく美人になって大学デビューを果たしたのだから、俺のことなんて放っておいて、思う存分大学生活を満喫すればいいものを。

開いた窓から、再び良い匂いが漂ってくる。カレーの匂いだけ嗅がされて、何も食えないのは辛すぎる。くそ、白米だけでもあれば……。

せめて水でも飲もうとキッチンに立ったところで、ピンポン、とインターホンが鳴る。誰だよこんなときに、と思いながら扉を開けると、大鍋を抱えた七瀬がそこに立っていた。すっぴん眼鏡に、高校ジャージを着ている。

「……なんだよ」

驚きつつも訊《き》くと、七瀬は手にした大鍋を軽く持ち上げる。

「カレー作ったんだけど、作りすぎたから食べない？　一人分の量って難しくて」

「……遠慮しとく」

必死の痩せ我慢でそう言ったが、七瀬は引き下がらなかった。

「こんなにたくさん、一人じゃ食べ切れないよ。消費するの、手伝ってくれたら嬉しいな」

七瀬は眉を下げて、困ったような笑みを浮かべる。こんなにも美味《うま》そうなカレーの匂いを嗅がされて、なおも断り続けられるほど、俺の意志は強くなかった。観念して、鍋を受け取る。

「……でも、米ないけど」

「えっ、お米すらないの⁉」

七瀬が悲痛な声をあげる。哀れみの視線に居たたまれなくなって、俺はふいと目を逸《そ》らした。

「じゃあ、お米も持ってくるよ。ごはん多めに炊いといてよかった。ちょっと待っててね」

しばらくすると、七瀬がどんぶり山盛りの白米を抱えて戻ってきた。

「これで足りるかな？」

無言で頷く。充分すぎるほどだ。

「よかった！　食べ終わったらお鍋と食器取りにくるね。お口に合うといいんだけど」

七瀬はそう言うと、踵《きびす》を返して部屋へ戻って行った。

俺は受け取ったカレー鍋とどんぶりをローテーブルの上に置くと、引っ越し以来まだ一度も使っていないカレー皿を棚から引っ張り出してきて、米とカレーをよそう。きちんと両手を合わせてから、カレーを口に運んだ。一口食べて思わず、声が漏れる。

「うわ……めっ……ちゃめちゃ美味い……」

空腹のせいもあるのだろうが、七瀬のカレーはとびきり美味かった。小さめにカットされた野菜がたくさん入っていて、どろりとしたルーに溶け込んでいる。ほどよい辛さと旨味が、空っぽの胃袋にじんわりと染み込んでいく。

結局俺は、カレーを綺麗に平らげてしまった。いくら作りすぎたとはいえ、隣人に差し入れる量にしては多すぎる。彼女はきっと、腹を空かせた俺のために、わざわざカレーを作ってくれたのだろう。

……さすがにこれは、礼を言わねばなるまい。

流しで鍋とどんぶりを洗った後、七瀬の部屋へと向かう。インターホンを押すと、ほどなくして七瀬が顔を出した。

「……ごちそうさまです」

空っぽになった鍋を差し出すと、七瀬が目を丸くする。

「え⁉　もう食べたの⁉　全部⁉」

「うん。死ぬほど美味かった」

本当に美味かったので、素直にそう伝えた。カレー屋が開けるくらいだ、とまで言うと褒めすぎだろうか。俺の言葉に、七瀬は面映《おもは》ゆそうに笑う。

「よかった。美味《おい》しくできたから、相楽くんにも食べてもらえて嬉しい」

化粧をしているとわかりにくいが、七瀬はかなり垂れ目だ。ニッコリ笑うと目がなくなる。

彼女は自分の素顔が地味なことを気にしているようだが、化粧をしていなくても充分かわ……

そんなに悪くないと思う。そういう顔が好きな男もいるだろうに。

「……ごめん。マジで助かった。給料入ったら、金渡すから」

「えっ、そんなことしなくていいってば！　一人分作るのも二人分作るのも同じだし」

そうはいっても、七瀬だってこんなオンボロアパートに住んでいるのだから、決して余裕があるわけではないのだろう。このままでは俺の気が収まらない。

しばらく押し問答を続けていたが、最終的に七瀬が折れたように言った。

「……わかった。じゃあ来週の金曜、ゼミの後。時間ある？」

「え？　ああ、うん」

「じゃあ、一緒にお昼ごはん食べない？　わたし実は、行きたいお店があって……一人で行く勇気出ないから、ついてきてくれたら嬉しいな」

「ちょ、ちょっと待て」

俺は慌てた。大学デビューを果たした七瀬にとっては、異性と飯を食うことなど日常茶飯事なのかもしれないが、俺にとっては一大事である。

「いや、俺は……」

断りかけて、口を噤んだ。踏み倒してしまってもいいのかもしれないが、カレーは本当に美味かった。借りを作ったままにするのは、〝誰にも頼らず孤独を貫く〟という信条に反する。

「……わか、った……」

渋々答えると、七瀬は「やったあ」と無邪気に両手を挙げた。俺と昼飯に行くぐらいで、何をそんなに喜ぶことがあるのだろうか。まったく、意味がわからない。

俺が所属しているゼミは、火曜三限と金曜二限の週二回。一回生は全員で二十人弱、そのうち女子は五人。七瀬晴子はその中でも、ひときわ目立っていた。

「はー、やっぱ七瀬可愛いわー。目の保養」

俺の前の席で、ゼミの男連中が七瀬の方を見てひそひそ話をしている。中心にいる男はウチのゼミでは珍しい、チャラついた派手なタイプだ。たしか名前は——木南《きなみ》、とかいったか。

周りの奴らと、女子の噂《うわさ》話をしているのをよく耳にする。誰が可愛いとか、誰のスタイルが良いだとか、あまり大きな声では口に出せないようなことも。

「今度メシ誘ってみようかな。なあなあ、七瀬って彼氏いんのかな?」

「さあ。あんだけ可愛いんやから、いるんちゃう。知らんけど」

木南は頭を抱えて「うわー、七瀬のこと好きにできる男羨《うらや》ましー」などと悶《もだ》えている。下品な男だ。足の小指を強打して死ねばいいのに。

「……ということで、来週からはグループワークに入るから。今日はここまで」

教授がそう言うと同時に、終業のチャイムが鳴り響いた。昼休みの開始を知らせる合図を、死刑宣告を待つ囚人のような気持ちで聞く。

今日は金曜。俺はこれから、七瀬と昼飯を食う約束をしている。

さすがにこんな知り合いだらけの場所で、七瀬に声をかけるのはまずいだろう。いったん大学の外に出てから、待ち合わせをした方がいいかもしれない。連絡先は先日（仕方なく）交換したし、どうとでもなるだろう。

先に研究室を出ようと立ち上がったところで、背後から七瀬の声が聞こえた。

「さっちゃん、ごめん。わたし、今日は外にお昼食べに行くね」

カツカツと、靴の踵が講義室の床を叩く音がする。ぽんと肩を叩かれると同時に、甘い香りがした。ロングヘアを綺麗に結い上げた七瀬が、俺の顔を見上げてくる。

「相楽くん。じゃあ行こっか」

その瞬間、おそらく勘違いではなく、研究室がざわついた。

なんで相楽が？　と言いたげな男たちの視線が肌に突き刺さる。目の前に座っていた木南は、目を真ん丸にしてこちらを見ていた。勘弁してくれ、俺はできるだけ目立ちたくないんだ。……というか、こんなところで俺なんかに声かけるなよ。

「おなか空いちゃった！　今ならいっぱい食べられそう」

七瀬はそんな俺の心境などつゆ知らず、無邪気に笑っている。周りをぱっと明るくするような、太陽のような笑みだった。俺には眩《まぶ》しすぎて直視できない。

俺は諦めて立ち上がると、俯《うつむ》きがちに研究室を出た。

しばらく歩いて知り合いの視線がなくなると、幾分か気持ちが楽になった。何故だか七瀬も、緊張が解けたように、ほっと息をつく。

完璧に整った彼女の横顔を見つめながら、俺は言った。

「……めちゃめちゃ変わったよな、七瀬」

「だって、頑張ったもん。メイクとかファッション必死で覚えて、あとダイエットもして五キロ痩せたよ。コツコツ貯めてたお年玉、一瞬でなくなっちゃった」

「なんで、そこまで」

「薔薇色の大学生活を送りたかったから！」

七瀬が瞳を輝かせる。俺は気の抜けた声で「はあ」と答えた。

……薔薇色の大学生活、ねえ。

「友達たくさん作って、全力で楽しむの！　あ、できたら素敵な彼氏も欲しいなあ！」

あいにく、俺はそんなものにまったく興味がない。むしろ、邪魔だとさえ思っている。目の前にいる女にとっては、どれだけ労力を払ってでも手に入れたいものだったのだろうが。

「じゃあ、サークルとか入ればよかったのに」

俺の知る限り、七瀬はサークルや部活には入っていなかったはずだ。キラキラ陽キャといえば、サークルに所属して毎晩のように遊び呆《ほう》けているイメージがある。完全なる偏見だが。

俺の言葉に、七瀬はちょっと困ったような笑みを浮かべた。

「……たしかに、そうだよね……やっぱり、入るべきかな？」

「まあ、そりゃあ。入った方がいいんじゃねえの」

一体、何を悩むことがあるのか。もし本気で薔薇色の大学生活を送りたいのなら、もっと世界を広げるべきである。俺のような冴えない男と、関わっている場合ではないだろうに。


大学を東門から出ると、閑静な住宅街に出る。自転車を押しながら五分ほど歩いたところで、七瀬が「ここだよ！」と足を止めた。

見ると、〝海風亭〟と書かれた濃紺ののれんがかかっている。どうやら定食屋らしい。

「六百円で定食が食べられて、ごはんとお味噌汁《みそしる》もおかわりし放題なんだって！」

七瀬がはしゃぎ気味に言った。のれんをくぐって、やや立て付けの悪い引き戸を開く。

店内は狭く、カウンターの他には二人がけの席がふたつあるだけだった。自分たちと同じような、大学生らしき客の姿が見える。年配の夫婦が切り盛りしているようだ。

二人席に向かい合って腰を下ろすと、店員が注文を取りに来た。俺はチキンカツ定食、七瀬は日替わりの鯖《さば》味噌定食を頼んだ。

「チキンカツ、好きなの？」

「普通。唐揚げ定食があれば、そっちにしてた」

「あ、唐揚げが好きなんだ！」

「別に……」

「唐揚げ定食は水曜だって。じゃあ、また水曜に来ようよ」

メニューを見た七瀬がそんなことを言うので、返答に困ってしまった。次回があると思っているのか。俺としては、金輪際お断りしたいところなのだが。

黙っているあいだに、チキンカツ定食と鯖味噌定食が運ばれてきた。メインのチキンカツと味噌汁と白飯、サラダがついている。

カラッと揚げたてのチキンカツは、なかなか美味かった。品数が物足りない気もするが、六百円ならコスパ抜群だろう。金銭的にゆとりがあるときなら、また来たい。

サラダを平らげた後、チキンカツと白米を交互に食べながら、正面に座る七瀬を見ていた。七瀬は箸の持ち方が綺麗だ。鯖をほぐして口に運ぶ所作が美しく、つい見惚れてしまう。

しかし今の彼女は、なんとなくこの場所に不釣り合いな気がした。

「……なんか、意外だな」

「何が？」

「もっと違う感じの店に連れて行かれるかと思った。ＳＮＳ映え、みたいな」

ここは安くて美味い良い店だと思うが、七瀬が憧れているであろう、キラキラした女子が好んで行くような店ではない。オシャレなカフェだとかイタリアンだとか、そういうところに行きそうなものだが。もっとも、もしそういう店に連れていかれていたならば、居心地の悪さに卒倒していた可能性はある。

俺の言葉に、七瀬はいったん箸を置いて答えた。

「わたし、ＳＮＳ映えするお店も大好きだよ。大学入って初めてそういうところに行ったし、すごく楽しかった。でも、なんというかたまに……疲れる、というか……」

「なんで？」

「わたしって、変わったようで、結局あんまり変われてないのかも……」

七瀬は力なく俯いて、溜《た》め息をつく。

「……相楽くん。さっき私に、サークル入らないのかって、訊いたじゃない？」

七瀬は俯いたまま、グラスに入った冷水をじっと見つめている。しばしの沈黙の後、ぽつぽつと、呟くように話し出した。

「わたし、入学してすぐ、テニスサークルの新歓コンパ参加したの。頑張って、友達作ろうって思って。……でも、全然だめだった」

はあ、と七瀬が深い溜め息をつく。

「先輩も同級生も、周りのみんな、すごく明るくて楽しい人たちばっかりで。なんだか、気後れしちゃって。……わたし、ほんとはここにいるべき人間じゃないのに、って思うと……誰にも、声かけられなかったの」

　言われてみれば、たしかに。七瀬の交友関係は、俺の見ている限りでは、それほど広くなさそうだ。同じゼミの女子と、あとそれから数人。いつも同じようなメンバーで、固まって行動している気がする。木南のようなタイプの男子に話しかけられると、やや困ったような顔をしている。さっきも、少し無理をしているように見えた。

「さっちゃんとか……みんなと一緒にいるの、楽しいけど……ときどき、申し訳なくなる。本当のわたしは、こんなんじゃないのになあって」

「……本当の……？」

「でも、素顔のわたしを見せて、みんなが離れていくの、こわい」

　テーブルの上で握りしめられた拳《こぶし》が小刻みに震えていたので、ぎょっとした。泣いてたら、どうしよう。そう思って七瀬の顔を覗き込んだが、彼女の頬は乾いていて、化粧はちっとも崩れていなかった。

　地味な素顔を覆《おお》う化粧こそが、七瀬晴子の鎧《よろい》なのだ。

　顔を上げた七瀬は、ニコッと笑みを浮かべる。口角が綺麗に上がった、完璧な笑顔だった。

「ごめん、変なこと言っちゃった」

「……いや」

「わたし、ちょっと息抜きしたくなったのかも。付き合ってくれてありがとう」

俺は彼女の話を聞きながら、本当の七瀬晴子とは一体何なんだろうか、と考えていた。

高校の図書室で真面目に勉強している姿も、大学でキラキラ女子をやっている姿も。ゴキブリを恐れて取り乱すところも、半ば強引《ごういん》にカレーを食わせてくれたところも。驚くほどに綺麗な手つきで、魚を食べるところも。薔薇色の大学生活を送りたいと瞳を輝かせる姿も、素顔を知られるのが怖いと零す姿も。どれも変わらず七瀬晴子ではないか、と思うのだが。

「素顔のわたしを知ってるのは、相楽くんだけだから」

「……」

「……だから、一緒にいて楽なのかな」

そのとき俺の頭に、これはまずいぞ、という警鐘が鳴り響いた。俺の孤独で快適な大学生活が、この女によって致命的に脅かされようとしている。

七瀬が俺にあれこれ構ってくるのは、俺が唯一素顔を知っており、取り繕う必要のない存在だからだ。それ以上の理由はない。

俺は味噌汁を飲み干すと、お椀《わん》をトレイの上に戻して、言った。

「……じゃあ、手伝ってやるよ」

「え？　何を？」

「おまえの大学生活が、薔薇色になるように……協力してやる」

俺の言葉に、七瀬は「どうして？」と首を傾げた。

「言っとくけど、おまえのためだけじゃないからな。おまえが根っからキラキラ女子になれたら、俺に関わる必要なくなるだろ」

たしかに俺が七瀬に対し、多少なりとも高校時代の恩義があるのは事実だ。しかし――主な理由としては、俺自身の心の平穏のためだ。

七瀬が真のキラキラ女子となり、薔薇色の大学生活を手に入れたあかつきには、俺のことなど、もはやどうでもよくなるだろう。そうなれば、俺は孤独で快適な大学生活を取り戻せる。我ながら、完璧な計画である。

「……相楽くんは、わたしと関わるの嫌なの？」

七瀬が尋ねてくる。本気で悲しそうにしているので、慌ててしまった。

「あ、いや。その……俺が関わりたくないのは、七瀬だけじゃない」

「どういうこと？」

「……俺は、俺の世界に誰も入れたくないんだよ。煩わしい人間関係にリソース割くのはごめんだ。だから極力、他人と関わりたくない」

「協力してくれるのは、すごく嬉しいんだけど……相楽くん、拗《こじ》らせてるね……」

七瀬が呆れたような視線を向けてくる。俺はそれを無視して、「とにかく」と続ける。

「そういう、ことだから。俺は俺のために、おまえに協力してやる」

七瀬は少し考える様子を見せてから、「わかった」と頷く。

「わたし、本物のキラキラ女子になれるように、頑張ってみるよ！　相楽くんと一緒に」

「……あ、そ」

「だから、これからよろしくね」

七瀬はニッコリ笑って、右手を差し出してくる。俺は求められた握手には応《こた》えず、両手を合わせて「ごちそうさまでした」と言った。

◆◆◆

「相楽くん！」

定食屋に行った数日後、昼休み。一人で飯を食おうとキャンパス内を彷徨《さまよ》っていると、七瀬に声をかけられた。ばっちり化粧をした彼女は、相変わらずキラキラと輝いている。

ぎょっとした俺は、慌てて周りを見回す。幸いにも、顔見知りの姿は見えなかった。

「今からお昼ごはん？　一緒に食べよう」

明るく誘ってくる七瀬を無視して、俺はスタスタ歩き出す。「ま、待ってよ！」という慌てた声が背中から追いかけてくる。人気のない校舎裏に来てから、俺はようやく立ち止まった。

「……なんで、話しかけてくるんだよ」

「え、だめだった？」

七瀬がしょんぼりする。勘弁してくれ。そんな顔をされると、俺が悪いみたいじゃないか。一応、おまえのためにに言ってるんだが。

「おまえ、ほんとに薔薇色の大学生活とやらを目指す気あんの？」

「あ、あるよ！　ものすごくあるよ！」

胸の前で拳を握りしめた七瀬を、俺は軽く睨みつける。

「だったら、俺に話しかけない方がいいだろ。本物のキラキラ女子は、俺みたいな奴とは関わらないんだよ」

「えーっ、そんなことないと思うけど……」

七瀬は不服そうだ。俺は周囲を気にしつつ、「ちょっと来い」と彼女の腕を引いた。

俺は七瀬を連れて、キャンパスの一番端っこにある六号館校舎へとやって来た。適当に空いている講義室を見つけて入ると、七瀬がキョロキョロと周囲を見回す。

「へえ。六号館、初めて来たかも」

我が大学で最も新しい六号館校舎では、経済学部の授業はほとんど行われていない。主に使用しているのは、昨年新しくできたばかりの情報学部だ。俺たちの研究室がある一号館からは最も離れているし、ここなら知り合いに遭遇するリスクは限りなく低い。一人になりたい俺にとっては、絶好の穴場である。

……七瀬に教えるのは憚《はばか》られたが、背に腹は代えられない。

「相楽くん、いつもお昼どこで食べてるんだろうと思ってたら、こんなとこにいたんだ」

「どうでもいいだろ、そんなこと。とにかく、そこ座れ」

七瀬が椅子《いす》に腰を下ろすと、俺はその正面に座った。七瀬はピンと背筋を伸ばし、真面目くさった顔をしている。なんだか面接官にでもなったような気持ちだ。

「おまえが言ってた、薔薇色の大学生活、ってやつだけど」

「うん！」

「そもそも、薔薇色ってどういうことなんだよ。フワフワしすぎてて全然わからん」

目標を達成するためには、まずはビジョンを明確にすることが第一である。しかし七瀬もあまり具体的には考えていなかったのか、あからさまに困った顔をした。

「……と、友達百人作る……とか？」

ようやく出てきた答えに、俺は脱力した。なんだ、それ。友達百人できるかなって、小学校の学級目標じゃないんだぞ。山のてっぺんで、おにぎりでも食うつもりか。

しかしまあ、人脈を増やすことは間違いなく、薔薇色の大学生活実現に繋《つな》がるだろう。俺は机の上に伏せてある七瀬のスマートフォンを指差して尋ねる。

「……おまえ、今ＬＩＮＥの連絡先に何人ぐらい入ってんの。家族抜きで」

七瀬はスマホを確認したのち、ちょっと恥ずかしそうに、指を七本出した。

「七十人?」

「ううん、七人」

想像以上に少ない。俺は椅子からずり落ちそうになった。

「……お、おまえ、全然友達いねえじゃん……!」

「だ、だから言ってるでしょ。そのうちの一人は相楽くんだよ」

それなら、実質六人じゃねえか。もの言いたげな俺の視線に気付いたのか、七瀬は言い訳がましく付け加えた。

「うちのゼミ、女の子少ないし。わたし、まだバイトもしてないし」

「……じゃあ、具体的な目標。一週間以内に、連絡先の登録人数を五人増やす」

少ない気もするが、期限が一週間ならば妥当だろう。まずは実現可能な、身近で簡単な目標を立てることが大事なのだ。

「ご、五人かあ……できるかなあ」

七瀬はしばらく考え込んだ後、何かを思いついたように「あ!」と声をあげた。

「そういえば今週金曜日、経済学部一回生の交流会するんだって。他のゼミも合同で、ごはん食べるらしいよ」

「じゃあ、行って来いよ。そしたら五人ぐらいすぐだろ」

俺が言うと、七瀬は不安げにこちらを窺《うかが》ってきた。

「……相楽くんも、一緒に行かない？　交流会」

「行くわけねえだろ」

交流会、だなんて、字面だけでゾッとする。何が悲しくて、他人と交流することに金と時間を消費しなければならないのか。そもそも俺がその場にいたところで、邪魔なだけだろうが。

しかし七瀬は諦めが悪く、尚《なお》も食い下がってきた。

「ねえ、お願い。相楽くんもついてきて」

「は⁉　なんでだよ」

「だって、さっちゃんはバイトあるから行かないっていってたし。知り合い、ほとんどいないから……相楽くんがいてくれたら、心強いんだけど」

「いや、俺は……」

「……協力、してくれるって言ったよね？」

七瀬がそう言って、さりげなく圧をかけてくる。俺はぐっと言葉を詰まらせた。

……たしかに、協力する、と言ったのは事実である。仕方がない。これも七瀬の薔薇色の大学生活実現と、俺のおひとりさまの大学生活奪還のためだ。

「……絶対、話しかけてくんなよ」

溜め息とともに言うと、七瀬はぱあっと表情を輝かせる。

「うん！　いてくれるだけで充分だよ！　ありがとう！」

俺を心の拠《よ》り所にしている時点で、薔薇色から五百歩ぐらい遠ざかっていることに気付いていないのだろうか。ほんとに大丈夫かよ、と改めて不安になってしまった。

金曜、十八時。俺は授業が終わった後、いったん帰宅し、京都の繁華街である四条河原町へとやってきた。

河原町通りから少し歩くと、高瀬川が流れる木屋町通りに出る。ここは京都でも有数の飲み屋街であり、三条通りから四条通りにかけて、あらゆる飲食店が並んでいるのだ。木屋町からほど近い先斗町《ぽんとちょう》や祇園《ぎおん》ほどハードルが高くないので、学生が気軽に利用できるようなチェーン店も多い……と、バイト先の先輩が言っていた。ありとあらゆる歓迎会の類をパスしてきた俺は、この界隈《かいわい》に足を踏み入れたことがほとんどない。

さて、交流会の会場はどこだろうか。地図を確認しようとスマートフォンを取り出したところで、川沿いにある木の下に立っている美女の姿を見つけた。七瀬だ。

今日の七瀬は、やけに凝った形に髪を編み込んでいて、洒落《しゃれ》た柄のワンピースを着ている。かなり気合いが入っていることが、ファッションに興味のない俺でさえわかった。スマホ画面を見つめながら、しきりに首を捻《ひね》っている。もしかして、迷っているのだろうか。

俺たちの目的地は同じであるが、連れ立って一緒に行くのはまずいだろう。スルーしようと歩き出すと、俺と同世代の男性グループが、七瀬を見つめてニヤニヤとしていた。

不躾《ぶしつけ》な視線が不愉快で、俺は視線の導線を切るように、さりげなく移動した。やや声を張り上げて、彼女の名前を呼ぶ。

「七瀬」

スマホから顔を上げた七瀬は、俺に気付いてぶんぶんと手を振ってきた。

「あ、相楽くん！」

チッという舌打ちとともに「羨ましい」という声が聞こえた気がする。羨ましがられる覚えは、まったくない。

「会えてよかったあ。場所、よくわかんなかったの」

七瀬は男たちの視線に気付いていなかったらしく、呑気《のんき》にのほほんと笑っている。俺は「たぶん、こっち」と言って、早足で歩き出した。


交流会の会場は、木屋町通りから狭い路地を少し入ったところにあった。入り口には小さなのれんがかかっているだけで、非常にわかりにくい。中は、意外と小洒落た和食店だった。

案内されるがまま二階に上がると、広い座敷にテーブルがいくつか置いてある。既にやって来ていた数人が、同時に入って来た俺たちに視線を向けた。

……しまった。よく考えると、七瀬と一緒に来たのは失敗だったか。

俺はさも「たまたま来るタイミングが重なっただけですよ」という風を装って、座敷の一番端っこに腰を落ち着けた。隣に座ろうとする七瀬を軽く睨みつけて、しっしと片手で追い払う素振りをする。七瀬はやや心細そうな様子を見せつつも、俺から一番離れた対角線上のテーブルに向かった。よしよし。

開始時間になると、座敷のテーブルはほぼ全部埋まった。交流会の幹事である先輩が一言二言話をした後、和食のコースが運ばれてきて、交流会が始まる。

「えーと。みんな、どこのゼミだっけ」

誰かがそんなことを言い出したのを皮切りに、次第に場が盛り上がっていく。しかし、俺は一言も発さなかった。ただひたすらに黙って、飯を食っている。

俺の周りに座った奴らは、全力で周囲を拒絶するオーラを出している俺のことを、怪訝《けげん》そうに見ていた。きっと内心では、「こいつ、なんで来たんだよ」と思われていることだろう。たぶん、逆の立場なら俺だってそう思う。

さて。七瀬の様子はどうだろうか。

こっそり様子を窺ってみると、七瀬は俯きがちに、ちびちびとオレンジジュースを飲んでいた。彼女の正面には女子が二人座っていたが、七瀬そっちのけで盛り上がっている。隣に座った男はひっきりなしに七瀬に話しかけているが、彼女は困った顔をするばかりだった。

……いや、おまえは何しに来たんだよ！

反応が芳しくない七瀬の相手に飽きたのか、しばらくすると男が席を立った。そのタイミングで、俺はこっそりと七瀬のそばに移動する。トントン、と背中を叩くと、振り向いた七瀬がぱっと表情を輝かせる。

「さがらく……あっ」

話しかけるな、という約束を思い出したのか、七瀬は慌てて口を押さえる。俺は無言のまま、ジェスチャーで「こっち来い」と示して、二人でこっそり座敷を出た。誰にも見られていませんように。

「……おまえ、何してんの？」

二人きりになるなり、俺は七瀬に詰め寄った。七瀬は「面目ない……」と俯く。

「男の子にいきなり連絡先訊くのハードル高いなって思って、女の子がいるテーブル座ったんだけど……前に座ってた子たち、もともと友達同士らしくて」

「そんなの気にせず、入ってけばいいだろ」

「うん、でも……わたしの知らない話題ばっかりで……全然、仲間に入れなかった……」

そういえば、女が三人集まれば一人あぶれるものだと、遠い昔に誰かが言っていた気がする。仲間外れ、というほど大袈裟なものではないにせよ、気分の良いものではないだろう。

落ち込んでいる七瀬を慰めるように、出来る限り優しい声で言う。

「……真ん中のテーブル、女子座ってたぞ。声かけてみたら」

「う、うん……頑張ってみる！」

七瀬は顔を上げ、胸の前で拳をぐっと握りしめた。最後にくるりと振り向いて、「見ててね！」と言い残すと、座敷へと戻り、ふわふわとしたショートヘアの女子の隣に座った。

「は、はじめまして！」

七瀬がぎこちない笑顔でそう言うと、隣の女は「なんか、カタくない？」とおかしそうに笑う。お、いいぞ。そんなに悪くない滑り出しじゃないか。

それからの俺は完全に気配を消して、座敷の隅っこに座っていた。もはや壁と一体化した俺のことを、周りの誰も気にしていない。

俺はウーロン茶を飲みながら、七瀬の様子を観察していた。七瀬は女子とずいぶん打ち解けたらしく、楽しそうにうんうんと頷いているのが見える。どうやら七瀬のいるテーブルが、この場で一番盛り上がっているようだ。七瀬の前に座っているのは、たしか俺たちと同じゼミのイケメンだ。名前は忘れたが、ああいう男と親しくなれたら、薔薇色の大学生活に五十歩ぐらい近付くのではないかと思う。

二時間半の交流会が終わり、俺は幹事に参加費を渡して、いち早く場を抜け出した。「二次会カラオケ行く人──！」という声が聞こえてきたが、当然無視をして、店の外に出る。

二十一時の木屋町通りは多くの人で賑わっており、来たときとは違う夜の街の顔をしていた。

声をかけてくる客引きを無視しながら歩いていくと、「相楽くん！」と名前を呼ばれた。

「わたし、五人と連絡先交換したよ！　目標達成！」

俺に追いついてきた七瀬が、誇らしげにスマホを掲げている。こんなところに女子を一人で置いていくことなどできず、俺は渋々歩くスピードを緩めた。

「さっき仲良くなった子ね、つぐみちゃんっていうんだって。さっちゃんのこと、知ってるって言ってた！」

「ふーん。よかったな」

「相楽くん、バス？　それとも阪急？　一緒に帰ろう！」

ニコニコと嬉しそうにしている七瀬を、横目で一瞥《いちべつ》する。今回ばかりは、断るつもりになれなかった。この状況で一人で帰れと言うほど、俺は鬼ではない。

……しかし、こいつ。二次会、行かないのかよ。

「あのさ、七瀬……二次会は？　参加しねえの？」

真のリア充を目指すならば、絶対に二次会に参加すべきだろう。よりいっそう交友関係を広めるチャンスである。しかし七瀬は、ちょっと困ったように眉を下げた。

「うん。わたし音痴だし、最近の流行《はや》りの歌とか知らないから。……それに、ちょっと疲れちゃった。楽しかったけど」

そう言った七瀬の横顔には、たしかに疲労の色が見える。こちらを見上げた七瀬は、ふにゃ、と気の抜けたような、眠たそうな笑みを浮かべた。化粧をしているはずなのに、どこかすっぴんの面影が感じられる笑顔だった。

「わたし、今日来てよかったよ。相楽くんのおかげで一歩前進できた。ありがとう」

別に俺は、大したことはしていないのに。そんなにまっすぐ礼を言われると、落ち着かない気持ちになる。慣れていないのだ、こういうのは。


四条河原町のバス停から、七瀬と二人でバスに乗った。京都の市バスは、料金ほぼ均一の後払いだ。二百三十円の出費か、と考えて苦々しい気分になる。

終バスの時刻にはまだ早いからか、車内はそれほど混雑していない。最後列の五人掛けの席が空いていたので、一番窓際に座る。俺の隣に、七瀬も腰を落ち着けた。

何も言わずに窓の外を眺めていると、こてん、と肩に何かがもたれかかってきた。

ぎょっとして隣を見ると、俺の肩に頭を預けた七瀬が、すやすやと寝息を立てていた。きっと、本当に疲れていたのだろう。

……ま、頑張ってたもんな。

勝手に枕《まくら》にされて不服だったが、起こすのはやめておいた。仕方ないから、最寄りのバス停につくまで、寝かせてやろう。

こうして目を閉じていると、瞼の上にキラキラしたものが塗られているのがよくわかる。偽物の睫毛はくるりとカールして、自然な形で瞼に張りついている。

眠っている七瀬はやけに体温が高く、次第にこちらに体重をかけてくる。決して重くはないのだが、とにかく近い。バスが揺れるたびに、七瀬の胸が俺の腕にぶつかって、ふにふにと形を変える。自分と同じ人間とは思えない柔らかさだ。俺の身体には、こんなにも柔らかい部位はおそらく存在しないだろう。思ってたより大きいな、などと一瞬考えて、心の中でごめんと謝罪した。触れた場所から七瀬の心臓の鼓動が響いてくる、気がする。

……いや。もしかするとこれは、俺の心臓の音なのだろうか。

七瀬には申し訳ないと思いつつも、俺は彼女が目を覚ますまでのあいだ、全神経を二の腕に集中してしまった。悲しい男のサガである。

◇◇◇

「ハルちゃんのリップ、めっちゃ色可愛いやん。どこのやつ？」

交流会から一週間が経った、昼休みのこと。

学食で昼ごはんを食べた後、お化粧を直していると、つぐみちゃんがそう尋ねてきた。嬉しくなったわたしは、口紅を取り出して見せる。

「これだよ！　高校の卒業祝いに、従姉のおねえちゃんに貰《もら》ったの」

「そこのリップ、めっちゃ口コミいいやんなー。発色良いし落ちにくいって」

「でも、さすがにデパコス気軽に買えへんわ。バイト代出たら買おかな」

「つぐみ、先月金欠で死んでなかった？　また買い物で破産するよ」

学食のテーブルを共に囲んでいるのは、さっちゃんの他に、藤井《ふじい》つぐみちゃんと、梅原奈美《うめはらなみ》ちゃん。さっちゃんと奈美ちゃんは語学の授業が一緒で、つぐみちゃんと奈美ちゃんが同じゼミだ。先日の交流会で、わたしとつぐみちゃんが仲良くなったことから、四人でお昼ごはんを食べることが多くなった。

「そーいやこないだ、彼氏に怒られた。考えなしにお金使い過ぎって」

「つぐみの彼氏、社会人だっけ？　アプリで会ったっていう」

「そうそう。年上ぶってきて、めっちゃうるさい。こないだもさあ……」

そこから話題がさらに変わって、ちょっと生々しい彼氏の話にシフトしたので、わたしは口を噤んだ。つぐみちゃんと奈美ちゃんには彼氏がいるから、最近はこういった話題が出ることも多い。そうなると、経験値ゼロのわたしは、黙って聞いていることしかできないのだ。

……うーん。キラキラ女子たちの恋愛事情って、なかなかすごい……。

うんうんと頷きながら聞いていると、さっちゃんがふいに、わたしの方を向いて言った。

「そういや。ハルコって、相楽と付き合ってるん？」

さっちゃんからの突然の質問に、動揺したわたしの手から、口紅が滑り落ちた。慌てて拾い上げて、ポーチに戻す。

「え、ええ？　なんで？」

平静を装ったけれど、訊き返す声がみっともなくうわずる。

「なんか、最近二人でいるとこよー見るし。こないだもお昼一緒に食べてたし。ハルコ、モテるのに男子とあんま喋らんから、珍しいなーと思って」

「マジで？　相楽くんって、どんな子だっけ」

奈美ちゃんが首を傾げる。この中でわたしたちと同じゼミなのはさっちゃんだけなので、相楽くんのことを知っている子は少ない。なにせ彼は他人と関わろうとしないのだ。

「いつも黒い服着てる、地味で真面目な感じの」

さっちゃんの説明に、こないだは珍しく紺のポロシャツ着てたよ、と思ったけど、口を挟むのはやめておく。どうやら、つぐみちゃんはすぐに理解したらしい。

「あ、わかった！　こないだ、ハルちゃんと一緒に交流会来てた子やんな。意外なタイプやなーと思っててん。え、ほんまに付き合ってんの？」

「ち、違うよ！」

わたしはぶんぶんと勢いよく両手を振って否定する。まさか、こんな勘違いをされるとは思わなかった。男の子との距離の測り方は、本当に難しい。今まで友人のいなかったわたしは、人間関係において完全に初心者なのだ。

「そうなんや。じゃ、オトモダチ？」

つぐみちゃんの質問に、わたしは考え込んだ。わたしと相楽くんは、友達なのかな。

――おまえが根っからキラキラ女子になれたら、俺に関わる必要なくなるだろ。

たしかに話すようにはなったけれど、あんなことを言われた以上、友達だと主張するのは無理があるだろう。わたしは笑って誤魔化す。

「……相楽くんとわたし、住んでるとこが近くて……あと、地元が同じなんだ」

「へえ、そうなんだ。高校一緒とか？」

「えっ⁉　まあ、そんな感じ……」

言葉を濁す。このまま「卒業アルバムを見せてほしい」といった流れになるのは、絶対に避けたい。わたしはやや強引に話題を転換した。

「で、でも！　さっちゃんだって、このあいだ北條《ほうじょう》くんと二人で、ごはん行ったんでしょ」

北條博紀《ひろき》くんは同じゼミの男の子で、さっちゃんと仲が良い。俳優と見紛《みまが》うほど顔立ちの整った彼は、フットサルサークルに入っているらしく、いつもいろんな人に囲まれている。大学内にも、ファンクラブが存在しているとかいないとか。先日の交流会でも少し話したけれど、あまりにもキラキラしすぎていて、ちょっと疲れてしまった。

「いや、博紀はそういうのとちゃうやん。相楽はキャラ的にガチっぽいけど」

「あー、ガチっぽい」

さっちゃんの言葉に、他の子たちも同意する。違いがよくわからないけれど、相楽くんのようなタイプと二人でごはんを食べに行くのは〝ガチっぽい〟らしい。ひとつ勉強になった。

「ま、でも。ハルちゃんと相楽くんじゃ、ちょっと違う感じするもんな」

さらりと言ったつぐみちゃんの言葉は、わたしの胸にグサリと刺さった。

――七瀬さんは真面目だからさ、あたしらとはちょっと違うよね。

高校時代のクラスメイトの言葉が蘇って、息が苦しくなる。一体、彼とわたしの何が違うというのだろうか。わたしはみんなから見えないように、テーブルの下で自分の手を強く握りしめた。

……こういうとき、そんなことないよ、って否定できない自分が、一番嫌いだ。

「そう、かな?」

曖昧な笑みを返して、ひとまずその場をやり過ごす。ひりひりと痛む心に気付かないふりをしながら、今日の晩ごはんは唐揚げを作ってみようかなあ、と考えていた。

◆◆◆

「ねえ、相楽くん。よかったら唐揚げ食べない?」

授業が終わり、深夜のバイトに備えて仮眠でもしようと思っていた夕方。インターホンの音に扉を開けると、高校ジャージに眼鏡姿の七瀬が立っていた。化粧を落としたすっぴんの七瀬は、大学で見かけるときよりも親しみやすい印象を受ける。

「ちょっと揚げすぎちゃったんだけど、美味しいよ」

差し出された皿には、こんがりと揚がった唐揚げが載っていた。

「このあいだ、交流会に付き合ってくれたお礼も兼ねて。ね？」

そう言われると、断る理由がますますなくなってしまう。これ以上借りを作るのはいかがなものか、と逡巡《しゅんじゅん》したが、自分の欲求には勝てずに受け取った。

口座に入ったばかりの給料は、あっという間に家賃や光熱費、諸々の支出に消えてしまい、結局俺は毎日うどんに醤油をかけて食べているのだ。この状況で唐揚げをもらえるなんて、地獄で蜘蛛の糸を垂らされるようなものである。

「………貰わない、こともない。ありがとう……」

葛藤しつつも礼を言った俺に、七瀬は頬を膨らませる。

「もう、相楽くん。他人の好意は素直に受け取った方がいいよ。生きづらくない？」

俺は他人と関わらない方が生きやすいんだよ、と思ったが、この状況での唐揚げがありがたいのは事実だ。もっと自立する必要があるな、と溜め息をつく。

七瀬の作った唐揚げは、やや黒っぽかったが、香ばしい醤油の匂いが食欲をそそる。唐揚げなど、いつ以来だろうか。

「……美味そう」

思わず呟くと、七瀬は俺の顔を覗き込んできた。

「あ、笑った？」

「わ、笑ってない」

慌てて口元を引き結ぶと、七瀬は嬉しそうに、にんまり笑みを浮かべる。

「うふふ。ほんとに好きなんだね、唐揚げ」

「……別に。てか、早く帰れば」

しっしっと軽く手を振ったが、七瀬はなかなか立ち去ろうとしなかった。玄関先に突っ立ったまま、両手をもじもじさせている。

「まだ、何かあんの？」

俺が尋ねると、七瀬はやや言いづらそうに、口を開いた。

「……今日ね。さっちゃんに、相楽くんと付き合ってるの？　って訊かれちゃった」

……ほら見ろ。危惧していたことが起こってしまった。

七瀬は大丈夫だと言っていたが、やはり邪推する人間はいるものだ。七瀬のような目立つ美人が、俺のような冴えない陰キャと一緒にいるなんて、不自然極まりないのだから。

「……これに懲りたら、学校で話しかけてくんのやめれば」

「えっ、それは嫌だな」

「なんで。せっかく大学デビューしたのに、俺みたいなのと一緒にいたら台無しだろ」

「そ、そんなことないよ！　わたしは、相楽くんと仲良くしたいもん」

やけに力をこめて、七瀬が言った。

どうして、そんなに俺にこだわるのだろうか。素顔をさらけ出せる相手が、そんなにも貴重なのか。薔薇色の大学生活を目指す彼女にとって、俺の存在など枷《かせ》にしかならないだろうに。

「……七瀬。おまえ、彼氏作れよ」

俺の言葉に、七瀬が「え？」と瞬きをした。キョトンとしている七瀬に、俺は続ける。

「キラキラ女子になりたいなら、俺なんかに差し入れしてる場合じゃないだろ。さっさと彼氏作って、そいつのために唐揚げ作れよ」

「えーっ……彼氏作るのを、唐揚げ作るのと同じノリで言われても……恋人って、そんなに簡単にできるものじゃないよね？」

七瀬が戸惑ったように言った。俺は彼女の顔をじっと見つめ、ポツリと呟く。

「……そうでもないと、思うけど」

今の七瀬ならば、そんなに難しいことではないと思う。なにせ化粧をした七瀬は美人だし、意外と明るくて性格だって良い。普段俺にしているように、ニコニコ愛想良く笑って話しかけてやれば、大抵の奴はコロッと落ちるはずだ。俺以外の男ならば、たぶん。

「ほら、たとえばあいつは？　えーと……北條だっけ」

俺の頭に浮かんだのは、同じゼミの北條博紀の顔だった。かなりのイケメンで、俺のような陰キャにも分け隔てなく話しかけてくるタイプの陽キャである。男とあまり関わりのない七瀬も、北條とは先日の交流会で会話していた。明るく社交的で爽《さわ》やかで、誰からも好感の持たれる男。ああいう男が恋人だったなら、きっと大学生活も薔薇色に違いない。

しかし七瀬は、不思議そうに首を傾げた。

「ええ？　なんで、北條くん？」

「女はみんな、ああいう奴のこと好きだろ」

「主語が大きいよ。北條くん、いい人だとは思うけど……付き合う、ってなると、あんまりピンとこないかも」

七瀬はそう言った後、慌てたように「もちろん、わたしがそんなこと言える立場じゃないんだけど！」と付け加えた。一応、七瀬にも好みがあるらしい。たしかに主語が大きかったな、と反省した。

「じゃあ、どんな奴が好みなんだよ」

「うーん、あんまり考えたことなかった……今まで、好きな人とかいなかったから」

まあ、それもそうか。図書室で勉強ばかりしていた当時の七瀬は、あまり恋愛に興味があるようには見えなかった。

「でもおまえだって、誰でもいいわけじゃないんだろ」

「う、うん。でも……誰がいい、ってわけでもないんだよね……」

「そもそも、素敵な彼氏ができたところで、そいつと何をしたいんだよ。言っとくけど、おまえの〝薔薇色〟、具体性が一切《いっさい》ない」

「うっ」

図星だったのか、七瀬は言葉を詰まらせた。「そ、そうだなあ……」と腕組みをして、真剣な表情で考え込んでいる。彼氏との薔薇色の日々を想像しているのかもしれない。

「……大学で一緒にお昼食べたり、毎晩寝る前に電話したり、二人でお買い物したり、鴨川の河川敷で並んで座ったりしたい……」

「うげ」

七瀬の話を聞いて、思わず声が漏れた。俺は生まれてこのかた誰とも交際したことがないが、世間のカップルはみんなそんなことをしているのか。想像しただけで、げんなりする。

「……それ、楽しいのか？」

首を捻る俺に、七瀬が熱を込めて言った。

「た、楽しいよ！　好きな人と一緒なら、絶対！」

そういうものなのか。俺にはまったく理解できないし、別に理解できなくてもいいが。

「でも付き合うって、そういうことだけじゃないだろ」

「え、どういうこと？」

「いや、もっとこう……恋人同士じゃないと、できないこととか……するだろ」

俺の頭に浮かんだのは、もっと直接的な単語だったが、さすがにそれを口に出すのは憚られた。しかし、七瀬に俺の意図はきちんと伝わったらしい。彼女はそのあたりのことを想定していなかったのか、頬を赤らめて俯いた。

「そ、そっか。……そ、そうだよね」

なんだか妙に緊張した、気まずい空気が流れる。しまった、一歩間違えればセクハラじゃねえか。

「と、とにかく。もしおまえに好きな奴ができたら、応援してやるから」

そう口にした後で、ほんの僅か、ちくりと胸の奥が痛む。しかし俺は、それに気付かないふりをした。

「……うん。ありがとう」

七瀬はそう言って、曖昧に笑った。

扉を閉めると、少し冷めてしまった唐揚げを、電子レンジで温めてから食べる。七瀬が作った唐揚げは、文句なしに美味かった。いつかこれを食べるかもしれない、彼女の未来の恋人は、きっと幸せだろう。

「じゃあ、グループごとに話し合ってまとめておいて。発表は再来週の金曜にしてもらうから」

教授の言葉に、研究室の後方からえーっという声があがった。教授はその一団を、三白眼《さんぱくがん》でギロリと睨みつける。

ウチのゼミの教授は目つきが悪くて無表情で、一部の生徒から〝チベスナ〟というあだ名をつけられている。〝チベットスナギツネ〟の略らしい。たしかにちょっと似てるかもしれん、と教授の冷ややかな目を見ながら俺は思う。

俺が所属しているゼミはグループワークが多いので、社交性ゼロの俺にとっては苦痛だ。しかし、必修なのだから仕方ない。今後社会に出て働くには、最低限のコミュニケーション能力を育てることも大事だろう。わかってはいるのだが、他人と関わることはどうにも億劫《おっくう》だ。

グループは教授がランダムに決めた。夕方からバイトのシフトを入れているため、早急に話し合いを終わらせて帰りたいところだ。

「ほな、テーマ決めよっか。どーする？」

そう言ってグループの面々を見回したのは、北條だ。こいつは見かけによらず真面目な一面もあり、やらねばならないことはキッチリこなす奴である。

同じグループには北條の他に、七瀬と仲がいい須藤早希もいた。須藤も頭の回転が速いし、余計なお喋りでダラダラと話し合いを引き延ばすタイプではない。北條と須藤の二人が先導して、テキパキとテーマと役割分担が決まっていく。ほぼ黙っていた俺に対しても、うまく役割を振ってくれた。

「じゃ、そーゆーことで。それぞれ資料集まったら、また打ち合わせしよっか。金曜のゼミの後にしよ。昼休みでもいい？」

「おっけー。とりあえず、ＬＩＮＥのグループ作っとこー」

そう言ってスマホを取り出した須藤に向かって、俺は言った。

「それ、いる？　打ち合わせの日程今決めたんだから、連絡取りあう必要ないだろ」

個人主義を掲げている俺は、意味のないコミュニティに属するつもりはない。それほど親しくもないゼミの連中と、ＳＮＳで繋がるのはごめんだ。

「はあ？　やっと喋ったと思ったら、それ？」

須藤は気分を害したようで、不愉快そうに食ってかかってくる。

「あのさあ、協調性って言葉知ってる⁉」

「知ってるよ。邪魔するつもりはないけど、必要以上に馴れ合いたくない」

そう口に出してから、ちょっと言い過ぎたかな、と後悔した。しかし謝る前に、須藤が「何それー⁉　感じ悪！」と騒ぎ出したので、タイミングを逃してしまった。

まあ、仕方ない。馴《な》れ合う気はまったくないが、与えられた課題はきっちりこなすつもりだ。誰にも文句は言わせない。

「……俺、このあとバイトだから。帰る」

研究室から出ようとしたところで、視界の端に、明るい栗色の髪が目に入った。七瀬だ。長い髪は頭の後ろでぐるぐるとねじってまとめられているのだが、構造が複雑でよくわからない。

七瀬のグループの話し合いはあまり順調ではないらしく、形の良い眉はやや下がり気味だ。彼女と同じグループには、木南がいるらしい。あいつはあまり真面目そうには見えない。木南は七瀬の方に身体を寄せて、何やら話しかけているようだ。奴はおそらく、七瀬に好意を抱いているのだろう。別に、俺には関係ないことだが。

視線に気付いたのか、七瀬はくるりと振り向いた。目が合うと、鮮やかなピンク色の唇が緩く弧を描く。こちらに向かって、小さく手を振ってきた。

俺はふいと視線を逸らして、研究室を出て行った。すると、コツコツと踵が床を叩く音が背中から聞こえてくる。

「相楽くん、待って」

追いかけてきたのは、やはり七瀬だった。俺は立ち止まり、眉を寄せる。

「だから、話しかけてくるなってば……」

「えっ、でも」

「おまえ、須藤に変な勘違いされたんだろ」

「わたしが相楽くんと付き合ってる、っていう話？」

「ばっ、馬鹿。声大きい」

七瀬を諫《いさ》め、キョロキョロと周囲を見回す。こんな話を誰かに聞かれて、根も葉もない噂が立ってしまったら大変だ。

「おまえ、〝素敵な彼氏〟作るんじゃなかったのかよ」

「そ、それは……いつかは、欲しいけど……」

「いつかって、いつだよ。大学生活、四年間しかないんだぞ」

まるで叱られた子犬のように、しゅん、と七瀬が俯く。

「とにかく、今後は俺にあんまり話しかけてくんなよ。変な噂立ったら、おまえに男寄ってこなくなるぞ」

「でも、わたしは……」

「じゃあな」

何か言いかけた七瀬の言葉を遮《さえぎ》り、俺は早足で歩いていく。踵を返す直前に見えた七瀬の顔は、やけに悲しげだった。

校舎から外に出ると、じめっとした不快な空気が身体にまとわりつく。梅雨入り宣言はまだされていないが、最近は雨続きで、異様に湿度が高い。去年の六月はもう少し過ごしやすかった気もするのだが、この湿気は京都特有のものなのだろうか。

「相楽！」

……今日は、よく名前を呼ばれる日だ。

振り向くと、背の高いイケメンが小走りに駆け寄ってくる。北條だ。改めて見ると、まるでモデルのようなスタイルだ。俺と同じくらいの身長なのに、足の長さが全然違う。

「相楽、連絡先教えて。別に、勝手にグループ入れたりせーへんから」

「え？」

「いきなり学校来れんくなったときとか、誰も連絡先知らんかったら困るやろ」

……たしかに、それは一理ある。俺は自分の視野の狭さを恥じた。今度、須藤にも詫《わ》びておいた方がいいかもしれない。

スマホを取り出すと、北條とＬＩＮＥのＩＤを交換した。大学に入ってから連絡先を交換するのは、七瀬に次いで二人目だ。イケメンリア充のコミュ力、恐るべし。

ポン、という音とともに、謎《なぞ》の中年男性がコミカルなポーズをしているスタンプが送られてくる。ツッコミ待ちかもしれないが、何も言わなかった。

スマホをポケットに入れながら、北條は世間話のような口調で、さらりと尋ねてきた。

「相楽、七瀬のこと好きなん？」

多少動揺したが、ある程度想定していた質問だったので、きっぱりと答えた。

「それはない」

北條は「ふーん」と相槌を打ち、続ける。

「さっき、七瀬となんか喋ってたみたいやから。交流会も一緒に来てたし、仲良いんやなーて思ててん」

俺は内心舌打ちをした。ほら見たことか。やっぱり、妙な勘違いされてるじゃねえか。

「でも付き合ってないんやろ？　あ、これは早希から聞いたんやけど。せやから、相楽の片想《かたおも》いなんかなって」

こういった誤解も、予想される事態ではある。誰にでも優しい美人に惚《ほ》れてしまう、地味で冴えない勘違い野郎。ありそうなことだ。

「ないない。俺みたいなの、七瀬と釣り合わんだろ」

用意していた模範解答を口にする。しかし北條は納得しなかったらしく、首を傾げた。

「そうかあ？　お似合いやと思うけど」

「は？　どこが？」

これは想定していない返答だったので、思わず訊き返してしまった。

くどいようだが、化粧をしている七瀬は、ぱっと目を惹《ひ》く美女である。俺のような冴えない男と、お似合いなはずがない。一体北條は何を根拠に、そんなことを言っているのか。

「うーん、なんか……雰囲気？　こう、一緒にいるときの空気とか」

「雰囲気……？」

「七瀬って、いうてそんなにイケイケちゃうやん？　おれと喋ってるときとか、ちょっと無理してるなーって感じるときあるし」

「いや……そんなことないと、思うけど」

平静を装って答えながらも、ぎくりとした。化粧で覆われた七瀬の内面の地味さを、既に看破している奴がいるとは。やはり、ヒエラルキートップのリア充の目は誤魔化せないのか。

「でもなんか、相楽と喋ってるときは自然体な感じする」

「……そうでも、ねえよ」

俺と一緒にいるときの七瀬が自然体なのは、無理に取り繕う必要がないからだ。それは俺があいつの素顔を知っているだけ、というそれだけのことで。お似合い、だなんてことは絶対にありえない。

やはり俺の存在は、薔薇色の大学生活を目指す七瀬にとって、邪魔にしかならないだろう。俺なんかとお似合いと言われるなんて、迷惑に決まっている。今後はこれまで以上に気を付けて、適切な距離を取らなければ。

意味ありげに笑った北條は、俺の肩をポンと叩いた。

「ま、グループワーク頑張ろ。バイト頑張ってなー。ほな、おつかれ」

そう言って北條が片手を上げたので、俺も曖昧に右手を上げた。大学生は挨拶がわりにやたらと「おつかれ」を連呼するが、何に疲れているのかよくわからん。

空を見上げると、どんよりとした灰色の雲からは今にも雨が降り出しそうだった。バイト先には、傘を持って行くことにしよう。

◇◇◇

「ううん……全然、うまくまとまらない……」

目の前に積み上げられた資料と格闘していたわたしは、とうとう白旗を上げて、床に倒れこんだ。染みの散った天井を見上げながら、深い溜め息をつく。

時刻は夜中の零時。チョコレートのひとつでも食べたくなったけれど、こんな時間にそんなものを食べるなんて、美容の大敵だ。このあいだ額に吹き出物ができていたし、気を付けないと。ただでさえ、最近は寝不足気味なのだ。

スマートフォンを見ると、さっちゃんからＬＩＮＥのメッセージが届いていた。通知画面に[これ見て笑]というコメントと、動画のＵＲＬが表示されている。たぶん、さっちゃんが好きなお笑い芸人の動画か何かだろう。申し訳ないけれど、今は見る気にはなれなかった。既読をつけずに、そのままにしておく。

わたしが今取り掛かっているのは、ゼミのグループワーク課題だ。本当ならば、メンバー全員で取り掛かるべきものなのだけれど、わたし以外の三人は、あまり協力的ではなかった。

特に、わたしは同じグループの木南悠輔《ゆうすけ》くんのことが、少しだけ苦手だった。

明るくて人懐《なつ》っこい彼は、以前からわたしにあれこれと話しかけてきた。そんなに悪い子ではないと思うけれど、妙に馴れ馴れしくて、こちらが反応し辛いような冗談を振ってくることもしばしばだ。

今回グループが一緒になったときも、最初は「なんでもやるから言ってよ」なんて調子の良いことを言っていた。しかし、いざグループワークを始めてみると——彼は、協力的だとは言い難かった。

面倒な作業は、やんわりと他人に押し付ける。意見を求められると、よくわからないと言って逃げる。それでいて最後には「言ってくれたらそれくらいやったのに」と言うのだ。悪気はないのだろうけれど、あまり一緒に仕事をしたくないタイプだった。

木南くん以外のメンバーも、忙しいなどと理由をつけて、あまり積極的になってくれない。結果として、作業のほとんどをわたしが抱えることになってしまった。

思えば高校時代にも、似たようなことがあった。本来ならば全員でするはずの図書委員の仕事を、わたしは一人でやっていた。「部活があるから」などと押しつけられて、結局毎日のように、受付カウンターに座っていた気がする。

どうしてわたしだけ、と思う気持ちがないわけではないけれど——それでも、手を抜くつもりにはなれなかった。真面目にやっている人間が損をする、だなんて思いたくない。きっと、わたしの努力を見てくれている人はいるはずだ。

そのとき隣の部屋から、人が出ていく気配がした。相楽くんだ。扉が閉まって、階段を下りていく。おそらく、今からバイトに行くのだろう。

そういえば、相楽くんはさっちゃんと同じグループだった。さっちゃんは「あいつ、全然協調性なくて」と怒っていたけれど、わたしは正直羨ましい。真面目な相楽くんは、きっと手を抜くことなく課題をこなすのだろう。

ここしばらく、相楽くんとまともに喋っていない。

――とにかく、今後は俺にあんまり話しかけてくんなよ。変な噂立ったら、おまえに男寄ってこなくなるぞ。

きっと相楽くんは、わたしを心配してくれているのだろうけど、それでもわたしは、寂《さび》しかった。もちろん、薔薇色の大学生活を共に過ごす恋人が欲しくないわけではないけれど、そのために相楽くんと話せなくなるのは、嫌かもしれない。

大学に入ってから、漠然と「素敵な彼氏が欲しい」と思ってきたけれど、そのために具体的にどうすればいいのか、どんな彼氏が欲しいのか、真剣に考えたことはなかった。

そもそも、自分が誰かと付き合っているところが、まったく想像できない。あまりにもハードルが高すぎる。少し前まで友達の一人もいなかったのだから、当然のことだ。

――恋人同士じゃないとできないこととか、あるだろ。

相楽くんにそう言われたとき、わたしは少なからずショックを受けてしまった。誰かとお付き合いするということは、ただ鴨川の河川敷に並んで座るだけではないのだ。まだ見ぬ誰かと、そういう深い関係になることを想像したとき——憧れよりもまず、恐怖を感じた。

もしかするとわたしに、誰かと恋人になる覚悟は、まだないのかもしれない。それならそうと、彼にきちんと伝えなければ。

いずれにせよ、今はグループワークでそれどころではない。発表が終わったら、また晩ごはんでも差し入れしようかな。そんなことを考えながら、わたしは再び課題に向き直った。

◆◆◆

「……え。相楽、ちゃんとやってきてるやん」

俺がまとめたレポートを見て、須藤が口をぽかんと開けた。

グループワークが始まって、一週間が経った頃。俺たちのグループは、打ち合わせのために集まった。バイトの合間を縫って、自分に割り当てられた課題を早々に終わらせていた俺は、一番乗りで提出をしたのだった。

「うわー、めっちゃ上手《うま》くまとまってるし、わかりやすー。仕事早いし、すごいな相楽」

北條が感心したように頷いている。どうやら俺以外のメンバーは、まだ担当分を終わらせていないらしい。発表は来週だし、時間的にはまだ余裕があるから問題ないだろう。

「ごめん！　あんまり乗り気じゃなさそうやったから、見くびってた」

須藤がそう言って、両手を合わせる。俺に協調性が欠けているのは事実なので、謝られる理由はない。

「与えられた仕事こなすのは、普通のことだろ」

「いやー、そうでもないやろ。ハルコのとことか、なんか大変そうやで」

唐突に七瀬の名前が出てきて、思わず「なんで？」と訊き返してしまった。ここ最近は七瀬とほとんど話していないため、俺には彼女の様子がわからない。深入りしない方がよかったかな、と思ったが、須藤はべらべらと話し出す。

「ハルコのグループ、みんなあんま協力的じゃなくて、全然真面目にやってくれへんみたい。ハルコが一人で頑張ってるっぽい」

「あー。七瀬、悠輔とかと一緒やっけ。大変そうやな」

北條が苦笑いを浮かべる。北條は木南と親しいようだし、あいつの不真面目さをよくわかっているのかもしれない。

そういえば数日前、七瀬が遅くまで研究室に残っている姿を見かけた。昨日バイトから帰って来たときも、夜中だというのに部屋の電気が点《つ》いていた。もしかするとあれは、グループワークの作業をしていたのだろうか。

俺が黙っていると、北條がやや悪戯《いたずら》っぽく笑って、尋ねてきた。

「相楽、もしかして七瀬のこと心配？」

「……別に」

「なんやそれ、冷たい奴！　薄情者！」

須藤は憤った後、明るい声で拳を突き上げた。

「でも、このグループ、真面目な子ばっかでよかったわ！　頑張って最高評価取ろー！」

「早希。言うとくけど、今んとこ一番遅れてんのおまえやで」

北條にぴしゃりと言われて、須藤が「うっ」と言葉に詰まる。俺はそれを横目で眺めながら、七瀬のことをぼんやりと考えていた。


それからさらに、一週間が経った水曜日。

大粒の雫《しずく》が、窓ガラスを激しく叩く音で目が覚めた。寝転んだまま窓の外を窺うと、土砂降りの大雨が降っている。

枕元《まくらもと》で充電していたスマホで時刻を確認する。午前八時五十三分。朝の四時までバイトのシフトに入っており、シャワーを浴びて四時半には寝たから、およそ四時間半は睡眠を取ったことになる。充分すぎるほどだ。

授業は三限からなので、午前中は完全にフリーである。グループワークは順調に進んでいるが、発表は明後日に迫っている。もう少し準備をしておいてもいいかもしれない。早めに大学に行って図書館に寄ろう。

起き上がると、狭い洗面台で顔を洗う。後頭部に寝癖がついていることに気付いたが、直すのが面倒だ。どうせ誰も気にしないだろう。

この大雨だと、自転車で通学することは厳しい。いくらレインコートを着たとしても、ずぶ濡《ぬ》れになってしまうだろう。大学までは歩くと一時間近くかかるが、バスを利用するのはもったいない。仕方ないので歩いて行くことにする。

ビニール傘を手に、水溜《た》まりを避けながら大学へと向かう。どうやら雨はつい先ほどから降り出したらしく、傘を持たないサラリーマンが軒下で途方に暮れているのが見える。

大学に着くと、まっすぐ図書館に向かった。入り口には自動改札機のようなものがあり、学生証をかざせば通れる仕組みだ。ずぶ濡れのビニール傘を傘袋の中に入れる。図書館は冷房が利いており、少し肌寒いくらいだった。

法律関係の棚から文献をいくつか手に取り、ぐるりと辺りを見回す。と、まるで定規でも入っているかのようにピンと伸びた背中が目に入って、小さく肩を竦《すく》めた。

……どうやら俺は、彼女を見つけるのが結構得意らしい。

淡いブルーのカーディガンを肩にかけた七瀬は机に向かい、一心不乱にページをめくっていた。机上には本が山積みになっている。

七瀬が真面目で責任感の強い女だということは、よくわかっている。そうでなければ、高校の図書室はあんなに美しく心地良く保たれてはいなかったはずだ。机に向かう後ろ姿に、三つ編み眼鏡の女の子が重なった。彼女の根っこの部分は、あの頃と変わってない。

声をかけるべきではない、のはわかっている。それでも、ほうっておけない。

俺はゆっくりと歩いていき、七瀬の正面の椅子を引いて腰を下ろした。

目の前で七瀬が弾かれたように顔を上げて、「あっ」と小さな声を漏らす。きょろきょろと周囲を気にしてから、ひそひそ声で話しかけてきた。

「おはよう。寝癖ついてるね」

言われて、思わず頭の後ろに手をやる。くそ、今度からはちゃんと直してこよう。

「相楽くんも、明後日の準備？」

「……おまえ、一人でやってんの」

七瀬の質問には答えず、俺は尋ねた。七瀬は眉を下げて「うーん」と返答を濁す。

机に置かれたノートを手に取ると、美しい字でびっしりと書き込まれていた。おそらく、本来であればグループ内で分担すべき作業を、彼女は一人で抱え込んでいる。

「なんで、そこまですんの。適当に手ぇ抜けばいいのに」

ノートの内容を見る限り、彼女のグループ発表の出来は素晴らしいものになるだろう。その

成果を、彼女のグループのメンバーも享受することになる。そのことが腹立たしいと思わない

のだろうか。今回多少手を抜いたところで、七瀬ならいくらでも個人で挽回《ばんかい》できる。彼女は非常に優秀なのだ。

「おまえ一人が真面目にやったって、損するだけだろ」

俺が言うと、七瀬はそっと目を伏せた。長い睫毛が白い頬に影を落とす。

「真面目って、そんなに悪いことかな」

「……え?」

「わたし、何をするにも絶対手を抜きたくないの。やるからには全力を尽くしたい。要領が悪いって言われたって、真面目に取り組むことが間違ってると思いたくないんだ」

しんと静まり返った図書館に、七瀬の声だけがひそやかに響く。

そういえば、彼女の今の姿は、彼女が大学デビューに「全力を尽くした」結果なのだ。つくづく不器用な女だと思う。それでも、彼女を馬鹿にするつもりにはなれなかった。

「……誰にも認められなくても?」

皮肉っぽくそう問うと、七瀬はこちらを向いてニコッと笑う。

「ちゃんと見ててくれる人もいるから。相楽くんとか」

内心、ぎくりとする。しかし平静を装って、答えた。

「……別に」

ふいと視線を逸らすと、そう吐き捨てる。七瀬はくすくすと、くぐもった笑い声をたてた。

「心配してくれて、ありがとう。声かけてくれて嬉しかった」

そんなつもりで声をかけたわけじゃない。やっぱり七瀬は、俺のことを買いかぶっている。

「あのね、相楽くん」

身を乗り出してきた七瀬が、周りの迷惑にならないような、ひそやかな声で俺の名前を呼ぶ。

「わたし、今はやっぱり彼氏いらないかも。その、やっぱり……タイミング的に、今じゃないかな、って思って」

そう言って七瀬は、「だめかな？」と眉を下げた。

本当にそれでいいのか、と思わないこともないが……駄目かどうかは、俺が決めることではない。七瀬がそう言うのならば、仕方ないではないか。

「……なら、勝手にすれば」

そう答えると、七瀬は安堵したように頰を緩めた。それから本を閉じて、左手首の腕時計に視線を落とす。

「もうすぐお昼だね。わたし、コンビニでパン買おうと思ってたんだ」

「あ、そう」

「もしかして、外雨降ってる？　傘持ってきてないや」

俺が持っていたビニール傘を見て、七瀬が言った。七瀬がアパートを出た時間は、まだ雨が降っていなかったらしい。大学内のコンビニに傘は売っているが、図書館からだと少し歩かなければならない。傘がなければ、きっと濡れてしまうだろう。

俺はやや逡巡したのち、口を開いた。

「……入ってく？　傘」

七瀬が驚いたように目を丸くする。

「えっ、いいの？」

「まあ、俺もコンビニ行こうと思ってたし……昼買うついでに」

相合い傘をしているところを誰かに見られたら、またあらぬ噂が立つかもしれないが、もうどうでもよくなっていた。面倒だが、何か聞かれたときには否定すればいい。

俺と七瀬が付き合うなんて、天地がひっくり返ってもありえないことだ。

「ありがとう」

七瀬が笑って礼を言った瞬間に、頭に響いたのは、北条の声だった。

――お似合いやと思うけど。

目の前にいる女の笑顔を見つめながら、そんなまさか、と俺は鼻で笑った。

第二章　何かが変わる夏

usoitsuki lip
ha koi de kuzureru.

とうとう夏が始まってしまった。凶悪と名高い、京都の夏だ。

七月に入って梅雨が明けると、なんだか学生たちがにわかに浮かれ始めた気がする。金曜のゼミが終わった後の研究室でも、やれ夏フェスに行こうだの、海に行こうだの、リア充たちが騒いでいるのが聞こえる。俺《おれ》には縁のないことだ。

七瀬《ななせ》はその輪から少し離れたところで、こっそり口紅を塗り直しているようだった。小さな手鏡に向かって、ニコッと笑っているのが見える。別に俺に向けられた笑顔ではないというのに、不覚にもドキッとしてしまった。

「あ！　七瀬も一緒に海行かない⁉」

そのとき木南《きなみ》が、研究室中に響き渡るような大声で言った。突然話しかけられた七瀬は驚いたようで、びくりと肩を揺らし、「え⁉　う、海⁉」と裏返った声で答える。

「今、夏休みにみんなで行こって話しててさ。七瀬も行こーよ！」

詰め寄ってくる木南に、七瀬は目を泳がせている。やがて、ぶんぶんと勢いよく首を横に振った。

「ご……ごめんね！　わたし、海はちょっと」

「そっかー。あ、じゃあプールは？」

「わ、わたし……えーっと、そう、お、泳げないの！」

しどろもどろになりながら、七瀬が言うと、木南はケタケタと声をあげて笑う。

「いや、海とかプール行っても、別に泳がなくない？」

七瀬は「そうなの？」と首を傾《かし》げ、じゃあ一体何をするんだろう、という顔をしている。リア充の海やプールの楽しみ方を、彼女は知らないのだろう。そんなの俺だって知らない。

「てか、泳げなくても大丈夫だって！　オレが手取り足取り……」

「悠輔《ゆうすけ》、しつこい。あんた、ハルコの水着見たいだけやろ！」

須藤《すどう》がそう言って、木南の後頭部を軽く叩《たた》いた。木南は悪びれた様子もなく、「バレた？」とへらへら笑っている。……やっぱり、そんなことだろうと思った。

しかし、ゼミの仲間と一緒に海に行くなんて、七瀬の憧《あこが》れる〝薔薇色《ばらいろ》〟を絵に描いたような夏休みだろうに。どうして彼女は断ったのだろうか。

俺の視線に気付いたのか、七瀬はチラリとこちらを振り向く。小さく手を振ってきた七瀬に向かって、口パクで「こっち見んな」と言ってやった。

四限の授業を終えて駐輪場に向かう途中、七瀬の後ろ姿を見つけた。

栗《くり》色の長い髪は高い位置でひとつに結ばれて、耳には大きなピアスが揺れている。服装も、なんかよくわからんが爽《さわ》やかで夏らしい。きちんと季節に合わせたオシャレをしているのだな、と感心してしまった。俺の夏の装いは、だいたいTシャツ一択である。

距離を保って歩いていたのだが、突然七瀬が首を回して、ぐるりと振り向いた。

「あっ、やっぱり相楽《さがら》くん！」

「うわ。な、なんだよ」

「なんだか、そこにいるような気がして」

存在感は薄い方だと自負しているのだが、どうして七瀬は俺に気付くのだろうか。

七瀬が立ち止まっているので、仕方なく隣に並ぶ。それから彼女に向かって、尋ねた。

「……七瀬。今日、海行こうって誘われてただろ。行けばよかったのに」

「え、絶対無理だよ！　無理無理！」

七瀬は悲鳴にも近い声をあげた。あまりの拒絶っぷりに、俺は怪訝《けげん》に思う。

「何がそんなに嫌なんだよ。水着見られるのが嫌とか？」

まあ俺も、木南なんかに水着姿を見せるべきではないと思うが。七瀬は「それもあるけど」とモゴモゴ言った。

「……海とかプールとか……あんなところに行って、お化粧落ちたらと思うと……みんなにすっぴん見せるくらいなら、死んだ方がマシ」

……ああ。なるほど、そういう理由か。

どうやら七瀬は、自分の素顔が周囲にバレることを、過剰に恐れているようだ。すっぴんだって、そんなに悪くないと思うのだが。そっちの方が好きだという男は、少なからずいると思う。いや別に、俺がそうだというわけではなくて。

「そういや七瀬、夏休み予定あんの？　結局いつも、須藤たちと一緒にいるし……全然、進歩してないように見えるんだけど」

図星だったのか、七瀬は「うっ」と胸を押さえて、がっくり項垂《うなだ》れた。

「夏休みの予定……何もないんだ。お盆に実家帰るぐらいかなあ」

「……。ふーん」

「で、でもね。この夏にやりたいことなら、あるよ！　アパートの近くにあるカフェで、夏季限定トロピカルパフェを食べるんだ！」

堂々と宣言されたのは、思いのほかささやかな目標だった。思わず、脱力してしまう。

「んなもん、今からでも行ってこいよ……」

「で、でも。一人でパフェ頼む勇気なくて」

そこで言葉を切った七瀬は、表情を輝かせて「そうだ！」と叫んだ。嫌な予感がする。

「相楽くん！　今から一緒に、パフェ食べに行こう！」

……言うと思った。

「なんで、そうなるんだよ……」

「お願い！　トロピカルパフェを食べることが、わたしの薔薇色の第一歩なの！」

七瀬は顔の前で手を合わせて、必死に懇願してくる。なんだか妙な理屈に押し切られそうになっている気がするが、「協力するって言ったよね」と言われてしまうと、断れない。

「……俺、夜からバイトだから……すぐ帰るからな」

七瀬は「やったー！」と言って、下手くそな鼻歌を歌いながら自転車に跨《また》がる。ポニーテールをはためかせ、赤い自転車に乗って颯爽《さっそう》と走り出した七瀬を、俺は渋々追いかけた。


到着したのは、落ち着いた雰囲気のあるカフェだった。チェーンのコーヒーショップほど騒がしくないが、学生でも気軽に利用できそうだ。しっかりとした造りの木の扉を開けると、ベルがカランコロンと鳴る。コーヒーの芳《かぐわ》しい香りが、鼻腔《びこう》をくすぐった。

「いらっしゃいませ！　何名様ですか?」

出迎えてくれたのは、俺たちよりもやや年上ぐらいの、若い女性スタッフだった。七瀬はやや緊張した面持ちで「二人です」と答える。案内された窓際の席に、向かい合って座った。ソファがフカフカで心地好《よ》い。ここに住んでもいいぐらいだ。

「ね。今の人、綺麗《きれい》だったね」

七瀬がうっとりとした様子で、言った。どうやら、先ほどの女性スタッフのことを言っているらしい。首を回して再度確認すると、たしかに美人だった。目元にある泣きぼくろが特徴的で、どことなく色気がある。気が強そうで、須藤に雰囲気が似ている気もした。俺は七瀬の方が美人だと思うが、まあ好みの問題だろう。

「ここのカフェ、たまに勉強しに来るの。静かだしオシャレだし、お気に入りなんだ」

七瀬から手渡されたメニュー表を広げると、コーヒーが一杯六百円もした。普段は安物の紙パックのコーヒーを飲んでいる俺にとっては、眩暈《めまい》がするような値段だ。

「ほら、これだよ！　夏季限定トロピカルパフェ！」

七瀬が指差したパフェの値段を見て、思わず「うわ」と声が漏《も》れた。

「たっか。たかがパフェにそんなに出せるかよ。俺、コーヒーでいい」

俺の言葉に眉《まゆ》を下げた七瀬の顔を見て、すぐ後悔した。どうやら純粋にパフェを楽しみにしている彼女の気持ちに、水を差してしまったらしい。

「……じゃあ、わたしはパフェにするね。すみません、注文お願いします」

七瀬は寂《さび》しそうに笑って、店員を呼び止めた。謝るタイミングを逃した俺は、無言でお冷やを口に運ぶ。

しばらくすると、俺が頼んだコーヒーと、七瀬が頼んだトロピカルパフェが運ばれてきた。色鮮やかなフルーツが、これでもかとばかりにふんだんに盛りつけられている。

「わー、可愛《かわい》い！」

七瀬ははしゃいだ声をあげた。美味《うま》そうだとは思うが、俺には食べ物を「可愛い」と形容する気持ちが今ひとつわからない。女子は何にでも「可愛い」を連呼する生き物だ。

七瀬は写真を撮った後、食べるのが難しそうなパフェに、慎重にスプーンを入れた。

「うん、とっても美味《おい》しい！」

七瀬はそう言って、幸せそうに笑った。それほど短くはない時間を共に過ごしてきて気付いたが、七瀬は感情表現が非常に豊かだ。嬉《うれ》しい、とか、楽しい、とか、ポジティブな感情が素直に表に出てくる。そういうところは、見ていて飽きないな、と思う。

「ここのパフェ、ずーっと気になってたんだけど、一人で頼むのもちょっと勇気いるなって思ってて。はあ、やっと食べられてよかったあ」

彼女にとってこのパフェは、千五百円以上の価値があるのだろう。何に価値を感じるかは人それぞれなのだから、余計なことを言うべきではなかった。

俺は砂糖もミルクも入れず、コーヒーを口に運ぶ。インスタントとは違う、深みのある香りがする。六百円もするのだから、せいぜい味わって飲むことにしよう。

平日だというのに店内は混雑していて、スタッフは忙《せわ》しなく動き回っている。七瀬がふと手を止めて、壁にある〝スタッフ募集中〟の貼《は》り紙《がみ》を見つめてポツリと呟《つぶや》く。

「ここ、バイト募集してるんだ……」

そういえば七瀬は、アルバイトの類はしていないと言っていた。

俺にとって、アルバイトはただの金を稼ぐ手段であるが、多くの学生にとってはそうではない。大学以外の人間関係が広がることは、薔薇色の大学生活を目指す七瀬にとって、良いことではないかと思う。

「いいんじゃねえの、バイト。始めてみたら?」

俺の言葉に、七瀬は「えっ⁉」と目を丸くした。それから自信なさげに俯《うつむ》いて、スプーンでパフェのアイスをつついている。

「で、でも……キラキラした人ばっかりだし、わたしには似合わないかも……」

「そういうキラキラした人種と仲良くなることが、おまえの目標だろうが」

「それにわたし、バイトしたことないし……接客とか、大丈夫かな」

「接客は意外とどうにでもなる。大事なのは、心を殺すことだ」

俺はコンビニのバイトを始めて二カ月になるが、愛想がないなりに意外と頑張っていると思う。最初は苦手意識があったが、心を殺せばそれほど苦ではない。コンビニ店員に過剰なコミュニケーションを求める客は、多くないからだ。まあ、コンビニとカフェでは、接客の質も異なるのかもしれないが。

「ちょ、ちょっと練習してみようかな」

七瀬は何度か咳払《せきばら》いをしてから、ピンと背筋《せすじ》を伸ばす。こちらをまっすぐに見つめると、ニコッと笑みを浮かべた。

「〝いらっしゃいませ〟！」

俺が黙っていると、七瀬は恥ずかしそうに「何か言ってよ……」と唇を尖《とが》らせた。はっと我に返った俺は、誤魔化《ごまか》すようにコーヒーを口に運ぶ。

「……いいんじゃねえの」

「ほ、ほんと？　わたしにもできるかな？」

「向いてると……思う。七瀬、努力家だし記憶力もいいし、愛想もいいし。わりと、どんな職場でも上手《うま》くやっていけるタイプだろ」

何より、こんな店員に接客してもらえるなら、六百円払ってでもコーヒーを飲みたい、と思う客はたくさんいるだろう。何に価値を感じるかは、人それぞれなのだ。

七瀬は下を向いて悩んでいたが、ややあって決心したように顔を上げた。

「相楽くん。わたし、バイト応募してみる！　ありがとう。背中押してくれたお礼に、パフェあげるね。美味しいよ」

そう言って七瀬は、俺にスプーンを手渡してきた。勢いで受け取ってから、これっていわゆる間接ナントカになるのでは、と思う。気にする俺が、陰キャなだけなのか。

……まあ、いいか。どうせこいつは、何も考えていないんだ。

やけくそのような気持ちで、スプーンで桃とクリームとアイスを掬《すく》って、ぱくりと頬張《ほおば》った。美味いのだろうが、味がよくわからない。

「ね、美味しいでしょ」

ニコニコ笑っている七瀬に、スプーンを返す。彼女は平気な顔をして、再びパフェを食べている。俺は動揺を誤魔化すように、コーヒーを口に運んだ。なんだか妙に体温が上がってしまって、やっぱりアイスコーヒーにすればよかった、と後悔した。


そして、数日後。バイトの面接を終えた七瀬が俺の部屋にやって来て、「受かったよー！」とピースサインをした。これで彼女の世界が広がり、薔薇色の大学生活に一歩近付くならば、俺もコーヒーに六百円払った価値があるというものである。

◇◇◇

京都の夏の風物詩・祇園祭《ぎおんまつり》。

七月に入ると、京都の中心である四条通りや烏丸《からすま》通りに山鉾《やまぼこ》が建ち並び、コンチキチンという祇園囃子《ばやし》が鳴り響く。

七月十七日には山鉾巡行と呼ばれるイベントがあり、山鉾が京都の街を練り歩く。十四日から十六日の夜は宵山と呼ばれており、たくさんの出店が大通りに並ぶ。京都の学生が「祇園祭に行く」というのは、大抵この宵山のことを指す。

……というのは生まれも育ちの京都の女、つぐみちゃんから聞いた話だ。

浴衣を着て彼氏と一緒に祇園祭に行く、というのが京女のステータスらしい。そのためか、祇園祭前になると急ごしらえのカップルが増えるとか増えないとか。

「ま、めっちゃ混むから、そのまま喧嘩《けんか》別れする可能性高いけど」

つぐみちゃんの説明に、わたしはフラペチーノのストローを咥《くわ》えながらふぅんと相槌《あいづち》を打った。彼女の話がどこまで正しいのかは、確かめようがない。もしかすると、多少なり偏見が入っているのかもしれない。

七月最初の日曜日。梅雨明け宣言はまだだけど、かんかん照りの良いお天気だ。

わたしはつぐみちゃんに誘われて、買い物にやって来ていた。京都の繁華街である四条河原町には若者向けのファッションビルがあり、既に夏物のプレセールが始まっている。一目惚《ぼ》れしたブラウスを買おうと思ったけれど、値段が可愛くなかったので断念した。

やっぱり買い物は楽しい。お金があれば、もっと楽しいのに。

買い物の後、わたしたちは三条大橋のそばにあるコーヒーショップに入った。期間限定の桃の入ったフラペチーノは、後味がすっきりしていて美味しかった。でも、結構お高い。きっと値段を伝えたら、相楽くんは「海風亭で定食頼んでもお釣りが出る」と嫌な顔をするだろう。想像して、ちょっと笑ってしまった。

しかし相楽くんがどう思おうと、友達と飲む期間限定のフラペチーノは、わたしにとってはプライスレスなのだ。

店の外を流れる鴨川が、ギラギラと容赦ない日差しを跳ね返している。〝河川敷で等間隔に座るカップル〟は鴨川の風物詩だけど、さすがにこの炎天下だと、憧れよりも先に「暑そうだな」と思ってしまう。それでも何組かは仲睦《なかむつ》まじく座っているから、なかなかの根性だ。

「ハルちゃんは、祇園祭行くん？」

「えっ……特に、予定ないかな……」

そう答えると、つぐみちゃんは「そっかー」と答えて、フラペチーノのストローを咥えた。

今までのわたしは、地元のお祭りにも参加したことがなかった。クラスメイトたちが「お祭り行こう！」などと誘い合うのを、興味なんてないですよ、という顔で聞いていた。わたしだって本当は、友達と一緒に可愛い浴衣を着て写真を撮って、リンゴ飴《あめ》を食べて、非日常の空気を楽しんでみたかったのに。

たとえば、さっちゃんだったら。こういうとき、さらりと「一緒に行こうよ」と言えるのだろう。大学に入学して三カ月が経《た》った今も、わたしは自分から友達を遊びに誘うのが苦手だ。断られたらどうしよう、という恐怖が頭をよぎって、二の足を踏んでしまう。今日の買い物だって、つぐみちゃんの方から誘ってくれた。

でも、やっぱり、薔薇色の大学生活を目指すのならば。自分から積極的に、声をかけなきゃいけないのかもしれない。相楽くんがこの場にいたら、自分から誘え、と言うだろう。

勇気を出して、わたしは口を開いた。

「あっ、あのねっ、つぐみちゃん」

「あーそういや。さっちゃん、博紀《ひろき》くんと祇園祭行くんかな。なんか、博紀くんがさっちゃんのこと誘うって言ってた」

振り絞った勇気を挫《くじ》かれて、わたしは口に出しかけた言葉を飲み込んだ。ほとんど溶けてしまったフラペチーノを啜《すす》って、尋ねる。

「なんで、北條《ほうじょう》くん？」

「なんか秒読みっぽいし。そろそろ付き合いそう」

わたしは「えっ」と片手で口を覆《おお》った。北條くんとさっちゃんは仲が良いけど、そんなんじゃないって言ってたのに。もしかして、わたしだけ知らされてなかったの？

ショックを受けているわたしを見て、つぐみちゃんは慌ててフォローしてくれる。

「いや、さっちゃんから直接聞いたわけちゃうけど。なんかいい感じやなーって」

「そ、そうなんだ……」

さっちゃんと北條くんが、付き合う。たしかに二人はお似合いだし、素敵なカップルになりそうだ。でも、ちょっとショックかもしれない。喜びたいのに、なんだか寂しい。

もしさっちゃんが北條くんと祇園祭に行くならば、わたしが誘ったら迷惑かもしれない。つぐみちゃんにも奈美《なみ》ちゃんにも彼氏がいるし、余計なこと言わない方がいいのかも……。

「なあなあハルちゃん。あとでもっかい、さっきの店行ってもいい？　結局買わへんかったワンピ、忘れられへんねん」

「う、うん！　いいよ！　わたしも、もう一回ブラウス見たい！」

その後つぐみちゃんと二人でファッションビルに戻ったわたしは、可愛くないお値段の可愛いブラウスを、結局購入してしまった。しばらくは相楽くんを見習って質素倹約に努め、バイトのシフトを増やすことにしよう。

◆◆◆

夕方までのバイトを終えてアパートに戻ってくるなり、あまりの暑さにげんなりした。

窓を閉め切っていた部屋には、日中の熱気が籠《こ》もっている。急いで窓を開けて、扇風機のスイッチを入れた。年季の入った扇風機が、からからから、とおかしな音を立てて回り始める。

この扇風機は、バイト先の先輩から譲り受けたものだ。かなりボロいけどないよりマシだと思う、と申し訳なさそうに言われたが、ありがたく使わせてもらっている。

ぬるい風を感じながら、ぐったりと項垂れた。

俺が住むオンボロアパートにも、一応エアコンは備え付けられている。そろそろ冷房を入れるべきなのはわかっている、が……日々極限の貧乏生活を送っている俺にとって、電気代は馬鹿《ばか》にできない。給料が全部電気代で吹っ飛ぶ、なんてことはごめんだ。

せめて八月までは我慢しよう、と思っていると、インターホンの音が鳴る。渋々、立ち上がり扉を開けた。

「相楽くん、こんばんは……って、クーラーつけてないの⁉」

そこには予想通り、すっぴんの七瀬が立っていた。夏になったせいか、最近はジャージではなく、半袖《はんそで》のTシャツとハーフパンツ姿である。高校時代の体操着だ。

「今日の最高気温、三十五度だよ……そろそろ、クーラーつけた方がいいと思うけど」

「電気代、もったいねえし」

「熱中症で倒れちゃうよ……相楽くん、お金貯《た》めてるの？　バイトばっかりしてるよね」

「……仕送り、貰《もら》ってないから……家賃とか生活費、全部自分で払ってる」

「え、そうなんだ。偉いね」

「……そんなんじゃない」

「あ、肉じゃが食べる？　作りすぎちゃったんだ」

七瀬はそう言って、手に持った小鍋を差し出してきた。俺は礼を言って、それを受け取る。

そういえば、和食など久しく食べていない。ありがたいことではあるのだが、さすがに施しを受けすぎな気がする。このままでは、あまりにも貸借が合わない。

「……あのさ。無理して差し入れしてくれなくても……」

「ううん、全然無理はしてないよ。それに相楽くん、ほっといたら、うどんしか食べないでしょ？　わたし、お隣さんが栄養失調で倒れるところ、見たくないよ」

ぐうの音も出ない。たしかに昨日も、三食うどんで済ませてしまった。七瀬を見習って、俺も少しは自炊すべきだろうか。

俺が肉じゃがを受け取った後も、七瀬はその場で口元をモゴモゴさせている。何か言いたいことがあるのだろう。痺《しび》れを切らした俺は、「何？」と尋ねた。

「あのね……相楽くん、祇園祭行く？」

「行かねえよ」

即答した。興味もないし、そもそもバイトのシフトが入っている。

祇園祭は、どうやら京都の人間にとっての一大イベントらしい。七月に入ると、いたるところで祇園囃子が鳴り響く。鉾が建ち並ぶ京都の中心地はもちろん、百貨店やスーパー、果てはコンビニまで祇園祭のムードに染まってしまうのだ。最初は風流だなと思っていたが、毎日のように聞かされるたびに、だんだんうんざりしてきた。

名古屋出身の俺は、祇園祭に行ったことがない。テレビのニュースで見たことがある程度だが、人混みが凄《すさ》まじい、ということだけは知っている。芋を洗うような人間の大群を見つめながら、当時の俺は「誰《だれ》が好き好んでこんなとこ行くんだ」と思っていた。地元の祭りにだって、小学生のときを最後に行っていないのに。

「わたし、祇園祭に行ってみたくて……」

「ふーん。行けばいいだろ」

「……相楽くん、一緒に行かない？」

俺は思わず、肉じゃがの鍋を取り落としそうになった。慌てて、コンロの上に避難させる。

「……は、はあ!?　な、なんでだよ」

よくわからないが、男と女が夏祭りに出かけるのは、二人で定食屋やカフェに行くのとは、また意味が異なるだろう。俺を誘うなんて、一体何を考えているんだ。

「……わたしの大学生活が薔薇色になるように、協力してくれるって言ったのに……」

七瀬が拗《す》ねたように、唇を尖らせる。またそれか、と俺は呆《あき》れた。

「あ、あのなあ。俺と一緒に行って、薔薇色にはならねえだろ。須藤とか誘えよ」

俺は絶対にごめんだが、七瀬が憧れているキラキラ大学生は、友達や彼氏と祇園祭に行くのだろう。一緒に行く彼氏がいないのなら、須藤たちを誘って行けばいい。

しかし七瀬は、しょんぼりと眉を下げて言った。

「でも、さっちゃんは北條くんと行くかもしれないし……迷惑かも」

「それ、本人が言ってたのか？」

七瀬が力なく、「ううん」と首を横に振る。

「じゃあ、直接訊《き》けば？」

俺が言うと、七瀬は下を向いたまま、ボソボソと答えた。

「……わたし、友達のこと遊びに誘うの、苦手なの」

以前俺を昼飯に誘ったときは、結構強引《ごういん》だった気もするが。

とはいえそれは、俺が七瀬の素顔を知っているからだろう。七瀬はきっと、須藤たちに嫌われるのが怖いのだ。ひとりぼっちだったあの頃に逆戻りすることを、何より恐れている。一人きりの世界を望んでいる俺とは、正反対だ。

「……七瀬。俺に対するみたいに、他の奴《やつ》らと接しても、いいんじゃねえの。俺に対しては、遠慮なしにぐいぐい来るだろ」

「ぐ、ぐいぐい⁉　ご、ごめんね……相楽くんも、迷惑だった？」

「……。……俺は、ともかく」

これまで友達がいなかったとは信じられないほど、七瀬は明るいし、素直で一生懸命だ。そんな人間から誘われて、嫌な思いをする人間の方が少ないのではないかと思う。

「おまえに誘われて、迷惑だって思う奴なんていないだろ」

「ほんとに？　……大丈夫かな？」

一応「たぶん」と付け加えておく。すると七瀬は目を細めて、「無責任だなあ」と笑った。

「でも……うん、そうだね。あんまり気負わずに、誘ってみる！」

七瀬はそう言って、ハーフパンツのポケットからスマートフォンを取り出した。すいすいと指を動かし、大きく深呼吸してから、「えいっ」という掛け声とともにタップする。

スマホ画面を覗《のぞ》き込んでみると、「みんなで一緒に、祇園祭行きたい！」というメッセージが表示されていた。どうやら、友人たちのグループLINEに送信したらしい。

すぐに既読がついて、反応があった。

「行くーーー‼　一緒に行こ‼」

須藤からだ。続いて、ハートを抱えたパンダのスタンプが送られてくる。

顔を上げた七瀬の瞳《ひとみ》は、先ほどとは見違えるかのように、キラキラと輝いていた。

「さ、相楽くん！　さっちゃん、祇園祭、一緒に行こうって！　よかったあ！　相楽くんのおかげで、誘えたよ！」

七瀬はそう言って、感極まったように俺の両手をぎゅっと握りしめてきた。柔らかな手の感触に、ドキリと心臓が跳ねる。固まっている俺の手を、そのままぶんぶんと振り回してくる。俺よりもうんと小さい手なのに、意外と力が強い。

「相楽くん、ありがとう！」

「い、いや、俺は……何も。て、てか、離して」

やっとのことで七瀬の手を振り払うと、ようやく心臓の鼓動が落ち着いてきた。

やっぱりこいつは、距離感がおかしい。普通、いきなり男の手握るか？　今まで友人がいなかったせいで、他人との距離の測り方がわからないのだろうか。

スマホ画面を確認した七瀬は、俺の動揺などつゆ知らず、「あ！　つぐみちゃんと奈美ちゃんも来られるって！」とはしゃいだ声をあげている。

「えへへ、嬉しいな。どんな浴衣にしようかなあ」

浴衣、という単語に、俺はぴくりと反応した。つい、問いかける。

「……浴衣着んの？」

「え？　うん。持ってないから、買いに行かなくちゃ」

そのままうっかり、浴衣姿の七瀬を想像してしまう。ぼうっとしている俺に気付いたのか、七瀬が不思議そうに尋ねてきた。

「もしかして相楽くん……浴衣好きなの？」

「べ、別に」

慌ててそう答えたが、七瀬は何故《なぜ》だかしたり顔で「ふぅん、そうなんだ」と頷《うなず》いた。

◆◆◆

祇園祭の中心である四条新町近辺に、俺がバイトしているチェーンのコンビニがある。普段働いているのは、そこから少し離れた店舗なのだが、今日は応援に駆り出されてしまった。

「祇園祭の雰囲気も楽しめるし、いいでしょ。相楽くん、頑張ってきてね！」

店長にはそう言って送り出されたが、正直まったく楽しめていない。

祇園祭の宵山は、想像していたよりも三倍混雑していた。鉾と屋台のあいだを縫うように、黒山の人だかりが蠢《うごめ》いている。これでは、まともに歩くことも難しいだろう。見ているだけで息苦しい。祇園囃子に混じって、「ちまきどうですかあ」という女の子の声が響く。

いつも車が行き交う烏丸通りは、今は歩行者天国となっている。コンビニの目の前に設置された屋台に、俺は汗だくで立っていた。屋台には唐揚げやペットボトルの飲み物が、普段より数割増しの価格で置かれている。祇園祭に大いに便乗しよう、というコスい戦略である。

それにしても、暑い。ここに立ってから一時間も経たないうちに、エアコンの利いた涼しい店内が恋しくなっていた。自分の部屋でもエアコンをつけずに我慢しているというのに、バイト先でまで暑い思いをするなんて最悪だ。

「すみませーん。これください」

そのとき、赤い浴衣を着た女性が、飲み物を買いに来た。

千円札を受け取り、釣り銭とともにペットボトルを渡す。必要最低限の愛想だけを動員して、「ありがとうございました」と頭を下げる。

女性は微笑んで、連れらしき友人の元へと戻っていった。浴衣の襟《えり》から覗くうなじを眺めながら、悪くないな、と思う。

七瀬にはああ言ったが、実のところ、俺はわりと浴衣が好きだ。露出は少ないのに、なんとも言えない色気があって良い。浴衣を着た女性は、三割増しで綺麗に見えると思う。

人混みに飛び込むのはまっぴらごめんだし、やたらコスパの悪い夜店に金を払うつもりもないし、どこに行っても耳に入る祇園囃子にはやや辟易《へきえき》していたが、祇園祭自体を否定するつもりはない。浴衣姿の女性をたくさん見られるのは、結構嬉しい。

時刻は二十一時半。七瀬も今頃《いまごろ》、浴衣を着てどこかを歩いているのだろうか。

――祇園祭、楽しみだなあ。北條くんと木南くんも来るんだって。

昨日大学で会ったとき、七瀬がそんなことを言っていた。そういえば木南は、七瀬のことを気に入っているようだった。浴衣姿の七瀬を見て、さぞはしゃいでいるのだろう。なんだか悔しいような、憎たらしいような感情が湧《わ》いてくる。

そのとき、ポケットに入れていたスマートフォンが震えた。こっそりディスプレイを確認すると、通知欄にＬＩＮＥのメッセージ内容が表示されている。北條からだ。

［労働おつかれー］［浴衣姿の七瀬、おすそわけしたるわ！］

続いて、［写真が送信されました］という通知が届く。どういうつもりなのだろう。そんな写真を送りつけてきて、俺が喜ぶとでも思っているのか。だとしたら、とんでもない誤解だ。

しかし俺は何かに突き動かされるかのように、ＬＩＮＥのアプリを開いていた。興味があるわけではないが、送られたからには、内容をきちんと確認しなければならない。

北條とのトークルームを開いて、メッセージの下に、七瀬の浴衣姿の写真が表示され——なかった。いつまで経っても読み込み中のまま、動かない。

……もっと頑張れよ、俺のスマホ！

どうやら人が多すぎるせいか、電波状況が非常に悪いらしい。もともと、俺が契約している格安キャリアは通信速度が遅めだし、機種も数世代前のものである。くそ、そろそろ機種変しようかな……。

肩透かしを食らった俺は、がっくりと項垂れる。そのとき、ぽんと背中を叩かれた。

「相楽くん、お疲れさまぁ」

「……あ、お疲れさまです」

バイトの先輩である、糸川和葉《いとがわかずは》さんだ。俺と同じ大学の経済学部で、ふたつ先輩の三回生である。活発な印象のあるショートボブの美人で、親切で面倒見が良い。普段は俺と同じ店舗で働いているのだが、彼女も同様に駆り出されてしまったらしい。

「一時間休憩行ってきていいよー。暑いから、ちゃんと水分取りやぁ」

本日のシフトは八時間の長丁場のため、途中で一時間の休憩がある。ようやくこの暑さから逃れられる、と安堵《あんど》の息をついた。

「そういや相楽くん、地元京都ちゃうよな？　祇園祭、楽しまんでええの？」

「……はい、いいです」

残念ながら、この人混みを見ているだけで腹いっぱいだ。店内のバックヤードで休ませてもらおう、と踵《きびす》を返したそのとき。

俺の視界に、浴衣を着た女性の後ろ姿が飛び込んできた。

顔は見えなかったけれど、綺麗だ、と思った。何より、姿勢が良い。紺地に白い朝顔の柄が入った浴衣で、赤い帯は腰のあたりで綺麗に結ばれている。栗色の髪は頭の上でまとめられていて、後れ毛は緩くウェーブがかかっていた。襟元《えりもと》から覗く首筋は華奢《きやしゃ》で、驚くほどに白い。

我を忘れてぼうっと見惚《みほ》れていると、女性がゆっくりと俺の方を向いた。目と目が合った瞬間、赤い唇を持ち上げてニコリと微笑む。

そこに立っていたのは、期待を裏切らない、とびきりの美人だった。

「あっ、相楽くん！」

名前を呼ばれて、はっとした。彼女は満面の笑みで手を振っている。

「びっくりしたあ。こんなところで、どうしたの？」

浴衣美女の正体は、七瀬だった。カラカラと下駄《げた》を鳴らし、こちらに駆け寄ってきた。小さく首を傾げると、髪に飾られた花飾りが揺れる。

「……あ……バイト、してた」

やっとのことで、そう答える。声が掠《かす》れていることに気が付いて、唾を飲み込んだ。いつのまにか、喉《のど》がカラカラになっている。

「……おまえの方こそ、一人で何やってんの」

彼女の周りに、須藤や北條の姿は見えなかった。七瀬は眉を下げて笑う。

「それが、はぐれちゃって。さっきやっと連絡ついたから、これから合流するとこ。えーと、長刀鉾《なぎなたぼこ》？　のあたりにいるんだって」

「あ、そう……」

「なになに？　めっちゃ綺麗な子やん。もしかして、相楽くんの彼女？」

そのとき、糸川さんがからかうように、肘で軽くつついてきた。俺は慌てて、「ち、違います」と否定する。

「相楽くんとは、同じゼミなんです」

七瀬は気を悪くした様子もなく、愛想良く答えた。糸川さんは俺たちの関係をどう解釈したのか、妙に含みのあるニヤニヤ笑いを浮かべる。

「相楽くん。今から休憩やし、せっかくやし一緒にお祭り回ってきたらええやん」

「ほんと？　よかったら、ちょっとだけでも一緒に回ろうよ！」

七瀬は嬉しそうにそう言って、両手を胸の前で合わせる。

冗談じゃない。浴衣姿の七瀬と二人で歩いているところなんて、誰かに見られたら今度こそあらぬ誤解を受けかねないぞ。

行かねえよ――と答えようとしたところで、糸川さんが言った。

「それに、こんな可愛い子が一人で歩いてたら、ナンパの餌食やで。危ない危ない。祇園祭ナメたらあかん」

「……う」

それはたしかに、そうかもしれない。現に、少し離れたところから、七瀬をチラチラと見ている男二人組の姿がある。……どうやらまだ、涼しい場所で休憩はできないらしい。

「……俺の休憩、一時間だから。須藤たちのとこまで行って、戻るだけな」

七瀬はぱっと表情を輝かせて、「うん！」と頷く。俺は覚悟を決めて、七瀬とともに人混みの中へと飛び込んでいった。


三六〇度、どこを見ても人・人・人。人の壁に阻まれて、まっすぐ歩くことさえ困難だ。ただでさえ蒸し暑いのに、むせかえる熱気で息苦しい。

コンビニがある新町通りから、須藤たちがいる場所まで、普段ならば十分もかからないだろう。しかしこの混雑ぶりでは、なかなか思うように前に進めない。

半歩後ろを歩く七瀬が、俺のTシャツの裾《すそ》をきゅっと摑《つか》むのがわかった。一瞬、心臓が跳ねる。振り向くと、彼女は申し訳なさそうな顔でこちらを見ていた。

「ごめんね。また、はぐれたら困るから……」

「……まあ、いいけど」

七瀬の額はやや汗ばんでいて、頰《ほお》がいつもより赤く染まっていた。おそらく暑さのせいだろう。僅かに開いた唇から、はあ、と息が漏れる。なんだか妙な気持ちになってきた。

俺の視線に気付いたのか、七瀬は居心地悪そうに前髪を弄《いじ》り始める。

「わ、わたしの顔大丈夫？　化粧崩れてない？　ちゃんと睫毛《まつげ》ついてる？」

「……いつもと同じだよ」

自分に言い聞かせるように、俺は答えた。七瀬は、ホッとしたように「よかった」と呟く。

「それにしても、こんなに人が多いなんて思わなかったな……あっ！　わたし、リンゴ飴食べてみたかったんだ！　相楽くん、買ってもいい？」

七瀬がはしゃいだ声をあげて、俺の裾をぐいぐいと引く。俺は渋々、彼女の後ろについて、リンゴ飴の屋台へと向かった。

「ひとつください」

「はいよっ、ありがとうねー」

割り箸に刺さったリンゴ飴は、ひとつ五百円だった。ぼったくり価格だよな、と思ったが、リンゴ飴を受け取る七瀬の瞳がキラキラ輝いていたので、余計なことは言わなかった。

少し離れたところに、巨大な鉾が建っているのが見える。祭りの灯《あか》りに照らされた夜は、非日常の空気に包まれていた。隣を歩く女は、俺のシャツの裾を片手でつまんだままだ。ただそれだけのことで、こんなにも落ち着かない気持ちになるのは、彼女がいつもと違う格好をしているからだろうか。

「リンゴ飴、初めて食べた。綺麗だなって思ってたんだけど……こんな味だったんだ」

七瀬がぽつりと呟いた。祭りのざわめきに掻き消えてしまいそうな、小さな声だった。

「わたし、地元の夏祭りにすら、行ったことなかったの。友達、いなかったから」

「……ふーん」

「こうやって浴衣着て、友達と一緒にお祭りに来られてよかったな。やっぱりわたし、頑張ってよかった。相楽くん、ありがとう」

俺は何も言わなかった。きっと七瀬も、返事を求めていたわけではなかったのだと思う。

七瀬がリンゴ飴を食べ終えた頃、長刀鉾に到着した。明るい水色の浴衣を着た女性が、ぶんぶん手を振っているのが見える。おそらく須藤だろう。隣にいるのは北條だ。無事に合流できたようでよかった。これで俺の役目は晴れて終了。

「じゃ、俺バイト戻るから。じゃあな」

「あ、相楽くん……ちょ、ちょっと待って」

「なんだよ」

「えっと、あの、あのね。わ、わたしの……」

七瀬が何か言いたげに、口を開いたそのときだった。

「七瀬──！　やっと会えた！」

少し離れたところから、男の声が響く。人波を掻き分《かわ》け、一目散に近付いてきたのは、木南だった。七瀬はやや困ったような顔で、シャツの裾を掴む手に力をこめる。

「……どしたん」

モゴモゴと「う、うん……」と口籠もる七瀬に、先回りして問いかける。

「もしかして七瀬、木南のこと苦手？」

七瀬は苦笑いを浮かべ、「……ちょっとだけ」と頷く。

まあ、なんとなくそうではないかと思っていた。七瀬に好意を抱いているらしい木南は気の毒だが、グループワークでも非協力的だったようだし、自業自得である。

「きゃっ」

木南がこちらにやって来る前に、どん、と背の高い男性が七瀬にぶつかってきた。

大丈夫か、と尋ねる前に──勢いよく、七瀬が胸の中に飛び込んでくる。真っ白いうなじが目の前にあって、心臓がひっくり返りそうになる。

「な、ななせ」

俺の胸に顔を埋めた女の子は、汗をかいているはずなのに、信じられないほどにいい匂《にお》いがする。行き場をなくした両手は、うろうろと宙を彷徨《さまよ》った。

「ど、どうしたんだよ」

「ま、睫毛が」

「は?」

「つけ睫毛、取れちゃった……」

消え入りそうな声で、七瀬が言う。どうやら先ほどの大男とぶつかった拍子に、瞼《まぶた》にくっつけている偽物の睫毛が取れてしまったらしい。俺は呆れて息を吐く。

「睫毛ごとき、どうでもいいだろ……」

「む、無理だよ! あるとないでは、全然違うの! ど、どうしよう。絶対絶対、誰にも見せられない」

七瀬の肩は震えていた。俺には理解できないが、彼女にとっては瞼の上にある毛の有無が、非常に深刻で大事なことらしい。

どうしようかと悩んでいるうちに、木南が俺たちの目の前にやって来た。俺に抱きついている(ように見える)七瀬を見て、怪訝そうに眉を寄せる。

「なんだ、誰かと思ったら相楽じゃん。何やってんの?」

その声には、なんでおまえみたいな奴が七瀬と、という感情が含まれている。

「……たまたま、そこで会っただけ」

「ふぅん。七瀬、どうしたの?」

「……体調、悪いらしい」

そう言って誤魔化すと、木南は「マジで？」と心配そうな声を出した。

「七瀬、大丈夫？　どっか行って休む？」

木南が、俺の胸に顔を埋めたままの七瀬に手を伸ばしてくる。七瀬の肩がびくっと跳ねて、シャツを摑む手が小刻みに震える。

無遠慮な男の手が彼女に触れる前に、俺はそれを強く跳ね除《の》けていた。

「は？　何すんだよ」

突然の俺の行動に、木南はさすがにムッとしたようだった。不満げな表情で、こちらを睨《にら》みつけてくる。しかし七瀬のために、ここは譲るわけにはいかない。

「……俺が連れてく。いいよな、七瀬」

七瀬は無言のまま、何度もこくこくと頷く。立ち去り際、背後から「なんだよ」というふてくされた声が聞こえてきた。余計な敵を増やしてしまったのかもしれないが、仕方ない。

◇◇◇

相楽くんに連れられて、わたしは地下鉄四条駅のトイレにやって来ていた。つけ睫毛をしっかり直して、ついでに崩れたファンデを整えて、チークと口紅を塗り直す。ようやくまともな顔になって、ほっと安堵の息をついた。

危なかった。本当に、絶体絶命の危機だった。もしあんな顔をさっちゃんたちに見られていたら、と思うと、ゾッとする。

相楽くんはあの場をうまく誤魔化して、わたしを連れ出してくれた。つい抱きついちゃった、と思い出して頬が熱くなる。そういえば、彼はバイトの休憩中だった。早く戻らないと。

急いでトイレから出ると、相楽くんは柱にもたれかかってぼうっとしていた。通りかかった浴衣の女性に視線をやるのがわかって、なんだか面白《おもしろ》くない気持ちになる。

——相楽くん、浴衣好きなの？

——べ、別に。

相楽くんはきっと、女性の浴衣姿が好きなのだ。彼の「別に」がイエスと同義であることに、わたしはそろそろ気付きつつある。

もう一度コンパクトミラーで顔をチェックして、浴衣の帯が崩れていないか確認する。大きな声で、彼の名前を呼んだ。

「相楽くん！」

相楽くんが、ようやくこちらを向いてくれた。ほんの一瞬、眩《まぶ》しいものでも見たかのように目を細める。わたしは浴衣の裾を気にしながら、彼に駆け寄った。

「ごめんね。相楽くんのおかげで、ほんとに助かったよ。わたしの大学生活、あやうくここで終わるとこだった……ありがとう」

「大袈裟《おおげさ》な」

相楽くんは呆れたように肩を竦めると、「じゃあ、今度こそ戻るから」と言う。背を向けて歩き出した彼のシャツを、わたしは思わず摑んでいた。

億劫《おっくう》そうに振り返った相楽くんに、わたしは「あの、ひとつだけ」と問いかける。

「わたしの浴衣、似合ってる？　……か、可愛い？」

本当は、今日偶然会ったときからずっと、訊きたかったのだ。

浴衣を選ぶときも、ヘアセットをするときも、相楽くんはどういうのが好きかな、と無意識に考えていた。他の友達はみんな、可愛いと褒めてくれたけれど——相楽くんが一体どう思ったのか、どうしても知りたかった。

祈るような気持ちで、返答を待つ。相楽くんは、みるみるうちに仏頂面になった。

「別に」

わたしは知っている。相楽くんの「別に」は、イエスと同義だ。

わかりにくいのにわかりやすい彼の反応に、わたしは声をあげて笑ってしまった。

◆◆◆

梅雨も明けた七月下旬、大学の前期試験の季節がやってきた。

「相楽くん。最近なんだか、顔色悪くない？」

いつものように晩飯を差し入れにやって来た七瀬は、心配そうに言った。冷やし中華が山のように盛られた皿を受け取りながら、俺は「普通だろ」と答える。七瀬は「そうかなあ……」と呟き、首を捻《ひね》っていた。

慣れというのは恐ろしいもので、七瀬が晩飯を差し入れしてくれることも、日常の生活風景のひとつとなっている。しかし決して、感謝の気持ちを忘れたわけではない。

「……これ、ありがと。助かる」

「ううん！　手抜きでごめんね」

七瀬は言ったが、手抜きだなんてとんでもない。キュウリとハムと卵は綺麗に千切りされており、美味そうな胡麻《ごま》だれがかかっている。俺は醤油《しょうゆ》だれより、胡麻だれが好きだ。

試験期間中でも、七瀬はきちんと自炊しているらしい。このクソ暑い時期に、冷たい冷やし中華は心底ありがたい。スーパーの安売りでまとめ買いした素麺《そうめん》も底をつき、どうしようかと思っていたところだったのだ。

「ここ最近、毎日バイトしてるよね？　試験前なのに、大丈夫なの？」

七瀬の問いに、俺は「まあ」と曖昧に答えた。

俺は日頃から真面目《まじめ》に授業を受けているし、出席点に関してはなんら問題ない。レポート課題も既に提出済みだ。あとは筆記試験を残すのみである。

大抵の学生は、試験前になるとバイトを控えて勉強するらしい。カフェでアルバイトを始めた七瀬も、ここ最近はあまりシフトを入れていないと言っていた。

しかし、俺はそういうわけにもいかない。バイトのシフトを削るということは給料が減るということであり、毎月ギリギリ生き延びている俺にとっては、死活問題である。

というわけで俺は、試験前にもかかわらず、毎日のようにバイトをしている。試験前で人手が少ないから助かる、と店長からは非常にありがたがられた。

とはいえ、勉強しないわけにもいかない。単位を落とすなんてもってのほかだし、今後のためにもできるだけ良い成績を取りたい。授業をサボるつもりは毛頭ないので、結果的に睡眠時間を削ることになる。

……まあ、どちらにせよ。このクソ暑いアパートではろくに寝られないのだが。

「目の下、クマすごいよ。もしかして、あんまり寝てない？」

「……寝れねえんだよ。暑くて……」

俺は未《いま》だ、部屋のクーラーを入れずに我慢している。ここまできたら、なんとか扇風機だけで夏を越せないだろうか。七瀬は呆れた顔で、小さく肩を竦めた。

「ねえ、そろそろ諦《あきら》めてエアコン入れた方がいいよ……身体壊しちゃう」

しかし俺は、頑《かたく》なに首を横に振った。

「いや。大丈夫。まだいける」

「相楽くんって、変なところで頑固だよね……一体何と戦ってるの？」

強いて言うなら、自分とだ。

「とにかく、さっさと部屋戻れ。おまえも勉強するんだろ」

そう言って背中を押すと、七瀬は後ろ髪を引かれるように、振り向いた。

「……ねえ相楽くん。何かあったら、すぐ頼ってね。お隣さんなんだから」

「大丈夫だよ。おまえには迷惑かけないから」

「そ、そういうことじゃなくて！」

まだ何か言いたげな七瀬を、半ば強引に部屋から追い出す。

扉が閉まった後、なんだか急に、どっと疲れが押し寄せてきた。今日もこれからバイトだし、冷やし中華を食べたら、少し仮眠をとることにしようか。

◇◇◇

ジリジリとうるさいアブラゼミの声を聞きながら、わたしは大学の図書館へと向かう道を歩いていた。カゴバッグの中からタオルハンカチを取り出すと、額に滲《にじ》んだ汗を拭う。ついでに、コンパクトミラーで化粧が崩れていないか確認した。

七月も終盤。前期試験直前になり、大学構内に人が急に増えた気がする。

みんな講義には全然出席しないのに、単位だけはちゃっかり欲しがるのだ。慌てて試験範囲を確認したり、誰かから借りた授業のノートをコピーしたりしている。わたしも何人かの知り合いに「ノートをコピーさせてほしい」と頼まれた。別に構わないけど、普段からちゃんと授業に出てたら、いまさら焦《あせ》らなくてもいいのに。

前期試験を一週間前に控え、わたしももちろん試験勉強に勤《いそ》しんでいた。今日もこれから、涼しくて静かな図書館で勉強をする予定だ。目指すは成績最高評価。授業は当然無遅刻無欠席を貫いているし、レポート課題も完璧《かんぺき》に仕上げた。ぬかりはない。

そういえば、相楽くんは試験前でも毎日バイトをしているみたいだけど、ちゃんと勉強してるんだろうか。最近顔色が悪いし、大学ですれ違っても、やけに疲れているように見える。もしかすると夏バテかもしれない。

おまえには迷惑かけないから、という相楽くんの言葉を思い出して、そういう意味じゃないのに、と歯痒《はがゆ》くなる。

いくら仲良くなったつもりでいても、相楽くんは根本的なところで、わたしに心を許してくれていない気がする。ある線を踏み越えようとすると、さっと距離を置かれてしまう感じ。

——俺は、俺の世界に誰も入れたくないんだよ。煩《わずら》わしい人間関係にリソース割くのはごめんだ。だから極力、他人と関わりたくない。

あのときは、拗《こじ》らせてるなあと軽く思っていたけれど。もしかすると彼のおひとりさま主義は、もっと根深いものなのだろうか。

そんなことを考えているうちに、図書館に着いた。図書館の前に、五、六人の男女グループがたむろしている。そのうちの一人、背の高い男の子がわたしの方に気付いて、ニコニコと手を振ってきた。北條くんだ。軽く手を振り返すと、北條くんはこちらに駆け寄ってくる。

「やっほー、七瀬。図書館で勉強？」

「う、うん。北條くんは？」

「サークルの奴らとダベっててん。クソあちーから移動しようと思ってたとこ」

北條くんと一緒にいたのは、フットサルサークルのメンバーらしい。彼は他の学部にもたくさん知り合いがいるし、男女問わず友人も多いようだ。さっちゃんが言うには、死ぬほどモテているらしい。彼の大学生活はきっと薔薇色なんだろうなあ、とわたしは思う。

「七瀬、今ちょっと時間ある？」

「え、だ、大丈夫だけど……」

「ほなアイス食べへん？　奢《おご》るわ」

唐突にそう言われて、わたしは面食らった。北條くんとは多少の関わりはあるけれど、二人きりで話したことはほとんどない。一体、どういうつもりなのだろうか。

わたしが狼狽《うろた》えているうちに、北條くんは「行こか」と言って、大学内にあるコンビニへと歩いて行った。わたしは慌てて、その背中を追いかける。

　コンビニでアイスを買ったわたしたちは、そのまま喫茶コーナーのベンチに並んで腰を下ろした。百円のビスケットサンドアイスを選んだわたしに、「七瀬、謙虚やなあ。もっと高いの選んでええのに」と北條くんが笑った。

「あ、あの。何かわたしに、頼み事とか？」

「お、いい勘してるやん」

　そう言って北條くんはニヤリと唇の端を上げた。もしかすると、北條くんもわたしのノートをコピーしたいのかもしれない。そんなの、奢ってくれなくても貸してあげるのに。

　しかし、彼の頼み事は想定外のものだった。

「早希《さき》のことなんやけど。夏休み、遊びに誘おっかなっておもてて」

「あ、そうなんだ」

　本当に北條くんとさっちゃんは仲が良い。最近は特に、二人でいるところをよく見かける。わたしは勇気を出して、前から気になっていたことを尋ねた。

「あの……北條くんは、さっちゃんのことが好きなの？」

「うん。好き」

　北條くんは照れる様子もなく、堂々と肯定した。おお、かっこいい！

「でも、前に祇園祭誘ったときも結局〝みんなで〟って言われたし。もしかしておれ、早希に警戒されてるんかなって」

「そ、そうかな？　さっちゃんは、北條くんと二人が嫌なわけじゃないと思うよ」

そういえば、わたしがさっちゃんを誘ったせいで、北條くんはさっちゃんとの祇園祭デートが叶《かな》わなかったのだ。うう、ごめんなさい。いまさらのように、罪悪感がチクリと胸を刺す。

「でも、やっぱいきなり二人は、ハードル高いんかもしれん。ほんでな」

北條くんは、右手でピースサインを作ると、こちらに向かって突き出してきた。

「七瀬。Wデートせーへん？」

わたしは「え？」と目を丸くする。

「早希も、最初っから七瀬が一緒って言っといたら、安心するやろし。まあ適当なところで別行動すればええかなって」

「ちょ、ちょっと待って。わたし……デートするような相手、いないよ」

ようやく北條くんの提案が飲み込めたわたしは、慌てて彼の言葉を遮《さえぎ》る。北條くんはキョトンとして首を傾げる。

「いやいや、おるやろ」

「さ、相楽くんは、そんなんじゃないよ！」

「おれ、相楽なんて一言も言うてないけど」

しゃあしゃあと言ってのけた北條くんに、わたしはぐっと言葉を詰まらせる。そんなわたしを見て、北條くんはちょっと意地悪そうな笑みを浮かべた。もしかしたら彼は、爽やかな顔をして結構曲者《くせもの》なのかもしれない。

「まあ、そこは大した問題ちゃうねん。誰でもええから、適当に誘っといて」

「……でも。なんで、わたしなの？」

北條くんは顔も広いし、わざわざわたしに頼まなくても、Wデートをしてくれる友達なんてたくさんいるだろうに。

わたしの問いに、北條くんはじっとこちらを見つめてきた。相手の本質を見透かすような目だ。自分の素顔さえも看破される気がして、なんだか居心地が悪くなる。

「七瀬、誰が誰のこと好きとか、べらべら言いふらすタイプちゃうやろ。おれ、そういう勘は結構当たる方やねん」

「……そ、それは……もちろん、言わないけど」

「ま、とにかく信頼できるってこと。嫌なら断ってくれてもええけど、七瀬アイス食ったよな。おれの奢りで」

……はい、食べました。

それに、信頼していると言われては断れない。北條くんとはそこまで親しいわけじゃなかったけれど、わたしで力になれるならできる限りのことはしたいと思う。祇園祭デートを台無しにしてしまった、罪滅ぼしにもなるし。

「……うん。いいよ」

「ほんま？　助かる。ほな、試験明け……夏休みにしよか。また連絡するわ」

北條くんは笑って、ひらひらと手を振って去って行く。

わたしはその後ろ姿を見送りながら、どうしようかなあと考える。誰でもいいとは言われたけれど、わたしの頭に浮かんだのは、結局相楽くんの顔だった。

◆◆◆

二十一時までの労働を終えた後、俺は大きな口を開けて欠伸《あくび》をした。ちょうどバックヤードにやってきた糸川さんに目撃され、話しかけられる。

「お。相楽くん、えらい眠そうやねえ」

再びこみ上げてきた欠伸を噛《か》み殺《ころ》しながら「はい」と、答える。

昨日は朝までバイトだったので、寝ずにそのまま大学に行ったのだ。今日のシフトは十六時から二十一時までだから、今から帰って勉強をする時間はある。しかし、どうにも身体がだるい。睡眠不足のせいか、なんだか頭痛もしてきた。

「相楽くん、試験前やのに毎日シフト入ってるやん。ちゃんと勉強してる？　社会経済学のノートやったら持ってるけど、貸したげよか？」

「大丈夫です。ちゃんとノート取ってるんで」

「そっかあ。ま、相楽くん真面目やもんねぇ」

「普通ですよ」

「てか相楽くん、なんか顔色悪ない？　大丈夫なん？」

……そういえば、七瀬にも似たようなことを言われたな。

俺は壁にかかった鏡で自分の顔を確認する。言われてみれば青白いかもしれないが、もともとどちらかといえば不健康そうな顔である。

「いつも、こんなもんじゃないすか」

「そう言われると、そうかもしれへん……いや、どうやろ」

「じゃあ、おつかれさまです」

「はーいおつかれ。気ぃつけやぁ。ちゃんと寝るんやでー」

糸川さんに見送られながら、コンビニの裏口から外に出ると、むっとした空気に包まれる。夜になっても気温はあまり下がらない。今日も熱帯夜かと思うと、げんなりする。

アパートまでの道を歩いて行くうちに、額からどんどん汗が噴き出してきた。いくら七月だからって、この暑さは異常ではないか。なんだか頭もぼうっとする。

フラフラになりながら、やっとのことでアパートに辿《たど》り着いた。まるで鉛のように重い足を引きずりながら階段を上り、鍵《かぎ》を取り出して扉を開ける。スニーカーを脱ぎ捨て、とにかく水を飲もうとキッチンに立って――力が入らずに、よろめいた。コンロの上に置いていたヤカンが落下して、がしゃんと大きな音を立てる。俺はそのまま、畳の上に倒れこんだ。

……あー……やばい、かも。

起き上がろうとした途端、くらくらと眩暈《めまい》がした。全身が熱を持っていて、力が入らない。全身あちこちが限界を訴え、ＳＯＳを発信しているのがわかる。俺の脳裏に、〝京都の大学生、自宅アパートにて死亡〟というニュースの見出しが浮かんだ。

試験前だというのに体調を崩すなんて、あんまりではないか。いや、このままだと試験どころじゃない。畳に落ちたスマートフォンに手を伸ばしたが、あと少しで届かなかった。俺、このまま死ぬのかな――そんな考えが頭をよぎった、そのとき。

ピンポン、とインターホンが鳴った。起き上がる気力はない。そのまま放置していると、扉の向こうから声がした。

「相楽くん？　なんだか大きな音したけど、大丈夫？」

七瀬の声だ。返事をすることもできず、俺は「うう」と呻《うめ》く。「入るよ！」という声とともに扉が開いて、外の灯りが差し込む。同時に、悲鳴にも似た声が響いた。

「さ、相楽くん！」

七瀬が駆け寄ってきて、俺の身体を揺さぶってくる。目が合うと、ほっとしたように「よかった、生きてる」と呟いた。分厚いレンズの向こうの瞳が、潤んでいるようにも見える。

「救急車、呼ぼうか？」

「……そこまでしなくても、大丈夫」

俺が言うと、七瀬は「なら、よかった」と呟いて、俺の手をそっと握りしめる。ひんやりとした小さな手に包まれた瞬間、無性に安心してしまった。

「ごめん、クーラー入れるね」

俺が頷いたのを確認してから、七瀬はエアコンのスイッチを入れて、扇風機を回した。やや埃《ほこり》っぽい匂いとともに、涼しい風が吹いてくる。てきぱきと布団《ふとん》を敷いた後、七瀬は濡《ぬ》れたタオルを差し出してきた。

「タオルで身体拭いて、着替えた方がいいよ。手伝おうか？」

「い、いい！　自分でできる……」

そんなことを、七瀬にさせるわけにはいかない。身体はだるく重かったが、やっとのことで上体を起こした。俺が着替えているあいだに、七瀬は自分の部屋から氷嚢《ひょうのう》とスポーツドリンクを持って来てくれる。

「とりあえずこれ、飲んで」

ペットボトルを受け取り、スポーツドリンクを喉に流し込む。冷たくて甘い液体が、腹の底へと沈んでいく。氷嚢を首の下に置き、布団に横になると、だんだん楽になってきた。

「迷惑、かけた……ありがとう」

掠れた声で礼を言うと、七瀬は目を細めて微笑んだ。

「全然迷惑じゃないけど、相楽くんが死んじゃったのかと思ってびっくりした」

「……ごめん」

「それに、困ったときはお互い様だよ。相楽くんも、ゴキブリ倒してくれたし」

そういえば、そんなこともあった。初めて七瀬の素顔を見た日のことだ。あれからもう、二カ月が経とうとしている。

「他にもたくさん、助けてもらってる」

七瀬が手を伸ばして、俺の額に優しく触れる。俺の体温が高いせいか、冷たく感じられて心地好い。

「ちょっと熱いね。熱中症ぎみなのかも。あと、働きすぎだよ」

「……俺、汗かいてる」

「気にしないで。枕元《まくらもと》にスポーツドリンク置いとくから。また明日、様子見に来るよ。鍵かっといてね。じゃあ、おやすみなさい」

そう言って、七瀬は部屋を出て行った。横になったまま、ぼんやり考える。

一人で生きていくのって、難しいな。

部屋に入ってきた七瀬の顔を見たとき、心の底からほっとした。彼女がいなくなった今は、なんだか少し心細いような気がする。ぎゅっと握ってくれた、手の感触を反芻《はんすう》する。

……くそ。一体何を、弱気になっているんだ。高校を卒業してから俺は、誰にも頼らずに、たった一人で生きていくと決めたのに。

横になっていると、ゆるゆると眠気が襲ってくる。試験のことが一瞬頭をよぎったが、今は身体を治すのが先決だろう。目を閉じると、そのまますぐに眠りについた。

ピンポン、というインターホンの音で目が覚めた。

窓の外はすっかり陽《ひ》が昇っており、薄っぺらいカーテン越しに太陽の光を感じる。頭の下の氷嚢は、すっかりぬるくなっていた。布団の上でむくりと起き上がる。

まだ少し身体はだるかったが、頭はすっきりとしていた。エアコンのおかげで、久しぶりに熟睡した気がする。やはり文明の利器《りき》は素晴らしい。これからは痩せ我慢をやめよう。

扉を開けると、ばっちり化粧をした七瀬がそこに立っていた。手には小さな鍋を持っている。

「おはよう。気分どう？」

「全然まし」

「よかったあ。おじや作ったんだ。一緒に食べよう」

七瀬は部屋に入ると、茶碗を出しておじやをよそった。出汁《だし》の良い匂いが漂ってくる。

口に入れると、自分が思っていたよりも空腹だったことに気が付いた。あっという間に平らげてしまう。その様子を見た七瀬は、ほっとしたように息をついた。

「よかった。大丈夫そうだね」

二杯目のおじやを食べながら、無言で頷く。この調子なら、授業にもバイトにも行けそうだ。

それにしても今回は、七瀬には多大な迷惑をかけてしまった。

「……ごめん。ほんとに、助かった」

もし七瀬がいなければ、俺は本当に死んでいたかもしれない。こんな調子で、一人で生きていく、などとよく言えたものだ。今後は体調管理には充分留意することにしよう。

「今度、ちゃんと礼するから」

「そんなの気にしないで。お互い様って、言ったでしょ」

「いや、俺は全然……何もしてない」

俺と七瀬の貸し借りを天秤《てんびん》にかけたら、きっと七瀬の方に大きく傾くだろう。彼女への借りを、このままにしておくわけにはいかない。

「俺にできることなら、極力……やるから。なんでも言って」

すると、七瀬が何かを思い出したように、はっと目を見開いた。膝《ひざ》の上で両手を弄った後、やや言いにくそうに口を開く。

「……じゃあ、ひとつだけ、お願いしていい？」

「わかった。いいよ」

今回ばかりは、どんなお願いが飛び出してきたとしても、快く受け入れる所存だ。

覚悟を決めて待ち構えていると、七瀬が俺の両手をガシッと握った。こちらを見つめる大きな瞳には、切実な色が宿っている。

「……相楽くん。夏休み、わたしとデートしてくれない⁉」

「……は、はぁ⁉」

予想外の「お願い」に、俺は素っ頓狂な声をあげた。七瀬は真剣そのものといった表情で、俺の顔をじっと見つめている。

予定通りにはいかない俺の夏休みが、始まろうとしていた。

◆◆◆

試験も無事終わり、夏休みが開始してから一週間が経った。

七瀬から「とにかく何も聞かずにデートしてほしい」と頼み込まれた俺は、わざわざバイトを休んで、市バスに揺られていた。目的地は、梅小路にある京都水族館である。

隣に座っている七瀬を、こっそり横目で窺《うかが》う。今日の七瀬は足首ぐらいまでの丈のワンピースを着ており、頭の上で髪の毛を団子のようにまとめていた。夏休みだからだろうか、大学にいるときとは少し雰囲気が違う気がする。

「あのさ、七瀬……」

ばっちり化粧をした七瀬が、「何？」と微笑む。結局何も訊けなくて、俺は「なんでもない」と言って窓の外に目を向けた。口にできなかった質問を、頭の中で繰り返す。

なんで、俺のこと誘ったんだ？

デートというのは一般的には、恋愛関係もしくはそれに近しい間柄の人間が、二人で出かけること、のはずだ。ということは、まさか七瀬は俺のことを……いやいや、俺はそもそも他人と関わりたくないし、恋人とか作るつもりはないんだが……。

などと考えてから、さすがに自惚《うぬぼ》れがすぎる、と自戒した。薔薇色の大学生活を目指し、〝素敵な彼氏〟が欲しいと嘯《うそぶ》く七瀬が、俺のような男を好きになるはずもない。俺はどちらかといえば、素敵とは対極にいる人間である。

モヤモヤしているうちに、バスが停《と》まった。「ついたよ。降りよう」と言った七瀬の後について、バスから降りる。

京都水族館の目の前には、梅小路公園という大きな公園がある。この炎天下だというのに、広場は多くの家族連れや学生グループ、カップルで賑《にぎ》わっていた。水族館の入り口に、見覚えのある男女が立っているのが見える。

「あっ、ハルコー！　こっちこっち！」

こちらに向かって手を振っているのは、須藤だった。彼女の隣に立っているイケメンは、北條だ。……なんだ、この状況。

説明を求めるように七瀬の方を見ると、彼女は申し訳なさそうに「ごめんね」と呟く。北條は俺を見て、意味深な笑みを浮かべている。それでなんとなく、状況は摑めた。

理由はわからないが、おそらく彼女は北條に、俺を連れて来るように頼まれたのだろう。……だったら全然、デートじゃねえじゃん。ややこしい言い方しやがって。

「ほな入ろか。チケット買ってあるから、後で金徴収するなー」

「ハルコハルコ！　オオサンショウウオと写真撮ろ！」

やけにテンションの高い須藤が、七瀬の手を引いて駆け出していく。取り残された俺に向かって、イケメンはニコッと爽やかな笑みを向けてきた。そのへんの女子に直撃したら、死人が出そうな笑顔だ。


ピカピカに磨きあげられた水槽の中で、巨大なエイが滑るように泳いでいる。その周りでは、小さなイワシたちが群れをなしていた。水族館の中は薄暗く、水槽だけが青くぼんやりと浮かび上がっている。美味そうだな、と眺めていると、北條が俺に向かって話しかけてきた。斜めに流した前髪がさらりと揺れる。

「なあなあ知ってた？　エイって、しっぽに毒あるらしいで」

……なんで俺は夏休みに、イケメンと一緒に水族館に来てるんだ。

不服そうな俺の表情を見た北條は、「そんな顔すんなって」と背中を叩いてくる。

七瀬と須藤は少し離れたところで、はしゃいで水槽の写真を撮っている。女って写真撮るの好きだよな、と思いながら見ていると、北條が口を開いた。

「七瀬、やっぱり相楽のこと誘ったんや。誰でもいいって言うたのに」

「やっぱり、ってなんだよ」

「ごめんなー、おれの都合に巻き込んで」

「……やっぱ、おまえが言い出しっぺなんか。これ」

俺が言うと、北條は意外そうに瞬《まばた》きをする。

「あれ、七瀬から事情聞いてへん？　内緒にしてとは言うたけど、別に相楽には伝えてくれてもよかったのに」

「……何も聞かずにデートしてくれって頼まれた」

仏頂面のままそう答えると、北條はニヤニヤ笑いを浮かべる。

「ふーん、そっかそっか。つまり相楽は、七瀬と二人やと思ってたんや。いやー悪いな、おれらも一緒で」

からかうような口調に腹が立ったが、二人きりだと思っていたのは事実なので、何も言えない。俺は北條を軽く睨みつけながら、尋ねた。

「事情って、なんだよ」

ここまで来たからには、聞く権利があるだろう。バイトを休んだだけでなく、ここに来るまでの交通費と入館料だってかかっているのだ。

俺の問いに、北條はさらりと答えた。

「おれが七瀬にお願いしてん。早希のこと好きやから、協力してくれって」

「……え。マジ？」

全然気付かなかった。俺は思わず須藤の方を見る。こいつなら七瀬の協力を仰《あお》がずとも、どんな奴でも自力で落とせそうな気がするが。須藤はそこまで、手強い女なのだろうか。

「ま、そういうことやから。どっか適当なとこで二人きりにしてくれたら嬉しいなー」

「それなら、最初っから二人で行けばいいだろ」

「いきなり誘ったら警戒されるやろ。それに、相楽と七瀬とも遊びたかったし嬉しいわ」

そう言って北條は爽やかな笑みを浮かべる。七瀬はともかく、俺のようなつまらない男と遊んで、何が楽しいのだろうか。こいつの考えていることはよくわからない。

七瀬と須藤はひとしきり二人で撮影をした後、こちらに向かって大きく手を振ってくる。

「博紀と相楽も、写真一緒に撮ろー！」

俺はいい、と断る前に、北條に連行されていった。強引に水槽の前に立たされると、「撮るよー」と須藤がスマホのシャッターを押す。どんな顔をしていいかわからずに、無表情になってしまった。俺は写真を撮られるのがあまり好きではない。

俺はファッションにはかなり疎いが、俺以外の三人がオシャレで垢抜《あかぬ》けていることはさすがにわかる。いつもの黒いTシャツ姿の俺が、このメンバーの中で浮きまくっていることも。

……やっぱどう考えても、俺邪魔だよな。木南とかの方が、よかったんじゃねえの。

「なあなあ。四人で撮ったやつインスタにあげてもいい？」

「嫌だ。肖像権の侵害で訴えるぞ」

全力で拒絶した俺に、須藤は「ケチ！」と唇を尖らせた。


小さな円形の水槽の中で、半透明のクラゲがふにゃふにゃと奇妙な動きをしており、糸のような触手が水の中で揺れる。

俺は今まで水族館に来たことがなかったので、クラゲを間近で見るのは初めてだ。こうして改めて見てみると、結構面白い。内臓が透けて見えているところも良い。心臓のようなものが僅かに動いているのがわかる。思わず目を奪われ、じっくりとクラゲを観察する。

「相楽くん」

声をかけられて振り向くと、背後に七瀬が立っていた。

「北條と須藤は？」

「あそこの深海魚コーナーにいるよ。相楽くん、すごく真剣にクラゲ見てるから、急かすのも悪いかなって言ってた。クラゲ好き？」

「別に」

「可愛いよね。わたし、ちっちゃくて丸いやつが好き」

見ているぶんには面白いが、果たしてこれは可愛い……のか？　どちらかといえばグロテスクな外見だと思うのだが。内臓も見えてるし。やはり俺と七瀬では、美的感覚が違うのだろう。

チラリと七瀬を一瞥《いちべつ》した後、クラゲに向き直った。

「北條から聞いた。おまえ、あいつが須藤と遊ぶためのダシにされてんだろ」

俺の言葉に、七瀬はやや呆れたような声を出す。

「もう、人聞き悪いなあ……北條くん、そんなに悪い人じゃないよ」

「……なんで、俺だったんだよ」

七瀬が「え？」と首を傾げた。コンタクトレンズの入った大きな瞳は、水槽の青い光を跳ね返して、不思議な色で光っている。

「俺、どう考えても浮いてるだろ。こういう場面で誘うなら……もっと他の奴の方が」

「そんなことないよ！　わたしが、相楽くんがよかったの」

七瀬はきっぱりと答えた。ただこいつに男友達がいないだけで、深い意味はないのだろうが、なんだかむず痒い気持ちになる。

それから七瀬は、やや声のトーンを落として続けた。

「ね、そろそろ二人きりにしてあげた方がいいかな？」

七瀬の言葉に、深海魚の水槽の前にいる二人へ視線をやる。

北條が須藤に何事か話しかけて、須藤が肩を揺らして笑っていた。須藤を見つめる北條の視線は、なるほど俺や七瀬に向けるものとは違う気がする。

「北條くん、ほんとにさっちゃんのこと好きなんだね」

「みたいだな。俺にはよくわからんけど」

「このままはぐれるのは、ちょっと露骨かな……さっちゃんに、どうやって説明しよう」

「俺、昼飯食ってないから腹減ってきた」

ヒソヒソ話をしていると、須藤がくるりとこちらを向いた。そして、よく通る声で叫ぶ。

「なーなー！　もうすぐイルカショーやるんやって！　見に行かへん？」

須藤がしきりにおいでおいでと手招きをしてきたので、俺たちは諦めて二人の元へと向かった。本当はもう少しクラゲを見ていたかったのだが、仕方ない。

四人でイルカショーを見た俺たちは、館内をぐるりと一回りした後、水族館に併設されているカフェへ移動した。オオサンショウウオの肉まんを注文した七瀬と須藤は、「可愛い～！」と二人してはしゃいでいる。俺はアイスコーヒーしか頼まなかった。

「水族館、中学以来やったけどめっちゃ楽しかったわー」

満足げに言った須藤に、北條は「それならよかった」と笑っている。

「俺、水族館来たの初めて」

なにげなく、そう呟く。それを聞いた七瀬が、意外そうに言った。

「えっ。小学校のとき、遠足で名古屋港水族館行かなかった？」

「行ってない。明治村は行ったけど」

「あー、懐かしい」

俺たちのやりとりを聞いた北條は、腑に落ちたように言った。

「あーそっか、二人とも地元一緒なんやっけ。それで仲良いんや」

別に仲が良いわけではないが、今言うと話がややこしくなりそうなので黙っておく。

「そういえば高校も同じって言ってたっけ！」

須藤の言葉に、七瀬は「うん、まあ」と曖昧に頷いた。七瀬にしてみれば、高校時代の話題はなんとしてでも避けたいところだろう。

「二人、高校のときから仲良かったん？」

北條に突っ込まれた七瀬の目が泳ぐ。あまりにも、露骨な反応だ。見かねた俺は、コーヒーのグラスをテーブルに置いてから、口を開いた。

「全然。存在は知ってたけど、関わりなかったし」

「そうなん？　高校時代のハルコ、どんなんやった？　やっぱ可愛かった？」

無邪気に尋ねる須藤に、七瀬の肩がびくりと揺れた。ほんの少しだけ声のボリュームを上げて、きっぱりと答える。

「今と一緒だよ。何も変わらん」

隣にいる七瀬が一瞬こちらを向いて、それから申し訳なさそうに目を伏せた。

……馬鹿、普通にしてろ。変に思われたらどうすんだ。

内心ハラハラしていると、北條が「じゃ、次どこ行く？」と話題を変えてくれた。須藤もそれ以上突っ込んでこなかったので、俺はホッとした。

水族館を出る前に、須藤が「ちょっとトイレ行ってくる」とその場を離れた。その隙に、俺は北條に向かって言う。

「じゃ、俺帰るから」

「えー。せっかくやし、もーちょい遊ぼうや」

「もう充分だっての。七瀬、行こう」

七瀬が「どこに？」とキョトンとする。まさかこいつ、本来の目的を忘れたのか。

「おまえ、何しに来たんだよ。北條と須藤、二人っきりにするんだろ」

「あ、そうだった！　じゃあ北條くん、頑張ってね！　ファイト！」

ようやく思い出したらしい七瀬は、胸の前で拳《こぶし》を握りしめる。北條は「ありがと〜」と言って、ひらひら片手を振ってきた。

水族館を出ると、バス停へと歩いていく。七瀬は須藤のことが気になるのか、後ろ髪を引かれるように何度も振り返る。

「大丈夫かなあ。後で一応、さっちゃんにＬＩＮＥしとこう」

「ほんとに嫌だったら、勝手に帰るだろ」

「さっちゃんも、嫌じゃないと思うんだよね。たぶん……」

日傘をさしながら、七瀬は言った。俺としてはあの二人がどうなろうが正直どうでもいいのだが、巻き込まれるのは金輪際ごめんだ。それならさっさとくっついてほしい。

「北條くんはかっこいいし、さっちゃんは綺麗だし、すごくお似合いだよね」

「……まあ、そうかもな」

そこでふと思い出す。俺は北條に、「七瀬とお似合い」と言われたことがあったのだ。

俺は隣を歩く七瀬に目をやる。どこからどう見ても、俺とは不釣り合いの美女だ。お似合いだなんて、逆立ちしたってありえない。

しばらく歩くと、バス停に到着した。俺たちが乗るバスは五分後に来る予定だったが、京都のバスが定刻通りに来たためしがない。太陽の熱に熱されたベンチは、火傷《やけど》しそうなほどに暑く、座るのは厳しそうだ。

「ほんとに暑いね。喉渇いちゃった」

七瀬はそう言って、バス停のそばにある自動販売機で飲み物を購入した。夏らしい爽やかなレモンソーダだ。俺も何か買おうかと思ったが、小銭がないため諦めた。

七瀬はペットボトルに口をつけ、控えめに二口ほど飲んだ。飲み口に淡いピンク色の口紅がついているのが見えて、なんだか妙な気分になる。

「……相楽くん。さっき、ごめんね」

そのとき、七瀬が唐突に言った。うるさい蟬《せみ》の声に、掻き消《き》えてしまいそうな音量だ。黒い日傘が、彼女の横顔に影を落としている。

何故謝罪されたのかわからず、俺は「何が?」と訊いた。

「余計な嘘《うそ》つかせちゃった。わたしが、高校の頃から全然変わらないって」

「あー……別に、気にすることじゃねえよ」

俺はただでさえ七瀬に借りがあるし、そもそも多少誤魔化したところで俺の心はまったく痛まない。その程度のことで七瀬の平穏が守られるなら、安いものだ。……それに。

「……まるきし、嘘ってわけでもないし」

七瀬は変わった。それでも、変わらないところもある。まっすぐに伸びた背筋だとか、真面目に仕事をこなす姿勢だとか。そういうところは、高校時代から全然変わらない。

俺はアスファルトを蹴《け》るスニーカーの爪先を睨みつけながら、ゆっくりと続ける。

「おまえは今も昔も、真面目で一生懸命だろ」

「……そう、かな」

「なんつーか、その、全力を傾けるベクトルが、ちょっと変わっただけで……根っこの部分は、なんも変わってねえよ」

顔を上げると、七瀬はじっとこちらを見つめたまま、俺の話を聞いていた。やがて、ふにゃっと目が垂れる笑みを浮かべる。どこか、素顔を彷彿《ほうふつ》とさせる笑顔だ。

「ありがとう」

「……礼言われるような、ことじゃない」

そう答えると、七瀬は俺の顔を覗き込んできた。それから一歩距離を詰めた七瀬が、「えい」と言って、頬にペットボトルを押しつけてくる。

「うわっ。な、なんだよ」

「相楽くん、顔赤いよ。……また熱中症?」

頬に触れるレモンソーダは、ひんやりと冷たく感じられる。そのとき俺はようやく、自分の顔が意外なほどに熱を持っていることを自覚した。

◆◆◆

京都水族館に行った、数日後。いつものように、七瀬が夕飯の差し入れにやってきた。俺の部屋の扉を開いた瞬間、七瀬は驚いたように目を見開く。

「わっ、暑い！　相楽くん、またクーラーつけてないの⁉」

どこか責めるような声色で言われて、俺は気まずさから頭を掻いた。

今日は比較的暑さがマシだし、あと三時間もすればバイトに行かなければならないのだから、少しぐらい我慢しようと思っていたのだ。

「……相楽くん。こないだ倒れたこと、もう忘れたの？」

そう言ってじとりと睨みつけられると、もう何も言えない。あのとき、七瀬に多大な迷惑をかけてしまったのは事実なのだ。

「……ごめん。エアコンつける」

俺が観念してそう言うと、七瀬は名案を思い付いたように「そうだ！」と声をあげた。嬉しそうに、胸の前で手を合わせる。

「わたしの部屋で、一緒にごはん食べる？　クーラー入れてるから、涼しいよ」

とんでもない提案に、俺は「は⁉」と声をあげた。前々から距離感がおかしい女だと思っていたが、こいつの危機管理能力は一体どうなっているのか。

「お、おま、おまえな……そ、そんなに簡単に、男を部屋に招き入れるなよ」

「簡単には言ってないよ。わたしだって、他の男の子にはそんなことしないもん」

無邪気に笑っている七瀬を見て、俺は小さく肩を竦めた。

やっぱり、さっさと彼氏を作った方がいいんじゃないのか。このままだと、ますます他の男が寄り付かなくなるぞ。

「それに、こないだ相楽くんのお部屋で一緒におじや食べたじゃない。バイトに行くまで、わたしの部屋で涼んだらいいよ！　ね、おいでよ」

そこまで言われると、もういいか（どうでも）、という気になってきた。俺を誘う七瀬に他意はまったくないし、俺だって妙な気を起こすつもりはない。絶対に、断じて。ちっとも。

「どうぞ。入って入って」

七瀬に促されるがまま、俺は彼女の部屋に足を踏み入れた。ここに来るのは、ゴキブリを退治したあの日以来、二回目だ。

彼女の部屋は、ひんやりと心地好いエアコンの冷気に包まれていた。隅々まで綺麗に掃除されており、なんだかいい匂いがするような気がする。相変わらず部屋の大半は馬鹿でかいクローゼットに占領されており、俺の部屋より狭く感じられた。間取りは同じはずなのだが。

「今日はね、ハンバーグ作ったんだよ！　ソースも頑張って手作りしたの」

七瀬はそう言って、ハンバーグが載った皿と、白飯がよそわれた茶碗をローテーブルの上に置く。俺が腰を下ろすと、「狭くてごめんね」と言って、彼女も隣に座った。物が多くて、正面に座るスペースがないのだ。距離が近くて密《ひそ》かに動揺したが、平静を装う。

「……いただきます」

箸で切り分けたハンバーグを口に運ぶ。口の中にジューシーな肉汁が溢《あふ》れ出してきて、思わず唸《うな》った。手作りだというデミグラスソースも美味い。七瀬はやはり、料理上手だ。

俺が「めっちゃ美味い」と言うと、七瀬はほっと安堵の息をついた。

「ほんと？　実は前に作ったら、ちょっと生焼けになっちゃって、失敗したんだよね。今日は成功してよかったあ」

七瀬でも失敗することがあるのか、と考えてから、それもそうかと思い至った。彼女は桁外《けたはず》れの努力家なのだ。今の彼女の料理の腕は、きっと隠れた努力の賜物《たまもの》なのだろう。

どうやら茶碗《ちゃわん》がひとつしかなかったらしく、七瀬は味噌汁《みそしる》のお椀で白飯を食べていた。俺に譲ってくれたことに気付いて、少し申し訳なくなる。俺はどんな食器でもよかったのに。

無言で食べていると、七瀬がぽつりと呟いた。

「……わたし。来週、実家に帰る予定なんだ」

そう言った七瀬の横顔は、どこか隠し切れない憂鬱《ゆううつ》が滲んでいた。白米を飲み込んで、

「ふーん」と適当な相槌を打つ。

「お盆休みだし、そろそろ帰って来いって」

このまま俺の実家の話題になったら嫌だな、と思っていたのだが、七瀬はそこには触れてこなかった。モグモグとハンバーグを咀嚼《そしゃく》したのち、はあ、と小さな溜め息をつく。

「……あんまり、帰りたくないなあ」

「なんで？」

「……地元、帰ると……嫌でも、昔の自分を思い出しちゃうから」

七瀬にとって地元は、冴《さ》えない自分を突き付けられる場所なのだろう。俺と種類はまったく違えど、実家への足が遠のく気持ちはよくわかる。

「……まあ、たぶん誰にも会わないから。別に、いっか。うん。わたしのことなんて、誰も覚えてないだろうし」

まるで自分に言い聞かせるように、七瀬は呟く。それからこっちを向いてニコッと笑ったときには、先ほどまでの憂いはもう消えていた。

「あ。相楽くん、ごはんのおかわりいる？　よそってあげるね」

笑みを浮かべた七瀬が、俺の茶碗を受け取ってくれる。その拍子に肩と肩が軽く触れ合って、心臓が僅かに跳ねた。

◇◇◇

八月の半ばに、わたしは名古屋にある実家に帰った。

ゴールデンウィークにも帰省しなかったから、地元に戻ってくるのは卒業以来初めてだ。もしかすると知り合いに会うかもしれない。今のわたしを見たところで、誰もわたしのことに気付かないだろうけど、なんとなく居心地の悪さを感じていた。

両親には感謝している。実家を出て一人暮らしをすることも許してくれたし、高校卒業後のわたしの変貌も容認してくれた。「まあ、晴子《はるこ》ももう大学生やからね」と笑って。

それでも帰省に乗り気ではなかったのは、ここにいると嫌でも、空っぽだった頃の自分を思い出してしまうからだ。

「おかえり。遠くから疲れたでしょ」

家に帰ると、お母さんが温かく迎えてくれた。お父さんは、まだ仕事から帰ってきていないらしい。わたしは「ただいま」と笑みを返す。

「新幹線だと楽だけど、高いね。近鉄でよかったかも」

「早よ帰ってこれるしいいでしょ。ごはんまだできとらんで、着替えてゆっくりしとき」

お母さんの言葉に、わたしはスーツケースを抱えて自室へと向かった。

久々に足を踏み入れたわたしの部屋は、数カ月前とまったく変わっていなかった。それなのに、なんだか他人の部屋のようにも感じる。タンスから適当なTシャツとハーフパンツを出して着替えると、ベッドにごろりと寝転んだ。

……相楽くん、どうしてるかなあ。

夏休みに入ってから、彼はずっと忙しそうだ。相変わらずアルバイトばかりしているようで、いつも明け方に帰ってくる気配がある。

わたしがいなくても、ちゃんとごはん食べてるかな、どうせ、うどんばっかり食べてるんだろうな。また体調崩してなきゃいいけど。

……そういえば、相楽くんは実家に帰らないのかな。

ふと思いついて起き上がると、本棚から高校の卒業アルバムを引っ張り出してきた。実のところ、受け取ってから一度も開いていない。この分厚いアルバムの中に、わたしの思い出はひとつもないからだ。

深緑の表紙に金色で仰々しく〝名古屋市立江諒《こうりょう》高校〟と刻印されたアルバムを開く。

わたしは三年四組だった。黒髪を三つ編みにした、地味で冴えない女がそこにいた。紺色のブレザーに赤いネクタイを締めて、カッターシャツのボタンを一番上まで留めている。その姿は生徒手帳に描かれている〝制服の正しい着方〟そのものだ。

その後に続く、学校行事や部活動のページにもわたしはいない。かろうじて登場したのは、図書委員会の集合写真だった。

続けて、わたしは三年六組のページを開く。相楽くんは意外とすぐに見つかった。今とほとんど変わらないけれど、少しだけ髪が短い。写真を撮るのが苦手なのだろうか、表情は硬く強張《こわば》っている。その下に書かれた名前を見て、おやと思った。

飯島創平《いいじまそうへい》。そこにいるのはたしかに相楽くんだけど、相楽くんではなかった。

そういえば、苗字《みょうじ》が変わったと言っていた気がする。ご両親の離婚か、あるいは死別か。あまり勘繰るのも失礼だろうと思い、頭をぶんぶんと振って考えるのをやめた。

……仲良くなった気でいたけど、わたし、相楽くんのことなんにも知らないんだなあ。

改めてその事実を突きつけられて、なんだか寂しくなった。卒業アルバムを元あった場所に戻して、再びベッドに寝転がる。

◆◆◆

先週から、七瀬が実家に帰っている。

隣人がいないあいだ、俺はバイトと勉強に勤しんでいた。久しぶりの孤独を全力で謳歌《おうか》していたものの、隣室で流れているテレビドラマの音や、洗濯物を干しているときの下手くそな鼻歌が聞こえてこないのは、何かが物足りないような気がした。

安売りのうどんを食うたびに、「もっと栄養のあるもの食べなよ！」という七瀬の声が頭に響く。七瀬が夕飯を持ってこないので、俺の食生活は悪化する一方だ。ここはひとつ自炊でもして、七瀬がいなくても大丈夫だということを証明しなければ。

俺はスーパーでネギとチクワを買ってくると、一度も使っていない包丁とまな板を、棚の奥から引っ張り出してきた。おっかなびっくり、チクワとネギを切る。やっと切り終わった、と思ったところで、ネギが全部繋《つな》がっていることに気が付いた。どうやら俺は、料理に向いていないらしい。舌打ちをしながら、やり直す。

フライパンにネギとチクワを放り込んで、三十円のうどんを入れて炒めて、仕上げに醤油をかける。手抜き極まりない、焼きうどんの完成だ。七瀬が作るものには遠く及ばないが、まあ食べられないこともなかった。

うどんを食べ終えた後、皿とまな板、包丁とフライパンを洗った。料理を作るのはまだいいとして、後片付けが本当に面倒臭い。こんなことを毎日やっている七瀬は本当にすごい、と改めて感心してしまった。今後は、もっと感謝することにしよう。

洗い物を終えて、バイトまで寝ようかと横になったところで、誰かがアパートの階段を上る音がした。足音とともに、ゴンゴン、とキャリーケースのタイヤがぶつかる音が響く。

ほどなくして、隣の部屋の鍵が開く音と、誰にともなく告げられた「ただいまあ」の声が聞こえてくる。七瀬が帰ってきたのだ。

そのまま目を閉じていると、部屋のインターホンが鳴った。起き上がって、扉を開ける。

「あ、相楽くん。久しぶり」

七瀬だ。まだ化粧を落としていなかったのか、キラキラモードである。

久しぶり、と言われたが、果たしてそんなに長らく会っていなかっただろうか。七瀬が帰省してから、まだ一週間ほどしか経っていないはずだが。

しかしニコニコ笑う七瀬を見ていると、やっぱり結構久しぶりかもしれない、と思った。

「実家帰ってるあいだに、五山の送り火終わっちゃったあ。見たかったのに」

「……ああ。そういえば、なんかやってたな」

「相楽くん、見たの？　アパートの近くから、見えるよね」

「いや、バイトだった」

そう答えつつ、欠伸を嚙み殺す。昨夜もバイトがあったため、ほとんど寝ていないのだ。

「ごめんね。もしかして、寝ようとしてた？」

「……いや、大丈夫」

俺が答えると、七瀬は「これ、お土産」と言って、紙袋を手渡してきた。紙袋に描かれたロゴに見覚えがある。名古屋の有名店のういろうだ。

「普通、同郷のやつにういろう買ってくる？」

「名古屋に住んでると、意外と食べなくない？」

たしかに七瀬の言う通り、実際に食べたことはあまりないかもしれない。ありがたく、いただくことにしよう。

そういえば、帰る前にはやや憂鬱そうにしていたが、結局大丈夫だったのだろうか。俺は言葉を選びながら、七瀬に尋ねる。

「……あー、どうだった？　実家……」

「うん、のんびりしてきたよ。地元の子にも、全然会わなかったし。お母さんのごはん、久しぶりに食べられてよかった。家族三人でお墓参りに行って、帰りにおばあちゃんの家に寄ってね……あ、わたしのおばあちゃん、三河に住んでるんだけど……」

七瀬が嬉しそうに話すのを、俺は黙って聞いていた。

どうやら彼女の家庭環境は、すこぶる良好らしい。七瀬はきっと優しい両親に愛されているのだろうし、七瀬もまた両親のことを大切に思っているのだろう。ありふれた愛に溢れた家庭というものがどういうものなのか、俺には想像することしかできない。

ひとしきり、おばあちゃんとの思い出を語っていた七瀬が、ふと言葉を切る。それから、何か言いたげに口をモゴモゴさせた。仕方がないので、「何?」と尋ねる。

「……相楽くんは、実家帰らないの?」

七瀬の問いに、俺は一瞬息を呑《の》んだ。素早く唇を湿らせた後、答える。

「……帰りたくない」

「……どうして?」

俺の実家について、七瀬が尋ねてくるのは初めてのことだった。今までは話したがらない俺の雰囲気を察知してか、うまく話題を避けてくれていたのに。

「七瀬には関係ねえだろ。ほっとけよ」

思っていたよりもずっと、棘《とげ》のある声が出た。はっと我に返ったが、もう遅い。剝き出しの怒りをぶつけられた七瀬は、大きく目を見開き、その場で一歩後退《あとずさ》りする。

「ご……ごめんなさい」

いや、違う、ちょっと待って。フォローしてやりたいのに、うまく言葉が出てこない。

「……じゃ、じゃあわたし、部屋戻るね。ばいばい」

早口でそう言った七瀬は、ロングスカートを翻《ひるがえ》して、俺の部屋をあとにした。

いくら触れられたくないことだったからとはいえ、関係ない、は言い過ぎた。いや、そうか？　本当に七瀬には関係のないことなのだから、別にいいではないか。何も間違ったことは言っていない。そもそも、どうして俺がこんなことに思い悩まなければならないのか。くそ、これだから人間関係は煩わしい。

……やっぱり、他人となんて関わらないのが一番だ。

俺は畳の上に寝転がると、腹の底にモヤモヤと溜《た》まった鬱屈を誤魔化すように、目を閉じた。

◇◇◇

自分の部屋に戻ったわたしは、隅っこに座って膝を抱え、ひっそり反省していた。

——七瀬には関係ねえだろ。ほっとけよ。

さっきの彼は、全身でわたしのことを拒絶していた。わたしがみんなに本当の姿を知られたくないように、相楽くんにだって誰にも触れられたくない部分があるのだ。わたしなんかが無遠慮に踏み込んでいいところじゃ、なかった。

わたしは今まで、相楽くんに甘えすぎていたのかもしれない。

他の友達に対しては「嫌われちゃったらどうしよう」と二の足を踏んでしまうようなことも、相楽くんには不思議と言えた。ありのままの自分をさらけ出せるのは、彼に対してだけだった。彼はいつも、面倒臭そうな顔をしながらも、わたしのことを助けてくれた。

……でも。とうとう嫌われちゃった、かな……。

自分の不甲斐《ふがい》なさに落ち込んでいると、テーブルの上に置いていたスマートフォンが震えた。見ると、木南くんからＬＩＮＥのメッセージが届いている。

〈七瀬、もうこっち戻ってきてる？〉

木南くんからは、夏休みに入ってから、ときどき連絡がくる。内容は他愛もないことばかりだけど、なんとなくこちらから打ち切りづらく、ダラダラとやりとりが続いている状態だ。

すぐに返信すべきか迷ったけれど、落ち込んだ気分を紛らわせたいような気もして、わたしは〈今日戻ってきたよ〉と送った。

〈明日暇？　映画見に行かない？〉

その下に、ＵＲＬが貼りつけられている。開いてみると、ディズニーアニメの実写版リメイクだった。原作は小さい頃にＤＶＤを繰り返し見た記憶がある、好きな作品だ。

どうしよう、と逡巡する。男の子から、二人で遊びに誘われるのは初めてだ。いや、わたしが変に意識してるだけで、木南くんは二人きりのつもりじゃないのかも。明日はバイトもないし、さっちゃんとか、他の子たちがいるなら、気分転換に行ってみてもいいかもしれない。明確な回答は濁しつつ、〈面白そうだね〉と送ると、すぐさま返信がきた。

〈七瀬、阪急だっけ？　河原町で待ち合わせでいい？〉

行くとも行かないとも言っていないのに、もう待ち合わせ場所の指定までされてしまった。わたしが慌てていると、〈チケット二人分予約した！　二時からの回な！〉というメッセージまで送られてくる。かなり強引だ。ああ、どうしよう。

わたしはスマホを手に、がっくりと項垂れる。彼には申し訳ないけれど、あまり気が進まない。憂鬱な気持ちを抱えながら、「わたしのバカ」と小さく一人ごちた。

「面白かったなー！　ガキの頃に見ただけだからストーリー全然覚えてなかったけど、そういやこんな話だったなって思い出した」

映画館を出た後、わたしたちは映画館の近くにあるカフェに移動していた。木南くんはアイスコーヒーを、わたしはホットココアを飲んでいる。

映画館は冷房が利きすぎていて、すっかり身体が冷えてしまった。ここも真上にエアコンがあるせいか、冷風が直撃して寒い。薄紫色のブラウスの袖《そで》から剝き出しになった腕をさすりながら、カーディガンを持ってくればよかった、と思う。

カーキのTシャツにハーフパンツを穿《は》いた木南くんは、ご機嫌な様子で映画の感想を話している。わたしはその正面に座り、頷きながらそれを聞いていた。木南くんと二人きりなんて大丈夫かな、と思っていたけれど、お喋りな木南くんに相槌を打っていればよかったので、思ったほどは緊張しなかった。

ガラス張りの店内には楽しげな会話が溢れており、仲睦まじげなカップルの姿も見られる。わたしと木南くんもそんな風に見えているんだろうか、とぼんやりと考える。

「七瀬ってさ、相楽と仲良いよな」

「え、えっ⁉」

不意打ちで相楽くんの名前が出てきて、わたしはぎくりとする。木南くんは探るような視線をこちらに向けている。

「付き合ってんの？」

「う、ううん」

首を横に振ったわたしに、「そっかあ！　よかった！」と木南くんは嬉しそうに笑った。

「他に付き合ってる奴いる？　好きな奴は？」

「い、いないけど」

木南くんは、アイスコーヒーをストローでくるくると掻き回《まわ》しながら、軽い調子で言った。

「じゃあさ、オレと付き合おうよ」

わたしの表情は、笑みの形を作ったまま固まってしまった。どうしよう、と視線を彷徨わせた後、湯気の立つホットココアをじっと見つめる。

……これって、告白だよね。それならわたし、生まれて初めて男の子に告白されてしまった。

薔薇色の大学生活に、素敵な彼氏はつきものだ。

木南くんはちょっといい加減なところはあるけれど、明るくて楽しい男の子だ。顔だって悪くない。カフェの扉をさりげなく開けてくれたりと、気も利《き》く。客観的に見ても、わたしにはもったいないくらいの男の子だ。高校までのわたしだったら、木南くんに見初められることはなかった。木南くんと付き合ったら、薔薇色の大学生活に一歩近付けるのかもしれない。

わたしは小さく息を吸い込んでから、答えた。

「ごめんなさい。わたし、木南くんとは付き合えない」

目の前にある木南くんの顔が一瞬悲しげに歪《ゆが》んで、それでもすぐに笑ってくれる。

「そっか。こっちこそごめん」

特に、しつこく理由を訊かれることもなかった。やっぱり、良い人なのだ。

……それなのに。どうして今、相楽くんの顔が思い浮かぶんだろう。

いつもニコニコしている木南くんとは違って、相楽くんはいつも無愛想な仏頂面だ。たしかに優しいけれど、その表現方法は不器用でひねくれている。歩幅も合わせてくれないので、わたしはいつも早足で彼の背中を追いかけなければならない。

それでもわたしは何故か、相楽くんの隣にいると、呼吸がしやすいのだ。

わたしはもう一度「ごめんね」と繰り返すと、すっかりぬるくなってしまったココアを口に運ぶ。やたら甘ったるいココアが喉の奥に絡《から》まって、なんだか胸が苦しくなった。

◆◆◆

カーテンの隙間《すきま》から射《さ》しこむ日差しが眩しくて、目が覚めた。

八月が終わり、凶悪な暑さが若干和らいだのは喜ばしいことだ。しかし、夏が終われば次は冬の心配をしなければならない。京都は冬も寒いと聞いている。盆地だから熱気も冷気も籠もるそうだ。夏暑くて冬寒いってどういうことだよ、最悪じゃねえか。

俺は枕元の携帯で時間を確認した。昼の十二時だ。今日は十七時からバイトが入っている。とりあえず、腹ごしらえしよう。

何か食べるものはないかと考えていると、部屋の片隅に置きっ放しの紙袋が目に入った。のそのそと起き上がると、紙袋の中身を取り出す。隣人からの土産である、ういろうだった。

昼飯、これでいいや。結局また七瀬の施しを受けているな、と思って、虚《むな》しくなった。

ごめんなさい、という、七瀬の震えた声を思い出す。罪悪感がチリチリと胸を焼く。

あれ以来、七瀬とは顔を合わせていない。隣の部屋からは何の物音もしないので、今はどこかに出かけているようだ。俺はういろうのビニールを剝いて、かぶりついた。

——相楽くんは、実家帰らないの？

……帰らないんじゃない、帰りたくないんだ。図書室に入り浸っていた、あの頃からずっと。

ツクツクボウシの鳴く声が部屋の外で響いている。扇風機の生ぬるい風が汗ばんだ肌を撫《な》でる。七瀬の悲しげな表情が、瞼の裏に張り付いたまま消えない。


「……らくん、相楽くん」

肩を叩かれて、はっと我に返った。糸川さんが、俺の顔の前で軽く手を振っている。

……しまった。バイト中だというのに、半分意識を飛ばしていた。時刻は二十一時前、そろそろ上がりの時間だ。

「大丈夫？　レジのお金合うてた？」

「あ……はい。合ってま……」

す、と言いかけたところで、レジの金が入ったコインケースをひっくり返してしまった。糸川さんは「あちゃー」と苦笑しつつ、拾い集めるのを手伝ってくれる。

糸川さんに謝りながら、なんとか小銭を拾い集めて、再びコインケースに収める。げんなりしながら計算し直していると、糸川さんが心配そうに言う。

「相楽くん、いつもしっかりしてんのに珍しいなあ。どしたん?」

「あ……いや、ちょっと。その……」

「か、彼女と喧嘩でもした?」

「あ、彼女じゃないです! ただ、隣に住んでるだけで……」

余計なことまで言ってしまって、慌てて口を噤《つぐ》んだ。糸川さんは笑って、「もしかして、祇園祭で会ったあの可愛い子?」と尋ねてくる。俺は躊躇《ためら》いつつも、頷く。

「……喧嘩っていうか、俺がちょっと……触れられたくないことに触れられて、キツく言い過ぎただけなんすけど。悲しませたことに、変わりはないというか……」

糸川さんはうんうんと頷きながら、俺の話を聞いている。なんとなくこの人には、相談事を持ちかけたくなる落ち着きと包容力がある。

「仲直りしたいなら、謝ればええんちゃう?」

至極正論である。俺は下を向いて「まあ、そうすね」と答える。

「あ。ほな、甘いもんでも買うたげれば?」

「甘いもの?」

意外な言葉に、手を止めて顔を上げる。糸川さんは真面目な顔で続ける。

「そうそう。うちもよく彼氏と喧嘩するけど、だいたいアイスで手ぇ打ってあげてる」

糸川さんは、高校時代から付き合っている恋人と同棲《どうせい》しているのだという。女心がまったくわからない俺にとっては、ありがたい助言である。

「それに、あの子チョコ好きやん」

「え？　なんで、そんなこと……」

どうして糸川さんが、そんなことを知っているのか。首を傾げた俺に、糸川さんは続ける。

「あの子、たまに相楽くんがおらんときに来てるけど、よくちっちゃいチョコ買うてるもん」

こういうやつ、と糸川さんはレジ横に置いてあるチョコレート菓子を指差す。

ここはアパートから一番近いコンビニなので、七瀬が頻繁に来ていても不思議ではない。それにしても、彼女がチョコレートが好きだとは知らなかった。

よく考えると、俺は七瀬のことを何も知らない。好きなことも嫌いなことも、知ろうとはしてこなかったからだ。

「あ、お金合うてたみたいやな。ほな、お疲れさん」

俺は糸川さんに頭を下げると、バックヤードに引っ込んで着替える。そのまま外に出ようとして――少し考えてから、店内に戻った。

ずらりとお菓子が並ぶ棚を睨みつけて、真剣に物色する。さんざん悩んだ挙げ句、きのこを象《かたど》ったチョコレート菓子を手に取って、レジへと向かった。

アパートに戻ると、隣室の電気が点《つ》いているのが見えた。小さく息を吸ってから、ピンポン、とインターホンを鳴らす。ほどなくして顔を出した七瀬はすっぴんで、ずり落ちた眼鏡《めがね》を慌てたように直す。


「さ、相楽くん?」

無言でコンビニの袋を押し付けると、七瀬は不思議そうに中を覗き込む。「お菓子だあ」と嬉しそうに顔が綻ぶのを見て、ホッとした。

「これ、わたしに? 急にどうしたの?」

「……なんとなく、買ってきた」

答えになっていないが、七瀬は深く追求してこなかった。「ありがとう」と言って、袋を大事そうに抱きしめる。チョコが溶けてしまわないか、心配になってしまった。

俺は下を向いて、頬を掻きながら早口で言う。

「こないだは、ごめん」

七瀬は目を丸くした後、困ったように眉を下げて瞬きをした。

「……ううん。わたしの方こそ、不躾《ぶしつけ》なこと訊いてごめんなさい」

「いや、違う。俺の気が立ってただけ。ただの八つ当たりだよ」

俺が言うと、七瀬はゆっくりと右手を差し出してきた。

「じゃあ。……仲直り、しよう」

差し出された小さな手を、恐る恐る握り返す。七瀬の手は温かい。それとも、俺の手が冷たいのだろうか。こうして他人の手を握らなければ、気付けなかった事実だ。

　こうして誰かと喧嘩をして、仲直りをするのはいつ以来だろう。

　誰かと深く関わって、傷つくのも傷つけるのもごめんだ。それでも俺は、いつのまにか七瀬のことであれこれ思い悩むようになってしまっていた。不器用で努力家で危なっかしいくらいに真面目な女は、いつのまにか俺の心の中にちょこんと居座っていたらしい。

　そして、俺は。そのことを、嫌ではないと思い始めている。

「……七瀬、チョコ好きなのか？」

「うん、大好き。でもね、実はきのこよりたけのこ派」

「マジか。相入れねえな」

「相楽くん、これ一緒に食べようよ。こんな時間に全部食べたら太っちゃう」

　そう言って七瀬はふにゃっと笑った。すっぴんの七瀬は、笑うと目がなくなる。そんな顔も、もうすっかり見慣れてしまった。

　二人のあいだを吹き抜けた涼しい夜風が、夏の終わりを告げていた。

第三章　恋が始まる秋

夏休みが終わり、大学の授業が再開してから一週間が経《た》とうとしている。

俺《おれ》は相変わらず、日々勉学とバイトに勤《いそ》しむ、薔薇《ばら》色には程遠い大学生活を送っているが——当初望んでいたような、孤独で快適なものとは、少し違っていた。

「ごはんおかわりあるから、いっぱい食べてね！」

俺の隣で、七瀬《ななせ》が言った。秋になったことで、あずき色の高校ジャージが復活している。

ここ最近、時間の合うときは七瀬と二人で晩飯を食べるようになった。最初は「クーラーの利いた部屋で一緒に食べた方が、電気代の節約になる」という理由だったはずだが、涼しくなった今も、なんとなく続いている。一方的に施しを受けるのは申し訳なく、俺も彼女に食費を渡すようになっていた。

今日七瀬が作ってくれたのは、豚の生姜《しょうが》焼きだ。キャベツの千切りが細く美しく、先日自分でネギを切ったときのことを思い出して、少し情けなくなった。やはり俺も、多少は料理の練習をするべきだろうか。

「そういえば、もうすぐ文化祭だね」

七瀬の言葉に、俺は「あー」と相槌《あいづち》を打つ。

我が大学の文化祭は、十一月頭に三日間執り行われる。学外からも多くの人が訪れる、なかなか大規模なものらしい。文化系の部活やサークルなどに所属している奴《やつ》は特に、文化祭に向けて気合いを入れているらしい。

「うちのゼミも、出店するらしいよ。一本三百円で焼き鳥売るんだって」

「へえ。ボロい商売だな……」

「わたし部活とかサークル入ってないから、文化祭参加できて嬉《うれ》しいな！　楽しみ！」

胸の前で両手を合わせた七瀬が、瞳を輝かせる。薔薇色の大学生活を目指す彼女としては、この上ない一大イベントなのだろう。

まあ、俺には関係ないことだが。一銭にもならない行事に、必要以上に首を突っ込むつもりはない。同じ労働をするなら、バイトをしていた方が有意義である。

「そもそも、一本三百円って……売れんの？　どんな価格設定だよ」

「お祭りなんだから、普通なんじゃない？　リンゴ飴《あめ》も五百円だったし……」

どうせ、業務用スーパーで購入した冷凍の焼き鳥にタレを付けて焼くだけなのだ。原価を考えるとゾッとする。俺だったら、絶対に買わない。

「なんか、女子は浴衣着て売り子しよう、みたいな話も出たけど……十一月に浴衣は寒いよねってことで、なくなっちゃった。ちょっと着たかったなあ」

そうか。着ないのか、浴衣。

俺は内心ちょっと、まあまあ、それなりに、がっかりした。浴衣姿の七瀬が売る焼き鳥には、三百円の価値があるかもしれない。そんな馬鹿《ばか》げたことを、真剣に考えてしまう。

「明日の昼、研究室で文化祭の打ち合わせするらしいよ。相楽《さがら》くんもおいでよ！」

「えー、めんどくさ……」

つい、本音が出た。乗り気でない様子の俺を、七瀬はじっと見つめてくる。

「わたしは、相楽くんが来てくれたら、嬉しいな」

……でもまあ、たしかに。サークルも部活もしていない俺が、何の手伝いもしないのも、周囲の顰蹙《ひんしゅく》を買うだろう。ウチのゼミはグループワークが多いし、あまり好感度を下げるのも、今後やりにくくなる。バイトは夜からだし、顔ぐらい出しておいた方がいいかもしれない。

「……わかった。行くよ」

「ほんと⁉　やったあ！」

七瀬はそう言って、ふんふんふん、と下手くそな鼻歌を歌う。なんの曲だろうと思って聴いていると、どうやら近所のスーパーのテーマソングのようだ。どんなチョイスだよ、と俺はこっそり笑ってしまった。

　翌日、文化祭の打ち合わせのために研究室に集まったのは、俺と七瀬も含めて七人ほどだった。北條《ほうじょう》と須藤《すどう》の姿は見えない。それぞれ、サークルの方に行っているのだろう。

　研究室の中心で行われる話し合いを、俺は少し離れたところから遠目に眺めている。「相楽くんは当日の売り子お願いね」と七瀬から頼まれて、渋々承諾した。

「なー、休憩しようぜ休憩ー。もうだいたい決まったんだからさ、いいじゃん」

　二時間ほど経ったところで、木南《きなみ》がそう言ってボールペンを放り投げた。

　誰《だれ》かが机の上にスナック菓子を広げて、それをつまみながらワイワイと雑談が始まった。赤い箱を持った七瀬がやって来て、俺の隣に座る。

「はい、相楽くんもどうぞ」

　礼を言って受け取ると、チョコレートのかかったプレッツェルを、さくさくと齧《かじ》る。久しぶりに食べると、なかなか美味いものだ。

「そういや、そろそろミスコンエントリー始まってるよな」

「あーそういやポスター出てたな。誰か知ってる奴応募せーへんかなー」

　雑談の流れで、誰かがそんなことを言い出した。

　我が校にも、他の多くの大学と同じくミスコンがある。とは言っても、そんなに大袈裟《おおげさ》なものではなく、学園祭の催しの一環として行われており、お遊びに近い。予選はインターネット上で投票が行われ、予選に通過すると、学園祭当日に開催される本戦に参加できるらしい。

「あ、七瀬応募すれば？」

木南が言った瞬間に、七瀬は飲んでいたお茶を吹き出しそうになった。

「なっ……えっ⁉　無理無理、絶対無理！」

七瀬が必死の形相で拒否する。しかし木南は諦《あきら》め悪く、食い下がってきた。

「えー、七瀬可愛《かわい》いし、絶対いいとこまでいけるって！」

「ネットで応募できたよな、写真撮ってプロフィールつけて」

いつのまにか、他の奴らも乗り気になっている。俺は素知らぬ顔で黙っていた。すると、困った顔をした七瀬が、机の下で俺のパーカーの裾《すそ》を引っ張ってきた。ぎょっとして顔を見ると、助けを求めるような視線を向けてくる。

「どうしよう、相楽くん……」

ひそひそと、小さな声で囁《ささや》いてくる。俺は周囲を気にしつつも、「なんだよ」と答えた。七瀬がまた距離を詰めてきて、不覚にもドキッとした。

「わ、わたし、ミスコンなんて絶対無理だよ。わたしが出るなんて、おかしいよ」

「何がおかしいんだよ」

「だ、だって……さ、相楽くんは知ってるくせに……わたしの、素顔」

七瀬が申し訳なさそうに、言った。なんだ、そんなことを気にしてたのか。

「全然、おかしくないだろ。いいんじゃねえの、出てみたら」

素顔がどうあれ、化粧をした七瀬は間違いなく美人なのだから、ミスコンに出たって何の問題もない。まったく、おかしいことだとは思わない。薔薇色の大学生活を目指すならば、ミスコンに出てみるのもまた一興だろう。

「おかしく、ない？」

七瀬が驚いたように、目を見開く。そのとき、木南がスマホを持ってこちらにやって来た。

俺たちの距離が妙に近いことに気付いたのか、やや怪訝《けげん》そうな顔をしている。

「どしたん？　内緒話？」

「……なんでもない」

「まあいいか。はい七瀬、撮るよ！　こっち向いて！」

木南がカメラを向けてきたので、七瀬は観念したように引き攣《つ》り笑いを浮かべた。カシャカシャとシャッターを押した木南は、画面を見て首を傾《かし》げる。

「なんか微妙。七瀬、写真写りイマイチだよな。もうちょい、自然に笑えない？」

「うう……そ、そんなこと言われても……」

七瀬は表情を強張《こわば》らせる。こういうところで、彼女はキラキラ女子にはなりきれないのだ。

本当は、目立つことが苦手なタイプなのかもしれない。

「うーん、光の加減かな。相楽、ちょっとそっちから撮って」

「え？　あ、うん」

唐突に言われて、俺は渋々スマホのカメラを立ち上げ、七瀬に向けた。こちらを向いた七瀬が、恥ずかしそうに頰《ほお》を染める。

「さ、相楽くんが撮るの……？　あの、お、お化粧直してきてもいいかな？」

「いや、そのままでいいから。笑って」

そう言うと、七瀬ははにかんだように笑った。そのまま、スマホのシャッターを押す。

「あっ、ちょ、ちょっと待って！　今、絶対変な顔してた！」

七瀬は慌てた声をあげたが、全然変な顔じゃなかった。むしろ、結構うまく撮れたと思う。

俺の背後からスマホを覗《のぞ》き込んだ木南が、「おっ！」と声をあげた。

「いいじゃーん！　めっちゃ自然に笑えてる！　相楽グッジョブ！」

珍しく褒められた。俺はただ、何も考えずにシャッターを押しただけなのだが。

「じゃ、これで応募しようぜ！」

「えっ、あ、あの」

七瀬がアワアワしているあいだに、木南は俺のスマホを奪い取り、さっさと応募を済ませてしまった。「サンキュー」と投げて返されたスマホを、慌ててキャッチする。おい、危ねえな。

受け取ったスマホのディスプレイ画面には、自然な表情で微笑《ほほえ》む、紛れもない美女の写真が表示されていた。……やっぱ、我ながらうまく撮れてるな。

打ち合わせを終えた頃には、すっかり陽《ひ》は暮れていた。

「……はあ。結局、ミスコンエントリーする羽目になっちゃった」

隣を歩く七瀬が、がっくりと肩を落とす。流れで一緒に帰ることになってしまったが、住んでいる場所が同じなのだから、どうしようもない。

「いいんじゃねえの。薔薇色に一歩近付いたってことで」

「それは、そうかもしれないけど……」

「出たくなかった？」

「……わかんない。出たくない、っていうよりは……なんか、悪い気がして」

駐輪場に到着したが、話題のキリが悪かったので、その場で立ち止まった。七瀬は自転車のサドルにもたれて、しょんぼりと眉《まゆ》を下げる。

「どうしよう……こんなの、絶対詐欺だよね……」

「詐欺？」

「だってわたし、ほんとに美人なわけじゃなくて……化粧で誤魔化《ごまか》して、みんなを騙《だま》してるだけだもん。それなのにミスコンに応募するなんて……バレたら怒られちゃう」

七瀬は悲しげに項垂《うなだ》れる。今俺の目の前にいる女は、キラキラと光り輝く完璧《かんぺき》な美人だ。たしかに素顔とのギャップを比較すると、詐欺と言われてもおかしくないのかもしれない。

しかし俺は、彼女が周囲を騙している、とは感じなかった。

「俺は、そう思わないけど」

こちらを向いた七瀬が、ぱちぱちと瞬きをする。夕陽《ゆうひ》を反射した七瀬の瞳《ひとみ》は不思議な色に染まっていて、じっと見つめていると、妙な気持ちになってくる。

「どうして?」

ガラでもないことを言ったかな、と後悔したが、続きを促すような視線の圧に負けて、俺はポツポツと話し始める。

「今の七瀬が、その、一般的に見て、美人……なのは。おまえが、努力したからだろ」

「……」

「そういう意味では、何もしなくても美人な奴よりずっと、凄《すご》いだろ。だからそれは、誰かに責められるようなことじゃない……と、思う」

七瀬はじっと、押し黙ったまま、まっすぐにこちらを見つめていた。七瀬がいつまで経っても何も言わないので、何かまずいことを言っただろうか、と不安になる。

やがて、夕陽に照らされた七瀬が、ふにゃっ、と笑った。

「……相楽くん、優しいね」

目と目が合った瞬間に、息が止まりそうになる。

今この瞬間の七瀬を写真に収めることができたなら、ミスコンなんて余裕で優勝できるんじゃないか。そんなことを考えてしまうぐらいに、可愛らしい笑顔だった。

それから、二週間が経ち。文化祭まで、残り一週間となった。

勉強をしていた俺は、シャーペンを動かす手を止めると、テーブルの上に置いたスマホを手に取る。画面に指を滑らせて、検索サイトのトップページを開いた。わからない単語の意味を調べるためだ。

スマホは非常に便利な機器だが、集中力が削《そ》がれるところが欠点である。

ごろりと畳の上に寝転がると、そろそろミスコンの投票期間が始まっているのでは、と思い出した。検索欄に［立誠寛《りっせいかん》大学　ミスコン］と入力すると、結果の一番上に、我が校のミスコンの特設サイトが出てくる。

ページを開くと、［WEB投票受付中！］という文字が躍っていた。エントリー一覧を見ると、女性の顔写真とプロフィールがずらりと並ぶ。頭ごなしに否定するつもりはないが、容姿で女性の優劣をつけるなんて時代錯誤だな、と思わなくもない。

画面をスクロールしていくと、すぐに見慣れた女の顔が現れた。

隣の部屋からは、「どうしてわかってくれないんだよ」「言葉にしてくれなきゃ不安なの」という、男女が言い争う声が漏《も》れ聞こえてくる。七瀬は最近、木曜二十二時からの恋愛ドラマにハマっているらしく、毎週この時間になると、くだらないやりとりを聞かされるのだ。おかげで、あらすじをだいたい把握してしまった。

彼らは些細《ささい》なことですれ違っては傷つけ合い、離れたと思ったら、結局またお互いのところに戻ってくる。七瀬は「じれったくてキュンキュンするんだよ！」と熱弁していたが、俺にはさっぱりわからない。どうして恋愛なんていう無益なものに、エネルギーを割けるのだろうか。

スマホの中の七瀬は、頬を染めて可憐《かれん》に微笑んでいる。誰もが見惚《みほ》れてしまう美人だが、今隣の部屋で真剣にドラマを見ているのは、ジャージ姿の地味な女だ。

写真の下には、名前と簡単なプロフィールが書いてある。七瀬晴子《はるこ》、五月三日生まれ。牡牛《おうし》座のA型。趣味は勉強と買い物。特技は歴代天皇の名前を全《すべ》て言えること。好みのタイプは優しくて真面目《まじめ》な人。モットーは謹厳実直。

……うわ、七瀬っぽい。

なんとなく〝らしい〟気がして、声をたてずに笑った。ダンスだのホットヨガだの生け花だのが並ぶプロフィールと比べると、少々浮いているのは否めない。

エントリー一覧から写真をタップすると、投票できるようになっている。多重投票はできない仕組みだ。トップページには、こう記載されている。

［あなたが一番素敵だと思う方に投票してください！］

ずらりと並んだ写真を見ながら、考える。この中で一番綺麗《きれい》な女性を選べ、というのは難しい質問だ。美というものには主観が交じるし、絶対的な評価軸は存在しないのだから。

……ただ、自分が一番素敵だと思う女性を選べ、と問われたなら――答えを出すのは、そんなに難しいことではない。

俺は人差し指で、七瀬の写真をタップした。画面に表示された［投票ありがとうございました！］の文字を見た瞬間、スマホを放り投げた。こつんと音を立てて、畳の上に転がる。

「……何やってんだ、俺……」

隣の部屋では、女性歌手が歌うバラードが流れている。どうやらエンディングの時間らしい。今頃《いまごろ》テレビの向こうで、男と女が抱擁のひとつでも交わしているに違いない。「おれにとっては、きみが世界で一番綺麗だよ」と男が言う。

馬鹿馬鹿《ばかばか》しい、と俺は鼻で笑った。

◆◆◆

「きゃー！　ほら、あれ見て見て」

「わあ、めっちゃ可愛い！」

俺の姿を見た女性二人組が、色めき立ってこちらに駆け寄ってくる。北条のようなイケメンならともかく、俺の人生ではもう二度とお目にかかれないような光景である。

「ほら、手振ってやれって」

木南に促され、ぎこちなく腕を動かしてみる。「可愛い！」という黄色い声があがった。

「ねえねえ、写真撮ってもいいですか？」

「全然おっけー！」

俺に代わって、木南が答える。女性たちは俺の両側に立つと、腕を絡《から》めてきた。感触が得られないのがちょっと惜しい。離れぎわに「じゃあね、パンダさん」と、かわるがわる俺の頭を撫《な》でていく。正直、悪い気はしない。

「はいはいお姉さんたち、焼き鳥どう！　芝生広場前で売ってるよー！」

さて、本日は我が校――立誠寛大学の文化祭初日である。

キャンパス内のいたるところに出店が立ち並び、「おいしいよ」「安いよ」「可愛い子いるよ」という声が飛び交っている。やって来るのは、ウチの大学の学生だけではない。小さな子どもを連れた親子や、制服姿の高校生グループもいれば、サンダル履《ば》きの中年男性もいる。

そんな喧騒の中、俺はどういうわけか、パンダの着ぐるみに身を包んで客引きをしていた。


遡ること、二時間前。焼き鳥屋の売り子を任されていた俺は、七瀬に半ば引きずられるようにして、朝七時から研究室へとやって来た。

誰が持参したのか、研究室の隅にはパンダの着ぐるみが置かれており、俺は最初から嫌な予感がしていたのだ。そして、その予感は的中した。

パンダの頭を持ち上げた須藤が、高らかに宣言する。

「ちょっと男子、集まってー！　ジャンケンで負けた人が、これ着て売り子してな！」

……おい、勘弁してくれ。

不思議なことに、俺はこういうときの運が抜群にない。大事なところでいつも、貧乏くじを引くタイプなのだ。中学の頃、掃除場所の割り当てジャンケンをするときも、いつも負けてトイレ掃除をしていた。

もう少し他の決め方はないのか、と文句を言う前に、須藤は右手を振り上げて叫んだ。

「ほな行くでー！　じゃーん、けーん……」

ぽん。で、俺はグーを出した。俺以外は、全員パー。

「はい、相楽一人負けー。ほな、よろしく」

そう言って須藤は、俺にパンダの頭を押しつけてきた。反射的にそれを受け取ってから、「お、おい！」と抗議の声をあげる。

「ちょっと待て。そもそも、焼き鳥なのになんでパンダなんだ。おかしいだろ」

「気にするとこ、そこ？　目立ったモン勝ちやんか！　細かい男はモテへんで！」

くそ、この女に勝てる気はしない。そもそも、俺は別にモテたいわけではないのだが。言い返せずにいると、見かねた北條が助け船を出してくれた。

「相楽。そんなに嫌やったら、おれやるで」

こいつは本当に良い奴だ。イケメンの上に性格も良いなんて、ちょっと出来過ぎなのではないかと思う。実は水虫とかそういう弱点がないと、世界のバランスが取れないぞ。

じゃあ頼む、と口を開きかけたところで、女性陣の怒号が響いた。

「えーっ！　北條くんの顔を隠すなんて、とんでもない！」

女どもは、あれよあれよという間に俺を取り囲み、すごい剣幕《けんまく》で詰め寄ってくる。

「相楽くん！　やってくれるやんな！　相楽くんのパンダ姿、見てみたいなー！」

「大丈夫、大丈夫！　黙ってウロウロしてくれたら、それでいいから！」

こういうときに女が見せる結託は、凄《すさ》まじいものがある。押し切られた俺は結局、強引《ごういん》にパンダの着ぐるみを着せられてしまった。この世の中は理不尽でできている。

「アハハ！　めっちゃファンシーやん！　似合わなさすぎ！」

須藤は俺を指差して爆笑している。無理やり着せておいて、なんなんだその態度は。

着ぐるみの中でふてくされていると、七瀬がぱあっと表情を輝かせ、こちらに駆け寄ってきた。ニコニコ嬉しそうに笑って、悪意なんて少しも感じられない声で言う。

「わあ、相楽くん可愛い！　後で一緒に写真撮ろうね！」

……ま、まあ、仕方ないか。今日一日の我慢だ。

かくして俺はガラにもなく、パンダの着ぐるみを着て売り子をすることになったのである。

客引き、といっても。俺がしていることといえば、看板を持ってウロウロするだけだ。喋《しゃべ》っているのは、隣にいる木南だけである。どうしてコイツが俺の同行を申し出たのか不思議だったが、俺をダシにして女と喋りたいだけだな、と気が付いた。その証拠に、さっきから若い女性にしか声をかけていない。

「ほら、相楽」

校舎裏で休憩していると、木南がミネラルウォーターのペットボトルを差し出してきた。

「飲めよ。その中、あちーだろ」

たしかに暑い。十一月になり、周りを歩く人々は秋服に身を包んで涼しげな顔をしているというのに、俺は着ぐるみの中で一人汗だくになっている。

俺は周囲に誰もいないのを確認してから、着ぐるみの頭を持ち上げて外す。途端に呼吸がしやすくなって、ようやく一息つけた。木南はペットボトルのキャップを開けてから、手渡してくれる。意外と気の利《き》く奴だ。ペットボトルを傾けて、水を喉《のど》に流し込んだ。

……あー、生き返る。

冷たい風が、汗ばんだ頰を撫でて心地良い。不足していた酸素を体内に取り込むように、大きく息を吸い込んでいると、木南がふいに口を開いた。

「なあ、相楽。七瀬のことなんだけど」

……またかよ、と俺はげんなりした。

最近は以前よりも七瀬と一緒にいることが増えたため、あらぬ誤解を受けることが増えている。きっぱり否定しよう、と構えていたが、木南の言葉は予想外のものだった。

「ここだけの話、オレ実は夏休み七瀬に告ったんだよなー」

思わず、ミネラルウォーターを吹き出した。唐突に何を言うんだ、この男は。

「……こ、告っ……え？　おまえが？　七瀬に？」

動揺する俺をよそに、木南は呑気《のんき》に「うわ、キッタネ」と笑っている。

木南が七瀬に好意を抱いていることには気が付いていたが、まさか告白していたとは知らなかった。七瀬も、そんな素振りは少しも見せなかったからだ。

「……つ、付き合、ってんの？」

薔薇色の大学生活を目指す七瀬にとって、木南のような明るくて垢抜けた男は、理想の恋人に近いだろう。七瀬は以前、木南のことを苦手だと言っていたが——　気が変わって、俺の知らないところで付き合っていても不思議ではない。

「いや、フラれた」

あっけらかんと木南は答えた。あ、そうか。よかった。思わず安堵《あんど》の息をついた後、いやいやなんで安心してんだ、と自分に突っ込みを入れる。

「いい感じだと思ったんだけどなー」

木南はそう言いながらも、あまりショックを受けているようには見えなかった。夏休みということは、もう二カ月も前の話だし、とっくに吹っ切れているのかもしれない。

「七瀬、好きな奴とかいんのかな?」

「俺に聞かれても」

「相楽、七瀬と仲良いからさ」

「……知らん」

本当に知らなかったので、正直に答えた。木南は「そっか」と残念そうに言う。

「しっかし、七瀬すげーよな。ミスコンの予選通過するとか」

「……ああ、うん」

「ところで相楽、誰かに投票した?」

それに関しては、黙秘権を行使させてもらおう。返事はせずに、「休憩終わり」と言って、着ぐるみを頭からかぶった。

◇◇◇

文化祭一日目の昼下がり。わたしとさっちゃんは、二人でお客さんの呼び込みをしていた。

屋台からは、こんがりとしたいい匂《にお》いが漂ってくる。業務用スーパーで買ってきた冷凍焼き鳥を解凍して、タレをつけて焼くだけなので、それほど手間はかからない。相楽くんいわく

「ボロい商売」だ。芝生広場の真ん中という好立地もあり、なかなかに賑《にぎ》わっている。

「須藤さん、七瀬さん。もし暇やったら、そのへん見てきてもええで」

焼き鳥を焼きながら、同じゼミの鳥居《とりい》くんが言った。鳥居くんは、完全に苗字《みょうじ》のインパクトだけで、焼き鳥の調理係を任されてしまったらしい。しかし彼は文句ひとつ言わず、ニコニコと鳥を焼き続けている。

「ついでに、お客さん連れてきてーや。相楽と木南、全然戻ってこーへんし。あいつら、さてはサボってるな」

鳥居くんの言葉に、わたしはパンダの着ぐるみに身を包んだ相楽くんの姿を思い出して、吹き出した。あの無愛想な相楽くんが、着ぐるみの下でどんな顔をしているのか想像するだけでおかしい。あとで絶対、一緒に写真撮ってもらおう。

「おっけー。ほな任せた！　なんかあったら連絡してなー」

「ありがとう、鳥居くん。よろしくね」

「はーい、いってらー」

鳥居くんに見送られながら、わたしたちは肩を並べて歩き出した。

空は抜けるような快晴で、赤や黄に色づいた木々とのコントラストが美しい。道端には所狭しと露店がひしめき合っており、噴水前ではダンスサークルがブレイクダンスを披露している。

芝生広場のステージではクイズ大会の決勝が開かれていた。お手付きをした回答者の頭上から、大量の水が落ちてきて、会場が笑いに包まれる。一体、どういう仕組みなんだろう。

あちこちで、楽しそうな笑い声が響いている。賑やかな非日常の空気に包まれると、わくわくと心が浮き立つのを感じた。

「ハルコ、楽しそうやな」

「うん、楽しい！」

高校の文化祭は、みんなの邪魔にならないように隅の方で準備をして、当日はずっと図書室に引きこもって勉強をしていた。こんな風に、お祭りに積極的に参加するのは初めてだ。

思わずスキップをすると、さっちゃんは「あたし、ハルコのそういうとこ好き」と笑った。

「夕方のミスコンも楽しみやな！　予選通過するなんて、さすがハルコ！」

さっちゃんがそう言って、誇らしげに笑った。途端に忘れかけていた事実を思い出して、キリキリと胃が痛くなる。

なんとわたしは、奇跡的にミスコンの予選を通過してしまったのだ。今日の夕方に本選があるため、ステージに立たなければならない。

どうして、こんなことになってしまったのか。洗練されたナチュラルボーン美人たちに、わたしが太刀打ちできるはずがない。わたしに褒められるべき部分があるとすれば、周囲を騙すメイクの腕のみだ。これだけは、多少自信がある。

「ほんま、友達として誇らしいわ！　やっぱあたしのハルコが一番可愛い！」

わたしの予選通過を、さっちゃんはわたし以上に喜んでいた。前々から思っていたけれど、さっちゃんはわたしの容姿を買いかぶっている気がする。これが友達の欲目というやつなのだろうか。だとしたら、結構嬉しいけれど。

……それでもわたしは、大好きなさっちゃんのことを騙している。

そのときすれ違った女子二人組が、わたしの方にチラチラと視線を向けてきた。不思議に思ってそちらを見ると、くすくす笑いが聞こえてくる。なんだか、嫌な感じがした。

「……七瀬さん……なんか、ミスコン出るんやって」

「……うわ、調子乗ってる……」

「……大したこと、ないくせに……」

ヒソヒソと交わされる会話の内容を、なんとなく察してしまう。たしか彼女たちは、わたしと同じ経済学部のはずだ。以前に参加した交流会で、同じテーブルに座っていたことがある。

……うん。やっぱり、そうだよね。そのぐらい、わかってる。

漏れ聞こえてきた「大したことない」という言葉が、小さな棘《とげ》になってチクリと刺さる。必死で奮い立たせようとした自信が、しおしおと萎《しぼ》んでいくのがわかる。

「何あれ。感じ悪っ！　言いたいことあるなら、はっきり言えば!?」

さっちゃんが大声で言うと、彼女たちはそそくさと立ち去っていった。俯《うつむ》いてしまったわたしの背中を、さっちゃんは励ますように叩《たた》く。

「あんなん、気にせんとき。あ、たこ焼き食べへん？　博紀《ひろき》にタダ券もろてん」

「う、うん！　食べたい！」

わたしとさっちゃんは、二号館横にあるたこ焼き屋へと向かった。北條くんが所属しているフットサルサークルが出店しているものだ。

北條くんは大きな立て看板を持って、そばにいる女の子と何かを話している。さっちゃんの姿を認めるなり、北條くんは会話を中断して嬉しそうに瞳を輝かせた。

「おー、早希《さき》！　いらっしゃい」

「よ、来たったでー。たこ焼きちょーだい。オマケしてな」

「しゃあないなあ、べっぴんさんたちにはオマケしたろ。さとしー、たこ焼き大盛りで」

そう言って北條くんは、透明のフードパックに入ったたこ焼きを渡してくれた。ぎゅうぎゅうに詰め込まれたたこ焼きには青海苔《あおのり》が散りばめられ、ふわふわと鰹節《かつおぶし》が揺れている。

「ありがとう、北條くん」

「いえいえ。ごめんな、そっち手伝えんくて」

「ほんまやで、相楽なんてパンダの格好までさせられてんのに」

「明日は俺やるわ、パンダ」

「あんたが顔隠してどーすんの。唯一の取り柄やんか」

「アホか、脱いだらイケメンっていうギャップがいいんやろ」

二人のやりとりを眺めながら、やっぱりお似合いだなあと思う。そういえば、二人は付き合わないいんだろうか。さっちゃんに彼氏ができたら、ちょっと寂《さび》しい気もするけど。

それからわたしたちは、ぶらぶらと露店を冷やかしながら、途中でタピオカジュースを購入した。ときどき申し訳程度に「芝生広場前で焼き鳥売ってまーす」と声をかけるのも忘れない。

すれ違いざま、小さな女の子が「さっきのパンダかわいかったね」と言っているのが聞こえて、思わず足を止めた。それと同時に、さっちゃんが「あ」と声をあげる。

「ハルコ、ほらほら。相楽みっけ」

「え、どこ?」

さっちゃんが指差した方を見ると、巨大なパンダが制服姿の女子高生に囲まれている。

そのうちの一人が、ふざけてパンダに抱きついた。心なしかパンダはデレデレしているようにも見える。もちろん、顔なんて全然見えないんだけど。

……ふぅん。ずいぶん、楽しそうなことで。

「声かけへんの?」

「……いい! なんか、取り込み中みたいだし」

そう答えて、タピオカジュースをずずっと吸い込む。カップの底に溜《た》まったタピオカがどうしても飲めなくて、なんだかイライラする。

「あ、ハルコ。今から体育館前で、ダンスサークルの発表あるやん。奈美《なみ》が出るって言うてたし、見に行こー」

わたしは「うん」と答えて、ぐしゃりとタピオカのカップを握りしめ、ゴミ箱に放り込む。なるべくパンダの方を見ないように背中を向けると、足早に歩き出した。

◆◆◆

歩き回ること、およそ半日。俺はパンダの着ぐるみの中で、ぐったりと疲弊していた。

着ぐるみを着ていると、ただ歩いているだけで疲れる、ということを初めて知った。暑いし視界は狭いし、動きにくいことこのうえない。俺は今まで着ぐるみのバイトをしたことはなかったが、これからも永遠にすることはないだろう。

文化祭マジックに浮かされたのか、木南は見知らぬ女子と意気投合して、二人でどこかに行ってしまった。放置された俺は、ただ看板を持ってウロウロしている野良パンダである。もう、帰ってもいいか？

目的もなく彷徨《さまよ》っていた、そのとき。噴水前を早足に歩く、七瀬の姿を見つけた。

昼間須藤と一緒にいるのを見かけたときは、ご機嫌な様子でスキップをしていたのだが、今はなんだかやけに強張った顔をしている。よく見ると、右手と右足が一緒に出てるぞ。大丈夫なのか、あいつは。

「七瀬」

着ぐるみのせいで、くぐもった声が出た。こちらを向いた七瀬は、まるで迷子の子どものように不安げな表情をしていた。

「一人？　須藤、一緒じゃねえの」

「……そろそろ、ミスコン始まるから。準備しに行くの」

もうそんな時間なのか。俺は一号館の大時計を見上げた。時刻は十五時三十分。七瀬が出場するミスコンが開始するのは、十六時である。

「今から着替えて、お化粧直してくる。せめて多少は、見られる顔にしとかなきゃ……」

そう言って七瀬は、がっくりと項垂れた。きっと緊張しているのだろう。握りしめた拳《こぶし》が小刻みに震えているし、心なしか顔も青い。

「……大丈夫か？」

俺が問いかけると、七瀬は「うん」とぎこちなく笑った。いや、笑った、というよりは、頬の片側を引き攣らせた、に近い。あまり大丈夫そうには見えない。しかし俺はこういうときに、適切な励ましの言葉を持ち合わせていないタイプである。

何を言うべきかわからず黙っていると、七瀬がおずおずと口を開いた。

「……あの、相楽くん。ひとつ、お願いしてもいいかな」

「内容による」

「……か、可愛いよ、って、言ってくれない……⁉」

唐突な七瀬の要望に、俺は啞然《あぜん》とした。ちょっと、意味がよくわからない。

「……なんで？」

「な、何も訊《き》かないで！　自分でもめんどくさいこと言ってるって、わかってる！」

七瀬は両手で頰を押さえ、興奮気味に叫んでいる。情緒不安定だ。

「で、でも、こ、言霊っていうのかなあ⁉　こ、言葉にして、可愛いって言ってもらえたら、安心するっていうか……多少、自信が湧《わ》いてくる気がするの！」

「よくわからん。そのぐらい……須藤とか、普段からさんざん言ってるだろ」

須藤が七瀬のことを、可愛い可愛いと褒めているのはよく耳にする。木南だってそうだ。俺がわざわざ言わなくても、七瀬のことを可愛いと称する人間は、たくさんいる。

長い睫毛《まつげ》を伏せた七瀬が、胸の前で両手をもじもじと弄《いじ》りながら、呟《つぶや》く。

「だって。わたしの素顔知ってるのは、相楽くんだけだから……」

……ああ、そういうことか。

要するに七瀬は、素顔の自分を肯定してもらうことで、自信を得ようとしているのだ。たしかにそれは、俺にしかできないことである。そういうことなら、協力してやらないこともない。口に出してやるだけならば、大した手間にもならないからだ。

俺は、短く息を吸い込んだ。

「か」

七瀬が期待のこもった目で、じっとこちらを見つめている。言葉が喉に引っかかったまま、いつまで経っても出てこない。たった五文字の言葉が、どうして簡単に言えないのか。

「…………か、可愛い、よ」

ようやく絞り出した声は、みっともなく裏返ってしまった。自分の意に反して、頬が熱くなる。パンダの着ぐるみをかぶっていて良かった、と心の底から思う。

七瀬はモコモコとした俺の両手を取ると、目を細めて笑った。

「ありがとう、相楽くん。なんだか、頑張れそうな気がしてきた」

「……おう」

「じゃあわたし、行ってくるね」

七瀬はそう言って、自分の頬をパチンと叩く。それから、背筋《せすじ》を伸ばして歩いて行った。

一人残された俺は、頬の熱を冷ますことに必死になっている。なんだか全身から、変な汗が噴き出してきた。……ああ、慣れないことはするものではない。

その場でぼうっと立ち尽くしていると、木南が戻ってきた。

「あれ、相楽。何突っ立ってんの？」

「……あ……いや。何も」

平静を装い答えると、木南が腕に巻いたスマートウォッチに目を落とす。

「もうこんな時間か。相楽、もう帰る？　夜からバイトあるって言ってたよな」

今朝《けさ》俺が言ったことを、一応覚えていてくれたらしい。思っていたよりも気遣いのできる奴だ。今日半日行動を共にしてわかったが、陰気な俺に対しても分け隔てなく声をかけてくれるし、友人が多い理由がなんとなくわかった。

そういえば。大学で他の奴とこんなに長時間一緒にいたのは、初めてだ。今朝だって、ゼミの連中とあんなに会話を交わすことは、今までなかった。

……快適で孤独だった、俺の大学生活に入り込んでいるのは。もはや、七瀬一人だけではないのかもしれない。

なんとなく、ざらりとした違和感を覚える。得体の知れない何かが、じりじりと迫っているような、そんな感覚。

「そーいや、そろそろミスコン始まるじゃん。七瀬、なんかノースリーブのドレス着るって言ってた！　七瀬って普段あんま露出しないし、二の腕貴重だもんな！　絶対見たい！」

はしゃいだ声をあげる木南に、俺は侮蔑の眼差《まなざ》しを向ける。そんな俺の視線にも構わず、木南が問いかけてきた。

「相楽、どーすんの」

しばし、考える。着ぐるみ姿で歩き続けていたため、正直かなり疲弊している。今日も深夜のバイトが入っているし、本来ならば一刻も早く帰って寝たい。

……はず、なのだが。

先ほどの七瀬の顔を思い出す。縋《すが》るようにこちらを見つめる、不安に満ちた瞳。俺がいたところで、なんの意味もないだろうが、このまま帰って寝るつもりにはなれなかった。

「……行く」

そう答えると、木南は「ふぅん」と意味深な笑みを浮かべた。なんだ、その顔は。俺は別に、二の腕が見たいわけじゃないぞ。

◇◇◇

本番十五分前。ミスコンの控え室で、わたしは一人、緊張で死にそうになっていた。

ミスコンが行われる芝生広場のステージの脇《わき》に、控え室となる仮設テントが設置されている。中には人数分の姿見とロッカー。レンタルしてきた水色のドレスに着替えて、ショールを羽織る。姿見の前で、ヘアセットとメイク直しを行う。

右を見ても、左を見ても美女。正面を見ると、化粧で誤魔化した地味な女。

この場所の中で、わたしだけが異物だった。他の子たちは親しげに雑談を交わしていたけれど、話題に加わることもできない。ひとりぼっちだった、高校時代の記憶が蘇《よみがえ》る。

ここにいるのはみんな、正真正銘天然モノの、本物の美人だ。わたしのような紛《まが》い物が、い

るべき場所じゃない。

今から棄権できるだろうか。いやでも、わたしの出場を喜んでくれたさっちゃんたちが、ガッカリするかもしれない。……友達に失望されるのは、絶対に嫌だ。

覚悟を決めたわたしは、ぱちんと頬を叩いて、鏡に映る自分を睨《にら》みつける。

――今の七瀬が一般的に見て美人なのは、おまえが努力したからだろ。

――そういう意味では、元々の顔立ちが整ってる奴よりずっと、凄《すご》いだろ。だからそれは、誰かに責められるようなことじゃないと思う。

うん、大丈夫。わたしのことをちゃんと、見てくれる人が……認めてくれる人がいる。

「本番十分前でーす。出場されるみなさんは、ステージまでお願いします！」

スタッフの声が、控え室に響く。さっき聞いた「可愛いよ」の言葉をひっそりと胸に抱いて、わたしはステージへと歩いて行った。


「さて、今年も始まりましたー！　今一番輝いている、ミスキャンパスは誰なのか！　ミス立誠寛コンテスト！　司会はわたくし、実行委員会の吉川《よしかわ》でお送りいたします！」

朗々としたテノールボイスが、スピーカーを通して響き渡る。ミスコンは予想以上に盛況で、芝生広場には大勢の人が詰めかけていた。

「それでは、今回見事予選を勝ち抜いた、六名の美女にご登壇いただきましょう！」

わあっという熱の入った歓声で、空気が揺れる。震える足を必死で奮い立たせて、ぎこちなく歩き出す。他の五人はなんだかやけに慣れた様子で、まるでレッドカーペットを歩くスーパーモデルのようなウォーキングを見せている。こんなに緊張しているのは、わたしだけなのかもしれない。生唾を飲み込んで、指定された位置に立つ。

「ハルコー！　がんばれー！」

広場の最前列に、声を張り上げて応援するさっちゃんを見つけた。隣には、北條くんもいる。よく見ると、同じゼミの子たちや、つぐみちゃんや奈美ちゃんも来ているようだった。改めて、プレッシャーで心臓が潰《つぶ》れそうになる。

わたしは無意識のうちに、相楽くんのことを探していた。見ると、ステージ最前列の端っこに、パンダの着ぐるみを見つける。意外と近くにいてくれたことがわかって、少し気持ちが落ち着いた。

「それでは順番に、自己紹介とアピールをお願いします！　エントリーナンバー一番の方から、順番にどうぞ！」

「清原涼香《きよはらすずか》、文学部の三回生です！　宝塚のトップスターみたいな名前だねってよく言われるんですが、実は特技が幼稚園の頃からやっているバレエです」

よく通る声ではきはきと言った彼女は、ステージ上で見事なアラベスクのポーズを取って、わあっという大きな拍手が沸き起こった。

ど、どうしよう、あんなこと絶対できない……。わたしの特技、〝歴代天皇の名前を全部言えること〟なのに……うう、地味すぎる。

二番目の女性は関西弁のハスキーボイスで、有名タレントのモノマネを披露した。三番目の女性は「アピールポイントは、この太陽のように輝く笑顔です！」という堂々たる態度で笑いを誘っていた。四番目、と五番目と、エントリーされた美女たちが自己アピールをしていく。どの子も綺麗で、個性があって、内側から自信が溢《あふ》れるような美しさに満ちていた。

そしてとうとう、わたしの番がやって来た。

「それでは、最後のお一人です！　七瀬さん、お願いします！」

名前を呼ばれて、ぎくり、と身体が固まる。なんとか自分を奮い立たせて、顎を引いてまっすぐに前を向きながら、口を開いた。

「……け、経済学部、一回生の、七瀬晴子です！　……えっと、特技は……」

目の前の観衆たちがこちらを見ているのがわかって、頭がくらくらしてくる。これまでの地味な人生の中で、こんなにも大勢の人に注目されることなんて、一度もなかった。

頭が真っ白になって、歴代天皇の名前なんて一人も出てこない。全身の血液がすうっと冷たくなって、震える息が喉から漏れるだけだ。

「どうかしましたか？」

フリーズしたわたしを見て、司会者は訝《いぶか》しんでいる。まずい、ちゃんと喋らなきゃ。

大きく息を吸い込んで「えっと」と仕切り直した、そのときだった。

——ばしゃん！

突然上から、大量の水が降ってきた。頭からそれをかぶったわたしは、反射的に両手で顔を覆《おお》って下を向く。

……え、何⁉　一体、何が起こったの？

突然のハプニングに、会場が騒然となる。「え⁉　な、何ですか⁉」という司会者の慌てた声が響く。そのとき舞台袖《そで》から、スタッフの声が聞こえてきた。

「お、おい！　クイズ大会のセット、片付けてなかったのかよ！」

「す、すみません！　あれ、おかしいな……」

それでようやく、状況を理解した。クイズ大会の罰ゲームであるタライの水が、わたしの上に落ちてきたのだろう。

水温のせいか気候のせいか、思ったよりも冷たくは感じなかった。身体からぼたぼたと水が滴っている。髪も服も全部ずぶ濡《ぬ》れで、びっしょりと身体に張り付いている。あ、睫毛取れた。きっとアイラインも、アイテープも取れているに違いない。

ばくばくと、心臓の音がうるさく響いている。今顔を上げてしまったら、わたしの素顔が——地味で冴《さ》えない、本当の顔が見られてしまう。

……もし、本当のわたしを知ったら。みんなはわたしから、離れていってしまうだろうか。

「な、七瀬さん！　大丈夫ですか？」

司会者が慌てたように言って、わたしの肩を摑《つか》んだ。

やめて、もういいの、放っておいて。

わたしは顔を上げることができず、ふるふると首を横に振っている。ああ、もう、なにもかもおしまいだ——

「七瀬!!」

そのとき誰かが、わたしの名前を呼んだ。

◆◆◆

ミスコンの会場である芝生広場のステージは、大勢の人間でごった返していた。思っていたよりも大きなイベントだったのだな、と周囲の熱気にやや気圧《けお》される。

やけに周囲の視線を感じるなと思っていると、パンダの着ぐるみを脱ぐのを忘れていた。居心地の悪さを感じたが、研究室に戻って着替える時間はない。

「相楽ぁ、こっちこっち」

木南に手招きされるがまま、俺は人波を搔《か》き分《わ》けて進んでいく。いつのまにか、ステージ最前列まで来ていた。なんだかやる気満々のようで、ちょっと恥ずかしい。せめて、一番端っこにいることにしよう。

「おい。こんな前の方まで来なくても……」

「近くで見たいだろーが！　おまえもちゃんと、七瀬のこと応援してやれよー」

「べ、別に、応援しにきたわけじゃ……」

　そのとき背中に、ドン、と何かがぶつかるような衝撃を感じた。振り向いてみると、見覚えのある女二人組が立っていた。

「あ、ごめんなさーい」

　女はおざなりな謝罪を述べた後、コソコソと舞台裏へと走っていく。ミスコンのスタッフだろうか、とぼんやり考えていると、ステージ上に眩《まばゆ》いスポットライトが点灯した。

「さて、今年も始まりましたー！　今一番輝いている、ミスキャンパスは誰なのか！　ミス立誠寛コンテスト！」

　ミスコンの司会者は、おそらくウチの学生なのだろうが、プロさながらの流暢《りゅうちょう》な語り口だった。わぁっという大歓声の中、予選を勝ち抜いた五人がステージに登場する。最後尾を歩いてきた七瀬は、ぐっと唇を引き結んで前を向いている。

　居心地悪そうな顔をした七瀬は、何かを探すように、観客席に視線を向けている。最前列にいる俺の方を見たとき、ほ、とほんの僅かに頬が緩んだ気がした。

　……頑張れ。

思わず、心の中でそう呟く。

俺の隣で野次《やじ》を飛ばしていた木南が、はーっと感嘆の息を吐いた。

「しっかし、さすが決勝になるとみんな美人だなー。一番のコ、こないだ夕方の情報番組に出てるの見た！」

なるほど、タレントのタマゴのような学生も混じっているのか。たしかに木南の言う通り、全員かなり容姿が整っている。

しかし俺の目には、背筋をまっすぐに伸ばした七瀬の姿しか入ってこない。地味な素顔を化粧で覆い隠した、真面目で一生懸命で、努力家な女。

順番に自己アピールを行い、最後に七瀬の番が回ってきた。司会者に促されるがまま、マイクの前に立つ。

「……経済学部一回生の、七瀬晴子です！　……えっと、特技は……」

スポットライトに照らされた顔は強張り、真《ま》っ青《さお》になっている。いつものふにゃっとした笑顔を思い出して、本当の七瀬はこんなんじゃないんだぞ、と言いたくなる。

俺の前だけで見せる、彼女の素顔はもっと——

ばしゃん！

突然、七瀬の頭上から、滝のような水が降《ふ》り注《そそ》いできた。

一瞬のうちに、会場が騒然となる。「これ、何かの演出？」などという声も聞こえてきた。

ステージの参加者も、司会者も動揺しているようで、舞台袖がにわかに慌ただしくなる。

頭から水をかぶった七瀬は、両手で顔を覆って下を向いていた。

「うわ、やば。七瀬、どうしたんかな?」

俺の隣にいる木南が、心配そうな声をあげる。司会者が慌てた様子で、七瀬の肩を掴んだ。

「な、七瀬さん! 大丈夫ですか?」

七瀬は顔を覆ったまま、首を横に振っている。おそらくこの会場で、ただ一人俺だけが、七瀬が顔を上げられない理由を理解している。

——本当のわたしを見せて、みんなが離れていくの、こわい。

気付けば俺は、ステージに向かって走り出していた。

「七瀬!」

俺の声に、七瀬がはっと面を上げる。彼女の顔が周りに見られてしまう前に、俺はパンダの頭を脱いで、すぽんと彼女にかぶせた。

そのとき舞台裏に、さっき見た女二人組が立っているのが見えた。俺と目が合った瞬間に、あからさまに狼狽《ろうばい》した様子を見せる。そのまま、そそくさと走って逃げていった。

……水が落ちてきた原因は、なんとなく察した。が、今はあいつらに構っている暇はない。

「行くぞ」

七瀬の手首を掴んで強引に引っ張り、ステージから下りる。おそらく今この会場にいるほぼ全員が、俺に注目しているだろう。目立つのは嫌だが、仕方ない。

「ど……どういうことでしょうか！　突然乱入したパンダが、七瀬さんを連れ去ってしまいました！　こ、これは何かの演出ですか⁉　え、違う⁉」

司会者の声を背中で聞きながら、無言でずんずんと歩いていく。まるでモーゼが海を割るかのように、観衆たちはさっと道を開けてくれた。

「相楽、くん」

くぐもったような、七瀬の声が聞こえる。道行く人たちが、パンダの頭をかぶった女の手を引く俺のことを、怪訝そうに見つめている。「何あれ」とクスクスと笑う声も聞こえてきた。うるせえな、見せモンじゃねえぞ。

俺はひとまず、荷物が置いてある研究室へと向かった。扉を開けて中を窺《うかが》ってみたが、幸いなことに、誰もいない。七瀬とともに中に入ると、後ろ手で鍵《かぎ》をかける。

「七瀬、大丈夫か？」

問いかけたが、返事はない。パンダの頭を両手で押さえたまま、じっとその場に立ち竦《すく》んでいる。長い髪から水滴がポタポタと落ちて、研究室の床を濡らした。

頭を脱がそうと手をかけると、七瀬はいやいやをするように首を振った。

「……や、やだ。顔見ないで。お化粧、落ちてるから」

俺は呆《あき》れた。いまさら何を言ってるんだ、こいつは。

「おまえのすっぴんなんて、何回も見てる」

「……でも、今は嫌なの。だって、わ、わたし……可愛く、ないもん」

「……はあ？」

「お願い、見ないで……」

七瀬は震える声で、懇願するように言った。残念だが、そのお願いは聞いてやれない。抵抗する彼女の手をどけて、半ば強引にパンダの頭を持ち上げた。

ずぶ濡れになった七瀬は、すっかり化粧が落ちていた。瞼《まぶた》を縁どる偽物の睫毛も、どこかに消えている。キラキラしたラメが輝く瞼も、鮮やかに色づく頬も、薔薇色の唇も、見る影もない。もうずいぶんと見慣れた、地味なすっぴんだ。

それでも俺は、今目の前にいる女が、先ほどまでの煌《きら》びやかなステージに立っていたどんな美女よりも、魅力的だと思う。

「可愛いよ」

口にした言葉は、その場凌《しの》ぎの慰めでもなんでもない。紛れもない、本心だ。

俺の言葉を聞いた七瀬が、はっと目を見開いた。唇を震わせ「嘘《うそ》」と呟く。

「嘘じゃない。化粧しててもしてなくても、七瀬は七瀬だろ」

俺がきっぱりと言うと、七瀬は俯いて、両手で顔を覆ってしまった。まさか泣かせてしまったのかと、不安が押し寄せてくる。

「……ご、ごめん。もしかして、泣いてる？」

顔を覆う七瀬の手首を掴んで、ゆっくりと開かせた。彼女の顔を見た瞬間に、ほっと息が漏れる。泣いてるどころか、七瀬は笑っていた。

「……なんだ。笑ってんじゃん」

「……ごめんなさい」

「何が、おかしいんだよ」

既に日は暮れかけていて、西から差し込む夕陽が、二人きりの研究室をオレンジ色に染め上げている。文化祭の喧騒はもはや遠く、ジャズ研の演奏するムーンライトセレナーデが、かすかに聞こえてくる。

「ううん。……嬉しいの」

七瀬がそう言って、ふにゃりと目元を緩める。

彼女の顔を見たそのとき俺は、ようやく気付いた。気が付いてしまった。

……俺が心から望んでやまなかった孤独が脅かされているのは、こいつのせいだ。七瀬と一緒にいると、俺は俺のままではいられなくなってしまう。

「……相楽くん。あの、わたしね」

そこで言葉を切った七瀬が、きゅっと唇を引き結ぶ。彼女が一体何を言おうとしたのか、その続きを、俺は尋ねることができなかった。

◇◇◇

生まれてこのかた十九年間、恋愛はわたしにとって、縁遠いものだった。

ちょっとかっこいいな、と思う男の子はいなくもなかったけれど、恋をするほどの関《かか》わりはなかったし、あまり興味もなかった。その気になったとしても、冴えないわたしはそもそも見向きもされなかっただろう。

大学に入ってからも、少女漫画やテレビドラマのヒロインが恋をして前後不覚になっている様子を見て、どうしてもっと理性的に行動できないのだろうか、と不思議に思っていたものだ。

しかし、今なら彼女たちの気持ちがとてもよくわかる。恋は人を馬鹿にするものなのだ。わたしは今、山盛りの唐揚げを目の前にして途方に暮れている。

……いやこれ、明らかに作りすぎじゃない？　相撲部屋かな？

何故《なぜ》作るのが面倒な唐揚げを、わざわざ作ったのか。相楽くんの好物だからだ。どうして張り切って、こんなにたくさん作ってしまったのか。

わたしは、相楽くんのことが好きだからだ。

「はあー……」

あの日のことを思い出すと、心臓が爆発《ばくはつ》しそうになる。パンダの着ぐるみごしに見た、わたしの手を取って歩く相楽くんの後ろ姿は、わたしの記憶の中でキラキラと輝いている。あのときの相楽くん、まるで少女漫画のヒーローみたいだった。脳内で三割増しぐらい、補正がかかっているかもしれないけれど。

――可愛いよ。

彼にそう言われた瞬間、わたしはずっと自分の心の中にあった恋心に、ようやく気が付いたのだ。不器用だけど優しくて、いつも背中を押してくれて、わたしのことを見てくれる人。最初から、わたしが恋をするのは、相楽くん以外にありえなかった。

居ても立ってもいられなくなって、その場にしゃがみこんで膝《ひざ》を抱える。相楽くんへの気持ちを自覚してから、なんだかわたしは様子がおかしい。なんだか気持ちがふわふわしていて、常に数センチくらい浮き上がっているような感じがする。

そのとき隣人が帰宅してくる音がして、勢いよく立ち上がった。唐揚げをお皿にてんこ盛りに載せて、部屋を出る。ちょいちょいと前髪を整えてから、インターホンを押した。

ひょいと顔を出した相楽くんは、わたしの顔を見て意外そうな顔をする。

「なんで化粧してんの？　今からどっか行くのか？」

……いいえ、相楽くんに会う以外の予定はないです。

わたしは家に帰っても化粧を落とさずに、相楽くんが帰ってくるのを待っていた。むしろ、ちょっと化粧を直しさえした。相楽くんに、少しでも可愛いと思ってもらいたい。素顔を知られている以上、無駄な努力かもしれないけど。

わたしは笑って誤魔化すと、「はい、これ作ったの」と唐揚げを差し出す。相楽くんは「え、多っ」と目を丸くした。

「えーと、あ、ちょ、ちょっと作りすぎちゃって……食べ切れないかな……」

「……いや、食えるけど。ありがとう」

相楽くんはそう言って、唐揚げを受け取ってくれた。そのままいつものように、相楽くんの部屋に入ろうとして――ぴたり、と足を止める。

ここ最近、わたしが作ったものを差し入れするときは、いつも二人で一緒に晩ごはんを食べていた。今日だってそうするのが自然な流れだ。

しかし、改めて冷静になってみると。好きな人の部屋で、好きな人と二人っきりで、一緒にごはんを食べるなんて、とんでもない状況だ。きっと唐揚げの味なんて、少しもわからなくなってしまうだろう。

「……一緒に食わねえの？」

「わ、わたし……きょっ、今日は、部屋で食べるね！　じゃあ、また明日！」

わたしはそう言って、猛スピードで自分の部屋へと戻った。扉が閉まるなり、クッションに顔を押しつける。

……ああ、やっぱり好き！　あんな適当なスウェット姿なのに、かっこよすぎ！

声にならない叫び声をあげて、一人で床の上を転がる。傍《はた》から見ると、完全に不審者だ。

……好きな人が隣に住んでるって、すごい……。

薄い壁の向こう側に相楽くんがいると思うと、なんだか落ち着かない気持ちになる。今頃、相楽くんは唐揚げを食べているんだろうか。壁に耳をくっつけてみようかと思ったけれど、それはいろいろとダメな気がしてやめた。


「ハルコ。そーいやミスコンの後、大丈夫だった？　風邪とかひいてない？」

文化祭から、一週間後の昼休み。三号館食堂でランチをしていると、ふいに奈美ちゃんが言った。わたしは笑って、「うん、全然元気だよ！」と答える。

あのハプニングがあった後、ミスコンはわたし抜きで進められたらしく、優勝者は文学部の清原さんになった。わたしは主催者から平身低頭で謝罪され、お詫《わ》びにと京都銘菓の阿闍梨餅《あじゃりもち》をいただいて、美味《おい》しく食べた。

わたしは全然気にしていないけど、さっちゃんはわたしの代わりに激怒していた。今も怒りが収まらないらしく、「それにしても、ひどいよなー」と頰を膨らませている。

「ステージ上で女子ずぶ濡れにするとか、ありえへんわ。てか、相楽は何しに出てきたん？いきなりハルコのこと連れ去ってたけど」

「あー、なんか有名になってるよな。ミスコンのパンダマン」

どうやら〝ミスコンで水をかぶった女を連れ去ったパンダ男〟の存在は、学内でそこそこ有名になっているらしい。相楽くんは目立つことを何より嫌うので、ひそひそと後ろ指をさされるのに、心底うんざりしているようだった。わたしのせいで、なんだか申し訳ない。

「あ、あれは……わたしがステージで困ってたから、来てくれたんだ。相楽くん、いつもわたしのこと、見ててくれて……助けてくれるの」

思い出して、またうっとりしてしまう。ああ、ほんとにかっこよかったな……。瞬く間に妄想の世界にトリップしたわたしを見て、さっちゃんが尋ねてきた。

「ハルコって……やっぱり相楽のこと、好きなん？」

あっさりと見抜かれて、わたしの頬がみるみるうちに熱くなる。もう誤魔化しようもないくらい、顔は真っ赤《か》になっているに違いない。きっとこのまま、みんなに隠し通すことは難しいだろう。わたしは観念して頷《うなず》いた。

「……うん。す、好き、なの」

もじもじと答えると、途端に三人は、きゃあと声をあげた。

「ハルコ、めっちゃ可愛い〜！」

「相楽くんに渡すのもったいなーい！」

「ええやん、ちょっと地味やけど、薄目で見たら塩顔のイケメンに見えんこともないし！」

「ちょ、ちょっとみんな、声大きい！」

わたしは慌てて、キョロキョロと周囲を見回す。どうしてキラキラ女子たちは、こんなにも声が大きいんだろう。

「な、内緒にしててね……まだ、告白する勇気ないから……」

「そんなの、こっちから告ったらダメだよ！　向こうに言わせるの！」

「ま、ほっといても、そのうち相楽の方から告ってくるんちゃう？」

「そ、そんな、まさか！」

さっちゃんの言葉に、ますます体温が上がってしまった。慌てふためくわたしに、さっちゃんはニヤリと笑って続ける。

「相楽も、絶対ハルコのこと好きやと思うねんな。相楽が優しいのって、ハルコ限定やん」

「え、えへへ……そ、そうかな……？」

思わず、にやにやしてしまう。そう言われると、希望が持てるような気がするから不思議だ。ただの励ましかもしれないけど、やっぱり嬉しいものは嬉しい。

さっちゃんがしみじみと「ハルコ、彼氏できてもあたしらと遊んでな」と言ったので、「気が早いよ！」と真っ赤になってしまった。

◆◆◆

どうも文化祭以降、七瀬の様子がおかしい。

大学で見かけると、よくスキップをしている。声をかけると、嬉しそうな顔で笑う。夕食にえらく凝ったものを作って、差し入れてくれる量も多くなった。自分の部屋にいるのに、化粧をしていることが増えた。じっと見つめてくるくせに、こちらが見ると視線を逸らす。まったく意味がわからない。

……いや。本当のことを言うなら、まったく理由に心当たりがないわけではないのだ。


「あ、相楽みっけー」

俺が研究室で一人昼飯を食っていると、北條と木南が入ってきた。唐揚げを咀嚼《そしゃく》している俺の隣に、二人は断りもせず腰を下ろす。

「外で食おうと思ったら今日めちゃくちゃさみーの。学食めちゃめちゃ混んでるし、しゃーないから研究室来るかーって」

木南がぺらぺらと話しかけてくる。文化祭以来、妙に懐《なつ》かれてしまったようで、しょっちゅう話しかけてくるようになったのだ。もともと他人との距離感が近いタイプなのだろう。

「相楽、弁当食ってるやん」

「お、その唐揚げめっちゃ美味そう」

昨夜七瀬にもらった唐揚げが余ってしまったので、米と唐揚げを弁当箱に突っ込んできたのだ。昼食代が一食分浮くのはありがたい。

「一個ちょーだい」

木南が唐揚げに手を伸ばしてきたので、無言ではたき落とす。七瀬が作った唐揚げだぞ。おまえには、ひとつたりともやるものか。「ケチ！」と罵られたが、なんとでも言うがいい。

北條と木南は、袋からコンビニ弁当を取り出して食べ始める。俺はどうして、我がゼミきってのリア充二人と昼飯を食べているのだろうか。さっさと食って逃げることにしよう。

そんな俺の思惑をよそに、北條は楽しげに話しかけてくる。

「そういや相楽。文化祭のパンダ男事件、めっちゃ噂《うわさ》になっているやん」

ぴたりと箸を止めた。頼むから、その話はやめてくれ。

あの日のことを思い出すと、俺は深い穴を掘って、その中に飛び込みたいような気持ちになる。あれ以来、学内で「パンダマンだ」と後ろ指を指されていることも知っている。

「そうそう。あんときオレ相楽と一緒にいたんだけど、いきなり走り出すからびっくりした。あんときの七瀬、なんか様子おかしかったもんなー」

「七瀬、目立つの苦手そうやもんな。びっくりしたやろな」

二人の言葉に、俺は「そうだな」と頷く。彼女が顔を上げられなかった理由を理解しているのは、俺だけでいい。

昼飯を食べ終わった俺は、空になった弁当箱をショルダーバッグにしまいこむ。立ち上がろうとしたタイミングで、木南が「てかさ」と身を乗り出してくる。

「七瀬、最近ますます可愛くね？　なー相楽」

「……別に」

……逃げるタイミングを逸してしまった。話の続きが気になって、俺はその場に留まる。

「悠輔《ゆうすけ》、おまえ彼女できたんやろ？　他の子にそういうこと言うのやめろや、怒られんで」

「そりゃ、今は彼女が一番可愛いけどさ。それはそれとして、七瀬の顔面はマジで好みなの。観賞用なんだから、いーじゃん」

木南の言葉を聞きながら、こいつが七瀬のすっぴんを見たらどんなリアクションをするんだろう、と考えていた。ものすごく失礼な反応をしそうなので、見せたくない気がする。

「七瀬、そんなに変わった？　おれには違いわからんけど」

首を捻《ひね》る北條に、木南は熱弁をふるう。

「いやいや、絶対可愛くなった！　目ぇとかキラキラしてるし、なんかニコニコしてるし」

「まー、そんな気もするけど。でもそれって、悠輔が相楽と一緒にいるからちゃう？」

「は？」

俺と木南が同時に声をあげた。北條は淡々とした調子で続ける。

「七瀬、前から相楽と一緒にいるときが、一番可愛いやん。悠輔が相楽とつるむようになったから、結果的に七瀬が可愛く見えるようになったんちゃう？」

ちょっと待て、俺は木南とつるんだ記憶はないが。いや、そんなことより、「俺と一緒にいるときの七瀬が一番可愛い」って——

「……それって、どういうこと？」

木南が尋ねてくる。そんなの、こっちが知りたい。

俺は「知らねえよ」と答えると、ボトルに入った麦茶をぐいと呷った。

◇◇◇

「……え、ゼミ旅行？」

「そうそう、春休み！　二月やから、もうちょい先なんやけど。ハルコも行くよな？」

金曜日、ゼミが終わった後の昼休み。さっちゃんと二人、空き教室で昼ごはんを食べていると、さっちゃんがそんなことを言い出した。

どうやらうちのゼミで、春休みにみんなで旅行に行こう、という話が出ているらしい。薔薇色の大学生活を目指すわたしにとって、これ以上ないくらいに魅力的なお誘いではあるけれど……かなり、困る。

……旅行ということは、友達にすっぴんを晒《さら》さなければならないということだ。

「わ、わたし。旅行は、ちょっと……」

さっちゃんは焼きそばパンを頬張《ほおば》りながら、不思議そうに尋ねてくる。

「そーなん？　行きたくない？」

「う、ううん！　行きたいのは、行きたいんだけど……」

すっぴんを見せられないから行けない、なんて言えない。口籠もっているわたしに、さっちゃんは笑いかけてくれる。

「あたしと博紀、幹事やから。どこ行きたいか、考えといて。あ、温泉とかいいよな！　あたし、カニ食べたい」

「うん……そうだね」

本当はわたしだって、みんなと一緒に旅行に行きたい。何も考えずにみんなと温泉に入って素顔を晒して、夜通しお喋りをしたい。それでも――もし地味な素顔を見せて、みんなにがっかりされちゃったら、どうしよう。

そんなことを考えていると、さっちゃんがニヤリと笑って、耳元に唇を寄せてきた。

「……ゼミ旅行、相楽も誘ってみたらええやん。初めてのお泊まり」

「……！　は、初めての、お泊まり……！」

相楽くんと、旅行に行く。一日中、一緒にいられる。それはきっと、間違いなく、とても素敵なことだろう。絶対、楽しいに決まってる。

「で、でも……相楽くん、ゼミ旅行なんて来てくれないんじゃ……」

「いやいや、ハルコが誘ったら来るやろ。風呂《ふろ》上がりとかにちょっといつもと違う色気見せつけて、一気に攻め落とそ！」

さっちゃんはそう言って拳を振り上げたけれど、お風呂上がりのすっぴんジャージ姿ならば、何回か見せたことがある気がする。色気なんて、少しもない。隣に住んでいる以上、お泊まりでギャップを見せつけることは難しいのかもしれない。

わたしが悩んでいると、さっちゃんはわたしの両手を取って、ぎゅっと握りしめる。

「ほんま、頑張ってな。相楽なんかにハルコをやるのは、ほんまは癪《しゃく》なんやけど……あたしにできることなら、なんでもやるから言うて！」

力強くそう言ってくれたさっちゃんに、なんだか泣きそうになってしまった。

さっちゃんは、わたしの恋を全力で応援してくれている。わたしにそんな友達ができるなんて、大学に入るまでは想像もできなかった。

もしかすると、さっちゃんなら。素顔のわたしのことも、受け入れてくれるのかもしれない。

そんなことを考えて、いやいやと首を振る。さっちゃんは高校時代から友達がたくさんいて、クラスの中心的な存在だったに違いない。もし高校時代のさっちゃんとわたしが同じクラスだったら、きっとほとんど関わることはなかっただろう。

——七瀬さんは真面目だからさ、あたしらとは違うよね。

わたしとさっちゃんは、もともと別の世界の人間だ。

「……？　ハルコ、どしたん？」

暗い顔で俯いたわたしに、さっちゃんが心配そうに尋ねてくる。わたしは「なんでもない」と無理やり笑顔を作ってみせた。


大学から帰宅したわたしは、張り切ってカルボナーラパスタを作り、相楽くんの元へと持って行った。部屋から出てきた相楽くんは、申し訳なさそうに「ありがとう」と受け取る。喜んでほしくて作っているのだから、そんな顔をしないでほしい。

相楽くんはパスタの入ったお皿をキッチンに置いて、いつまで経っても玄関に突っ立っているわたしのことを、少し困ったような表情で見る。

そういえば、今日は「一緒に食べないのか」とは言ってくれない。前回断ったのはわたしなのに、誘ってくれないのかな、ともじもじしてしまう。このまま部屋に戻ってしまうのは寂しくて、わたしは相楽くんに尋ねた。

「……さ、相楽くん……えーっと、ゼミ旅行の話、聞いた？」

「いや、なんも」

「ゼミのみんなでね、春休みに行こうって話が出てるんだって」

「ふーん」

相変わらず、微塵も興味がなさそうだ。やっぱり行くつもりないのかな、と思っていると、逆に尋ねられる。

「七瀬、参加しねえの？」

「……わたしは……行きたいけど、悩んでる……」

「なんで？　行きたいなら、行けばいいだろ」

「……だって。旅行に行ったら、絶対すっぴん見せないといけないじゃない？」

わたしが言うと、相楽くんは気の抜けた声で「はあ」と答えた。怪訝そうに眉間に皺《しわ》を寄せて、首を捻っている。

「それって、なんか問題？」

「だ、大問題だよ！　すっぴん、見られたら……さっちゃんたちに、嫌われるかも」

「……おまえ、まだそんなこと気にしてんの？」

呆れたような声に、わたしはちょっとムッとしてしまった。相楽くんにとってはそうでなくても、わたしにとっては、ものすごく大事なことなのだ。

「き、気にするよ。だって……」

「須藤はそんなことで、おまえのこと嫌いにならねえよ。たぶん」

こともなげに言った相楽くんに、わたしはジャージの裾をぎゅっと握りしめる。

「……なんで、そんなこと言えるの。わかんないよ、そんなの。高校時代の、地味で冴えないわたしのままだったら……絶対、さっちゃんに選んでもらえなかったもん」

わたしが言うと、相楽くんは怪訝そうに眉を寄せた。

「……おまえ。自分が化粧して美人になったから、須藤と友達になれたと思ってる？」

わたしは無言のまま、こくんと頷いた。相楽くんはガシガシと頭を掻いた後、言葉を選ぶように、ゆっくりと口を開く。

「それってなんか……ちょっと違うっていうか……須藤にも、失礼な気がする」

「え……」

「七瀬が須藤と友達になった理由って、何？　須藤が美人で明るいから、一緒にいたら自分もそうなれると思った？」

相楽くんにそう指摘された途端、わたしの頰はかあっと熱くなった。自分でも気付いていなかった、自分のずるくて醜い部分を看破されたようで――恥ずかしくて情けなくて、この場から逃げ出したくなる。

「……そう、かもしれない……」

「今も、そう思ってる？」

相楽くんの問いに、わたしはぶんぶんと首を横に振る。

たしかに最初は、さっちゃんに声をかけてもらえたことが誇らしくて、努力を認めてもらえた証し、みたいに思っていたけれど――でも、今は違う。

「……わたし、さっちゃんと一緒にいると、楽しいから……さっちゃんのこと好きだから、友達でいるの」

そう言うと、相楽くんはちょっと戸惑いながらも、ぽんぽん、とわたしの頭を撫でてくれた。いつもの仏頂面だけど、わたしに触れる手は優しい。触れられた場所から熱がともって、どんどん、体温が上がっていく。

「だったら、須藤のこと信じてやれよ。……須藤以外でも……すっぴん見たぐらいで、おまえから離れていく奴なんて、おまえの周りにはいないだろ」

「……そうだね。みんな、優しいもんね」

「おまえの周りにいい奴が多いのは、おまえ自身がいい奴だからだよ」

優しいのは相楽くんもだよ、と言いたかったけど、唇が震えて、うまく言えなかった。相楽くんのそばにいると、ドキドキと心臓が暴《あば》れまわって、息もできないほど胸が苦しい。それでも、離れたくない。

……相楽くん、大好き。

そんな、今にも飛び出しそうな本音を飲み込んで。「ありがとう」と言うのが精一杯だった。

今朝は布団《ふとん》から出るのがあまりに辛く、うっかり二十分ほど二度寝をしてしまい、講義が始まるギリギリの時間になってしまった。

大講義室に入ると、前方の席は珍しく埋まっていた。空いている席はないかとキョロキョロしていると、中ほどに七瀬が座っているのが見えた。隣にいる須藤と、何やら楽しそうに談笑しているのが見える。

「あっ、相楽くん！」

俺に気付いた七瀬が、満面の笑みで手を振ってくる。無視をするのも感じが悪いだろうが、手を振り返すのは気恥ずかしく、黙って七瀬の元へと向かった。

「相楽くん、おはよう！」

「……はよ」

「相楽、ここ座る？　ハルコの隣。あたし、後ろ行くわ」

「えっ、も、もう、さっちゃん……！」

「……いや、いい」

俺は須藤の申し出を断り、七瀬の後ろに腰を下ろした。栗《くり》色の長い髪は、後頭部で複雑に編み込まれている。どういう仕組みになっているのかは、やっぱりよくわからなかった。

講義が終わり席を立とうとしたところで、二人の女子学生がこちらにやってきた。どこかで見た顔だなと思って、あっと思う。

……ミスコンで、七瀬が水をかぶったとき。舞台裏でコソコソしていた、女二人組だ。

何しに来たんだよ、と心の中で威嚇する。しかし彼女らは、俺のことなど見向きもせず、七瀬に声をかけた。

「なああ、七瀬さん」

女は、七瀬に向かってスマホの画面を見せた。画面には、見覚えのある制服姿の女子生徒の姿が映し出されている。それが誰なのかを理解して、俺は息を呑《の》んだ。

「バイトの友達に卒アル見せてもらったんやけど、これ七瀬さんやんな？　びっくりしたわー」

そう言った女の唇から、小馬鹿《こばか》にしたようなクスクス笑いが漏れた。

黒い髪を三つ編みにして、きっちりと制服を着こなしている、地味な眼鏡《めがね》の女子生徒。その写真の下には、〝七瀬晴子〟と名前が書かれている。

「……これ、ハルコ？」

スマホの画面を見た須藤は、訝しげに目を細めている。

俺は勢いよく立ち上がり、どうフォローすべきか考えたが——何も思い浮かばなかった。

七瀬の横顔からは血の気が引いて、真っ青になっている。

「友達が言うてたんやけど、高校の頃はずっと休み時間一人で勉強してたって。せやから七瀬さん、頭いいんやなー」

「てか、化粧うますぎちゃう？　別人やん。七瀬さん、いっつも化粧気合い入ってるもんなー」

「図書委員やってたんやって？　たしかに、ザ・図書委員って感じ。真面目そー」

そう明るく話す彼女たちの言葉からは、隠しきれない悪意が滲《にじ》んでいた。七瀬はじっと俯いたまま、下唇を噛《か》み締《し》めている。

きっと彼女らは、七瀬が妬ましいのだろう。美人で頭が良くて、北條のようなイケメンとも仲が良い。そんな七瀬に対して優位に立てる部分をやっと見つけて、ここぞとばかりにそこを叩こうとしている。

眉をつり上げた須藤が、「あのさあ！　あんたら、いい加減に……」と何かを言いかける。しかし俺はそれに先んじて、口を開いていた。

「……何が、おかしいんだよ」

女二人組は、俺の存在にようやく気が付いたらしく、ギョッとしてこちらを向く。顔を上げた七瀬は、驚いたように俺を見つめていた。

「おまえらに、七瀬の過去を勝手にほじくり出す資格あんのかよ。昔地味だったたから、それがなんなんだよ」

「は、はあ？　な、なんなん、急に」

「今の七瀬が美人で、キラキラしてるのは、努力の結果だろうが。そもそも七瀬はすっぴんでも、おまえらの何倍も可愛いよ。馬鹿にされる筋合いなんて、これっぽっちもねえよ」

薔薇色の大学生活を送りたい、と七瀬は言っていた。彼女はいつだって、何事にも手を抜かずに全力だった。俺は一番近くで、彼女の努力をずっと見てきたのだ。

「……言っとくけど。ミスコンのとき、おまえらが何したかも、わかってるんだからな」

確証はないため、半分はハッタリだった。しかし二人が揃《そろ》って顔を見合わせ、ばつが悪そうな表情を浮かべる。それを見た瞬間に、疑惑は確信に変わった。

「大学生にもなって、あんなことして恥ずかしくねえのかよ」

「な、何それ。うちらがやったっていう、証拠あんの？」

女たちは開き直ったのか、悪びれた様子はない。小さく肩を竦め、不愉快そうに睨みつけてきた。もう一言ぐらい言ってやろうかと口を開いた、そのときだった。

「もういいよ。わたしのために怒ってくれてありがとう、相楽くん」

やけに落ち着いた静かな声で、七瀬が言った。

◇◇◇

スマホ顔面に表示された、地味で冴えない素顔のわたしを見た瞬間、わたしはすうっと足元の地面がなくなったような気持ちになった。

わたしを見てクスクスと笑う彼女たちの声が、高校時代のクラスメイトと重なった。どれだけ変わったところでわたしは変われない、いつまでも地味で冴えないわたしのままなんだ。そんな事実を突きつけられたような気がした。

隣にいる、さっちゃんの顔が見られない。自分の姿を偽って、周りを騙していたのはわたしだ。因果応報だ。わかってはいたけれど、こんな形で知られたくはなかった。

今にも泣きそうになっていたわたしを救ったのは、相楽くんの言葉だった。

「今の七瀬が美人で、キラキラしてるのは、努力の結果だろうが。そもそも七瀬はすっぴんでも、おまえらの何倍も可愛いよ。馬鹿にされる筋合いなんて、これっぽっちもねぇよ」

相楽くんの言葉に、わたしは別の意味で涙が出そうになってしまった。

彼はいつだって、わたしのことを認めてくれる。そのままでもいいんだよ、って、不器用なやり方で伝えてくれる。胸の奥が燃えるように熱くて、体温が上昇していく。

──ああ、もうこれ以上、好きにさせないでほしい。

わたしは大きく息を吸い込んで、ピンと背筋《せすじ》を伸ばす。悪意を含んだ目でわたしを見ている彼女たちに向かって、きっぱりと言い放った。

「高校時代のわたしが地味だったのは、ほんとのことだよ。でもね、相楽くんの言う通り……あなたたちに馬鹿にされる筋合いなんて、少しもない。わたしずっと、真面目に頑張ってきたし……努力して、可愛くなったんだもん」

わたしの言葉に、二人はたじろいだ様子を見せる。相楽くんが、彼女らを睨みつけた。

「……相手にする価値もないから、もう何も言わねえけど……今後一切《いっさい》、七瀬に変なことすんなよ。これ以上余計な真似したら、今度こそ黙ってねえからな」

彼女たちは「何それ」「もう行こ」と言い合って、逃げるようにその場から立ち去った。

残された相楽くんは、ちょっとだけ恥ずかしそうに頬を掻いている。もしかすると、らしくないことを言った、と思っているのかもしれない。それでも、わたしは嬉しかった。

一部始終を見ていたさっちゃんは「やるやん、相楽」と、相楽くんを軽く肘でつつく。

「あたしが言いたいこと、全部言われてしもた。でもスカッとしたわ。ちょっと見直した」

さっちゃんはそう言って、ニコッと笑う。相楽くんは、さっきまでの勢いはどこへやら、「いや、俺は別に」としどろもどろになっている。

そういえば、ずっと隠していたわたしの素顔が、とうとうさっちゃんにバレてしまった。わたしはさっちゃんに向き直り、深々と頭を下げる。

「あの、さっちゃん……ごめんなさい」

唐突な謝罪に、さっちゃんは戸惑ったように「何で？」と訊き返してくる。

「わたし……さっちゃんのこと、騙してた」

「はあ？　どういう意味？」

「わたしね、高校時代すっごく地味で、全然目立たなくて……友達なんて、一人もいなかった。さっちゃんが可愛いって言ってくれたの、偽物のわたしなの」

「……」

「……わたし、ほんとは……さっちゃんが、友達になりたい、って思ってくれるような、人間じゃないのかも」

わたしの言葉に、さっちゃんはなんだか悲しそうな、それでいて怒ったような表情を浮かべた。何か言いたげに口を開いたさっちゃんを片手で制し、続ける。

「でも、わたしは……さっちゃんと友達でいたい。その、わたし……ほんとはすごく地味でダサくて、可愛くないけど……でも、その、これからも、仲良くしてくれる？」

話を聞き終えたさっちゃんは、はーっと深い溜《た》め息をついた。やっぱり嫌われちゃったかな、という不安が胸をよぎる。

さっちゃんは手を伸ばして、パチン、とわたしの額を軽く弾いた。

「い、痛いっ」

「ハルコ、そんなこと考えてたん？　ほんま、アホやな」

「あ、アホ……？」

「あたし、ハルコがオシャレで可愛いからって、それだけで友達になったわけちゃうもん」

さっちゃんはそう言って、わたしの頬を両手で包み込んだ。

「……ハルコ。大学の入学式のとき、倒れた看板一人で直してたやろ？」

「え……う、うん」

そういえば、そんなこともあった気がする。校門にある新入生歓迎の看板が強風で倒れて大惨事になっていたので、思わず直そうとしたのだった。入学式で新入生が最初に目にするのが倒れた看板なのは、なんだか縁起が悪い気がして。

「みんな気付いてて無視していくのに、ハルコだけは真面目に直してた。別に、自分のせいで倒れたわけちゃうのに。いい子なんやなって、友達になりたいなって思った」

「さっちゃん……」

「そういうのって、ハルコ本来の性格ちゃう？　あたし、ハルコに騙されたなんて思ってへんよ。だって、ハルコはハルコやん。優しくて可愛くて、素直でいい子で。あたしはそういう、ハルコが好き」

さっちゃんは首を傾げて、わたしの顔を覗き込んだ。彼女の灰色がかった瞳が潤んでいるので、わたしも泣きそうになってしまう。

涙を堪えるのが精一杯で、やっとのことで「うん」と頷いた。何度も何度も瞬きをして、瞼の裏の熱を追い払う。

今ならきっと、素顔のわたしも全部受け入れて、笑ってみせる。だって、そのままのわたしのことを素敵だと言ってくれる人たちが、ここにいるから。

首を回して、相楽くんの方を見る。彼は今までに見たことのないくらいに優しい顔で、わたしのことをじっと見つめていた。

◆◆◆

七瀬の素顔がバレる騒動から、一週間が経った。過ごしやすかった秋は終わり、底冷えの厳しい、京都の冬がやってくる

あれからも七瀬は変わらず、須藤たちと仲良くしているらしい。経済学部きっての美女は大学デビューだったらしい、という噂は流れているものの、ほとんどの奴は気にしていない。そもそも大学生にもなって、他人のすっぴんをからかう奴なんて、滅多にいないのだ。

完璧に化粧をした七瀬はまっすぐ前を向いて、ピンと背筋を伸ばして立っている。

最近は少しずつ交友関係を広げ、いろんな奴と会話しているのを見かける。彼女の大学生活は、軌道に乗りつつあるようだ。それは全部、七瀬の努力の成果である。俺の協力なんて、きっと最初から必要なかったのだ。

「楽しみだなあ、ゼミ旅行！　早く春休みにならないかな」

すっぴんの七瀬は、鍋からおでんの大根を掬《すく》いながら言った。

ここ最近は久しく一緒に晩飯を食っていなかったが、今日はおでんの鍋を持ってきた七瀬が、「一緒に食べよう！」と誘ってきたのだった。ここ数日はぐっと寒さが厳しくなったので、温

かいおでんが心底ありがたい。

出汁《だし》の染み込んだはんぺんを頬張っていると、七瀬が「ねえ」と尋ねてきた。

「……相楽くんも、行かない？　ゼミ旅行」

行かねえよ、と答える前に、七瀬は身を乗り出して捲《ま》くし立ててくる。

「えっと、あのね！　お、温泉行くんだって！　鳥居くんの親戚がやってる旅館があるらしくてね、すごく安く泊まれるんだって……わ、わたしっ……ゆ、浴衣着るから！　さ、相楽くんも、一緒に行こうよ……」

「……別に、俺がいなくても……」

「う、ううん。相楽くんも、一緒がいい。一緒だったら、楽しいと思う……」

七瀬はテーブルの上で、拳をぎゅっと握りしめている。俺は何も言えずに、皿の中のこんにゃくを黙って睨みつけていた。きっと俺が行かないと言えば、彼女は悲しい顔をするだろう。それはあんまり、見たくない。

「……考え、とく」

回答を先延ばしにすることが、ただの逃げだということぐらい、わかっている。

七瀬は嬉しそうに、「一緒にお泊まりできたらいいな」と笑う。思わず、こんにゃくを吹き出しそうになった。その言い方は、いろいろ誤解を招くんじゃないか。

「それにしても、最近寒いね！　朝お布団から出るの、大変だった。このアパート、真冬はほんとに寒そう。コタツ買おうかなあ」

七瀬がそう言って、小さな両手を擦《こす》り合わせる。えへへ、と笑う目は、いつも以上にゆるゆると緩んでいた。

「もし、コタツ買ったら……相楽くんも、入りにおいでよ」

頰を赤く染めた七瀬が言ったので、俺は無言で視線を逸らした。

すっぴんの七瀬が、ぬくぬくと暖かいコタツに入っている姿を想像する。きっとそこは居心地が良いのだろうな、と思ったけれど、素直に頷く気持ちにはなれなかった。


バイトの夜勤を終えた俺は、スマートフォンのディスプレイを見て、思い切り顔を顰《しか》めた。数時間前に、着信履歴がひとつ。発信元は［母］となっている。それから、［久しぶり。年末は帰って来るの?］というメールが一通。

俺はスマホの電源を落とすと、上着のポケットに突っ込んだ。「お先に失礼します」と声をかけて、裏口から店を出る。既に、東の空が白み始めていた。

欠伸《あくび》を嚙み殺しながら、アパートへの道を歩いていく。日曜の早朝に外を歩く人の姿は見えず、車通りも少ない。夜勤明けのこの光景が、俺は結構好きだった。なんだか、世界に一人きりになれたような気がして。

アパートの前まで来たところで、俺はおやと目を凝らした。肩から毛布を掛けた女が、柵に腕を載せて、ぼんやりと朝焼けを眺めている。

すっぴん眼鏡で、長い髪を無造作に結んだ、ジャージ姿の女。俺の世界に、いつのまにか彼女が入り込んでいた。

――ああ、困る。何が困るって、嫌だと思っていない自分が。

階段を上っていくと、こちらに気付いた七瀬がぱっと表情を輝かせる。「おはよう」と眼鏡の向こうの目を細めた七瀬に、俺は言った。

「……こんな時間に、何してんの」

「ちょっと、早くに目が覚めちゃって」

「あぶねえだろ、一人で」

「もう明るいから大丈夫だよ」

「あっそ。じゃあ俺もう寝るから。早く部屋戻れよ」

そう言って隣をすり抜けようとしたところで、パーカーの袖を掴まれた。七瀬の顔が赤いように見えるのは、朝焼けのせいなのだろうか。化粧で覆われていない素顔の七瀬は、いつもより幼く見える。

七瀬は色の薄い唇を開くと、囁くように言った。

「……嘘だよ。ほんとは、相楽くんのこと待ってた」

……こんなに寒い中、朝から俺のことを待っていたのか。その瞬間、俺の中に生まれた疑惑は確信に変わり、もう疑いようもなくなっていた。気付かないふりをするのは、もう限界だ。

「あのね、相楽くん」

七瀬は覚悟を決めたような表情で、じっとこちらを見つめている。やめてくれ、もう何も言わないでくれ。そう思うのに、俺は彼女の言葉を遮《さえぎ》ることができない。

「わたし、相楽くんのことが好き」

……ついに、言われてしまった。

彼女の言葉を反芻《はんすう》して、じわじわと、胸に熱がこみ上げてくる。

「ほんとに、好き、なの……これからもずっと、一緒にいたい……」

胸の前でぎゅっと拳を握りしめながら、七瀬が繰り返す。小さな手は小刻みに震え、瞳は期待と不安が入り混じった色で揺れている。一体どれだけの勇気を奮い立たせて、その言葉を口にしたのだろうか。臆病な俺は、それを想像することしかできない。

ゆっくりと口を開いて、彼女からの告白に答えようとした瞬間——俺の頭に響いたのは、母の声だった。

——創平《そうへい》さえ、いなければ——

胸にともった熱が、すうっと冷えていく。

ああ、そうだ。忘れかけていたけれど、俺は最初から、快適で孤独な大学生活を目指していたはずだ。彼女の薔薇色の大学生活に、巻き込まれるわけにはいかない。

「……それは、困る」

俺は、喉から声を絞り出すように言った。七瀬の表情が強張る。

「ごめん、七瀬。……俺、おまえの気持ちには応《こた》えられない」

七瀬の顔はいつのまにか色を失い、紙のように真っ白になっていた。

「……わかっ、た」

そう言って七瀬が頷いた瞬間、頬にひとすじの涙が流れた。顎を伝って、ぽたりと地面に雫《しずく》が落ちる。七瀬が泣くところを、初めて見た。泣き顔なんて、絶対見たくなかったのに。泣かせたのは他でもない、この俺だ。

七瀬は毛布を翻《ひるがえ》して、部屋の中へと消えていった。バタン、と扉が閉まる。俺はその場に、ずるずるとしゃがみこんだ。

きんと冷え切った空気の中で、遠く雀《すずめ》の鳴く声だけが響いている。再び俺の世界には、俺以外の誰もいなくなった。一人きりの世界を心底望んでいたはずなのに、何故だかちっとも、居心地が良いとは思えなかった。

高校を卒業して、たった一人で生きていくと決めた、あの日からずっと。俺《おれ》は俺の世界に、他の誰《だれ》も入れたくなかった。

俺が高校を卒業してすぐに、両親が離婚した。親権は母が持つことになり、俺の戸籍上の苗字《みょうじ》は変わった。最初は耳馴染みがなかったが、もう慣れた。

離婚する前から、俺の家庭内はグチャグチャだった。物心ついた頃には既に、両親の仲は冷めきっており、必要最低限の会話しか交わさなかった。父親は女遊びが激しく、ほとんど家に帰ってこなかった。母親はそんな父親の仕打ちに耐え、俺の前ではいつも笑っていた。

高校に入ってしばらくすると、父が部下の女を孕《はら》ませたことが発覚した。両親は毎晩のように喧嘩《けんか》しており、互いを責めて詰《なじ》っていた。特に、高校三年の一年間は最悪だった。

——創平《そうへい》がいなかったら、もうとっくの昔に別れてる。

母は父に向かって、繰り返しそう言っていた。もしすぐに別れていたら、きっと母は、もっと早く楽になれていたのだと思う。

あのときの母が不幸だったのは、俺のせいだった。

結果、俺の卒業と同時に二人は離婚した。母は新しい恋人を見つけ、今は彼と一緒に暮らしている。あの頃よりも、ずっと幸せそうだ。そこに、俺の居場所はない。

家を出た俺は、誰とも関《かか》わらず一人で生きていくことを決めた。友達なんていらない、恋人なんてもってのほかだ。だって、愛情なんていつか冷めるじゃないか。少なくとも、俺の両親はそうだった。

自分が傷つくのも、誰かを傷つけるのもごめんだ。俺はもう、誰の重荷にもなりたくない。それなら、誰とも関わらなければいい。

……そう、思っていたのに。

七瀬《ななせ》に告白された翌日、日曜日の夜。一限の講義は、経済学部の必修科目だ。彼女と顔を合わせないよう、いつもより三十分以上早く起きて、準備を済ませた。

昨日は、ほとんど眠れなかった。目を閉じると、瞼の裏に七瀬の泣き顔が浮かんでくるのだ。思えば最初からずっと、俺は七瀬を傷つけてばかりいる。どうして彼女が、俺みたいな男を好きになったんだろう。世の中には、もっとマシな男がたくさんいるだろうに。

スニーカーを履《は》いて、部屋の扉を開ける。と、同じタイミングで、隣の扉が開いた。

「あ……」

部屋から出てきたばかりの七瀬と、運悪く鉢合わせてしまった。いつもは完璧《かんぺき》な化粧で覆《おお》われた目元が、ほのかに赤くなっている。泣いていたのだと気付いてしまって、胸が痛んだ。

彼女は俺の顔を見るなり、すぐにさっと目を逸《そ》らしてしまう。カンカンと音を立てて階段を下りると、赤い自転車に乗って、走り去っていってしまった。

いつものように笑って「おはよう」と言ってくれないことが、どうしようもなく寂《さび》しくて――そんな身勝手な自分に、心底嫌悪を抱く。

彼女が俺に無邪気に笑いかけてくれることは、きっともう二度とない。まっすぐ好意を向けてくれた彼女を、突き放したのは俺の方なのだ。

七瀬の姿がすっかり見えなくなってから、俺は自転車に乗ってペダルを漕《こ》ぎだした。


「ちょっと話あるんやけど、いい？」

二限の講義を終えて、学食に行こうと噴水前を歩いてると、須藤《すどう》に捕まった。

俺の脳裏に浮かんだのは、小学五年生の頃の記憶だ。ひょんなことからクラスメイトの女子を泣かせた俺は、彼女の友人たちに取り囲まれてさんざん責め立てられた。幼い俺はそのとき、女同士の結託は恐ろしいものだと知ったのだ。

須藤は俺が七瀬を泣かせたことを知って、それを糾弾しに来たのだろうか。須藤に責められるいわれはないが、それで七瀬の気持ちが少しでも慰められるなら、それも良いだろう。

おとなしく足を止めた俺を、須藤は校舎裏へと連れていく。そして、唐突に切り出した。

「相楽《さがら》って……ハルコのこと、どう思ってんの？」

低く、怒気を含んだ声だった。俺はどう答えていいものかわからず、黙っている。

「……こんなこと、ハルコのおらんとこで聞くの反則やって、わかってる。でもさ、ハルコめっちゃ可愛《かわい》いし、いい子やん」

須藤は俯《うつむ》いて、拳《こぶし》を握りしめている。興味本位で尋ねてきたわけではないのだろう。

「七瀬から、なんか聞いたん？」

「……相楽に、フラれたって」

須藤の答えに、俺は動揺した。そうか、客観的に説明すると、俺が七瀬を振ったことになるのか。俺ごときがなんと烏滸《おこ》がましい。須藤は「一応、言っとくけど」と付け加える。

「別に、ハルコが相楽の悪口言いふらしてるわけちゃうで。朝から様子変やったから、あたしが強引《ごういん》に聞き出しただけ」

「わかってるよ」

七瀬は、他人の悪口を言うような人間じゃない。俺のことなら、いくらでも悪し《あ》様に言ってくれても構わないが、彼女はそんなことはしないだろう。

「ハルコのこと、嫌いなん？」

「……嫌いじゃ、ない」

「ハルコの何があかんの？　あたし、相楽もハルコのこと好きなんやと思ってた」

「……七瀬は、俺なんかにもったいないくらいだと思ってるよ」

須藤が「だったら！」と声を荒らげる。

「こないだ、あいつらからハルコのこと庇《かば》ってあげて……ちょっと見直したのに！　あそこまで言っといて、ハルコのこと振んの⁉　なんで⁉」

俺が何故《なぜ》七瀬の気持ちを受け入れられないのかは、俺自身の内面に踏み込んだ問題なので、理由を明かすつもりはない。押し黙っていると、飄々《ひょうひょう》とした声が背後から聞こえてきた。

「早希《さき》、そのへんにしとけば」

いつのまにか、背後に北條《ほうじょう》が立っていた。爽やかな笑みを浮かべ、俺と須藤のあいだに割って入る。

「おまえの言いたいことはわかるけど、相楽の気持ちも考えろや。無神経やろ」

北條がなだめるように言ったが、須藤は不服そうに食い下がる。

「でも、相楽が……！」

「おまえやって、おれの気持ち知ってて、ずっとはぐらかしてるやんけ」

「い、いいい今そんな話してないやろ！」

須藤が真っ赤《まっか》になった。なんなんだ、痴話喧嘩なら俺のいないところでやってくれ。正直今は、そんなものに付き合う気分じゃない。立ち去ろうと踵《きびす》を返すと、須藤に「待って！」と呼び止められた。振り返ると、須藤は真剣な眼差しでこちらを見据えている。

「たしかに、博紀《ひろき》の言う通りやわ。……無神経なこと言ってごめん。あたしが勝手にこんなことを言うの、ハルコにも失礼やった」

「……いや、いいよ」

須藤が俺に食ってかかるのは、本気で七瀬を心配しているからだ。理屈ではなく、七瀬を傷つけた俺のことが許せなかったのだろう。無神経だとは思うが、そんな彼女を責める気にはなれなかった。

俺はふと、高校時代の七瀬の姿を思い出す。誰とも言葉を交わすことなく、ひとりぼっちで図書室で勉強をしていた女の子。彼女に良い友人ができてよかったな、と心の底から思った。


夜勤を終えてアパートに帰ってきたのは、朝の六時だった。今日は特に冷え込みが厳しく、吐く息が白く朝の空気に溶けていく。

そのとき、カンカン、と階段を下りる音が聞こえてきた。顔を上げると、ジャージの上に半纏《はんてん》を羽織った、すっぴんの七瀬がそこにいた。黄色いゴミ袋を持っているから、きっとアパートの前にゴミを出しに行くのだろう。今日は燃えるゴミの日だ。

七瀬は俺に気付いたらしく、一瞬目を泳がせた。どうしようかとたじろいでいると、七瀬がこちらを向いて、ニコッと笑う。頬《ほお》が強張《こわば》った、少し痛々しさを感じる笑顔だった。

「バイトお疲れさま、相楽くん」

あまりにも普通に話しかけられたので、呆気《あっけ》に取られてしまった。申し訳なさそうに目を伏せた七瀬が、小さな声で言う。

「相楽くん。このあいだは……ごめんなさい」

……どうして、おまえが謝るんだよ。悪いのは全部俺で、七瀬が謝る必要なんて、これっぽっちもないのに。何も言えずにいる俺に、彼女は続ける。

「よかったらこれからも……えっと、な、仲良くしてね」

顔は笑っているけれど、握りしめた拳が小刻みに震えていた。俺はできるだけ七瀬の方を見ないようにしながら、「わかった」と頷《うなず》く。

「……よかった。じゃあまたね、相楽くん」

七瀬はそう言うと、ゴミ捨て場にゴミを置いて、足早に部屋へと戻って行った。バタン、と扉の閉まる音がする。

俺は階段を上り、七瀬の部屋の前で足を止める。扉の向こうで彼女が今どんな顔をしているのか、俺にはわからない。できれば泣いていなければいいな、と思って、そんな自分の傲慢さに、うんざりした。

◇◇◇

我々を恋愛から救うのは理性よりも多忙であると、かの芥川龍之介《あくたがわりゅうのすけ》も言っていた。その言葉に倣い、わたしは相楽くんにフラれてから、目の回るほど忙しい日々を送っている。

毎日のようにバイトのシフトを入れて、資格取得のための勉強を始めて、さっちゃんと一緒に料理教室にも通い始めた。学外のボランティアに参加したり、交流会にも積極的に顔を出した。あちこち動き回っていると、余計なことを考えずに済んでよかった。

ただ、たとえば勉強の合間に隣の部屋から物音がすると、相楽くんは今何してるのかな、と考えてしまう。バイト先でも、相楽くんに背格好が似てる人がいたら、つい目で追ってしまう。新しい料理を覚えたら、相楽くんに食べてほしいなと思う。どこで誰に会ったって、相楽くん以上に素敵な人はいないいな、と感じる。

結局のところ。わたしは彼への恋心を、ちっとも吹っ切れていないのだった。

アパート近くのカフェでアルバイトを始めてから、はや五カ月。

最初こそ慣れない仕事に四苦八苦していたけれど、ずいぶん様になってきたと自分では思う。接客業を通じて人見知りも改善されたし、バイト先の人間関係も広がった。……これも、背中を押してくれた相楽くんのおかげだ。

「七瀬さぁん。二十五日の夜、シフト入れる？」

バイトの制服から私服に着替えたところで、店長が申し訳なさそうに声をかけてきた。

「忙しそうやから一人追加したいんやけど、みんな予定あるみたいで。困ってるんよ」

店長は三十半ばくらいのおっとりした女性だ。さっちゃんのものとはまた違う、のんびりした関西弁が可愛らしい。

まとめていた髪をほどきながら、「大丈夫です」と答えた。店長はホッと安堵《あんど》の息をつく。

「よかったー。ごめんねえ。七瀬さん、二十四日もシフト入ってくれてたよね。二十五日入れるなら、休んでくれてもええよ」

「え？　両方入れますよ」

そう答えたわたしに、店長は目を丸くした。

「ありがたいけど、ええの？　お友達とパーティーしたりせえへんの？」

そこまで言われて、はたと思い当たった。十二月二十五日は、クリスマスだ。

友達とクリスマスパーティーをする予定はあるけれど、日にちは二十二日の金曜日だ。つぐみちゃんと奈美《なみ》ちゃんは、イブの夜に彼氏とお泊まりデートをするらしい。さっちゃんは北條くんに誘われたみたいだけど、どういう返事をしたのかは聞いていない。

失恋ホヤホヤのわたしのクリスマスの予定は、真っ白だ。

「いえ、大丈夫です。働かせてください！」

「ほんま？　助かるわあ。ありがとうね」

「え、七瀬ちゃんクリスマスの夜シフト入るん？　ラッキー、一緒やん」

バックヤードでカトラリーの補充をしていた柴田篤志《しばたあつし》さんが、唐突にわたしたちの会話に入ってきた。

柴田さんはこの近くにある大学に通う二回生で、もう一年以上ここで働いているらしい。フレンドリーで人懐《なつ》っこい先輩なのだが、ちょっと強引に距離を詰めてくるところがある。バイトの女の子たちからは「篤志には気をつけた方がいいよ、アイツ女好きだから」という忠告を受けているので、わたしは少し警戒している。

「柴田くんも、ありがとうね。クリスマスやのにバイト入ってくれて」

「いえいえ！　今年は彼女いないいんで、クリスマスは勤労します！　七瀬ちゃんとクリスマス過ごせるんやったら、全然歓迎！」

柴田さんの言葉に、わたしは曖昧な笑みを浮かべた。こういうとき、どういう顔をしたらいいのか、正解がよくわからない。

……相楽くんは、クリスマスどうするんだろう。たぶん、バイトなんだろうな。

相楽くんにフラれてから、わたしと彼はまともに言葉を交わしていない。

アパートでも大学でも、わたしは相楽くんを極力避けていたし、顔を合わせたときも、短く挨拶《あいさつ》をするだけだった。なにせわたしは、彼のことを全然吹っ切っていないのだ。こんな状態で普通に会話することなんて、できるはずもない。きっとまたすぐ〝好き〟がダダ漏《も》れになって、彼を困らせてしまうに違いない。

……ああ、ダメだ。一日でも早くこの想《おも》いを吹っ切って、ただのお隣さんに戻らなくちゃ。

「店長。わたし、バイト頑張ります！」

そう言って拳を握りしめると、店長は「頼もしいわあ」と笑った。

◆◆◆

七瀬を突き放したあの日以来、俺は孤独で気楽で快適な大学生活を取り戻していた。

それまで毎日のように会っていたのが不思議なほどに、七瀬の顔を見る頻度はぐっと減った。そもそも向こうから話しかけてこないと、関わるきっかけがないのだ。大学で見かける彼女は完璧に化粧をしていて、キラキラと華やかなオーラを放っている。地味な眼鏡《めがね》にジャージ姿で、俺の前でニコニコ笑っていた女の子は、幻だったのではないかと思うほどだ。

遠くから見つめる彼女は、まるで太陽のように眩《まぶ》しく感じられて——やはり俺とは別の世界の人間なのだと、改めて思い知らされた。

冬休みを目前に控えた、十二月の半ば。

二限の授業を終え、俺は久しぶりに学食へと足を向けた。昼休みの二号館食堂は、それなりに混雑している。女子学生四人組が、空いた席を探してウロウロしているのを横目に、俺は窓際にあるカウンター席に腰を下ろした。こういうところも、おひとりさまのメリットである。

パキンと音を立てて割り箸を割ったところで、背中側に座っているカップルの会話が耳に入ってきた。どうやらデートの予定を立てているらしく、京都駅のクリスマスツリーを見に行きたい、などという楽しげな声が聞こえてくる。

……そういえば、あと一週間もすればクリスマスか。

いただきます、と無言で両手を合わせたところで、隣の椅子《いす》が引かれた。なにげなく顔を見ると、そこにいたのは北條だった。

「よ、相楽」

無視するのも感じが悪いだろうかと思い、「よう」と適当に返事をする。

「ここ、座ってもいいよな？　もう座ってるけど」

「……勝手にすれば」

七瀬と話さなくなってから、北條ともほとんど関わりがなくなった。こうして話しかけてくるのは、久しぶりのことだ。

北條のトレイには、日替わり定食が載っていた。今日のメインはチキン南蛮だ。羨《うらや》ましい、と自分の素うどんを見て虚《むな》しくなる。給料日まではあと一週間もある。

「そういや、もうすぐクリスマスやなー。相楽、なんかすんの？」

「バイト」

「おまえ、ブレへんなあ。もうちょい楽しげな予定入れろや。せっかくクリスマスやのに」

「クリスマスなんてどこ行っても人多いし、最悪だろ。なんでみんなあんなに浮かれてんのか、意味わからん」

むやみやたらとイベント事に乗っかりたがるのは、日本人の悪い癖《くせ》である。普段は見向きもしないくせに、土用の丑の日にだけ鰻を食べるのと同じだ。俺はそういった世間の風潮に流されず、いつもと同じように粛々と労働をすることにしている。

「ふーん。七瀬、今度早希とかとクリスマスパーティーするって浮かれてたけど。それ、七瀬の前でも同じこと言える?」

さっちゃんたちとクリスマスパーティーするの！　とはしゃぐ七瀬の姿が、まるで実際に見たかのように、頭に浮かんでくる。

……んなもん、水差すようなこと言えるわけねえだろ。

それにしても、七瀬の大学生活はすこぶる順調らしい。そもそも最初から俺の協力なんて、必要なかったのだ。彼女が楽しそうなら、何よりだ。

薄っぺらい油揚げの載った百円のうどんは出汁《だし》が薄く、やや薄味だ。俺は卓上に置かれた七味を手に取り、うどんに振りかける。

「そういや、相楽知ってた?」

「何が」

「七瀬、こないだ告られたんやって」

ひやり、と心臓を冷たい手で撫《な》でられたような気持ちになった。それに続いて、ムカムカとした感情が胃の底からこみ上げてくる。

「……あ、そう。俺には関係ないけど……」

「相楽、どんだけ七味かけるん？　汁真っ赤になってるやん」

北條の言葉にはっと我に返り、七味を元あった場所へと戻す。目の前のうどんは罰ゲームレベルの色に変貌していたが、食べられなくはないだろう。いや、結構きついか？

うどんを前に渋い顔をしている俺を見て、北條はおかしそうに肩を揺らして笑う。

「そんな動揺せんでもええやん」

「……別に、動揺してない」

そもそも七瀬が誰に告白されようが、彼氏を作ろうが、俺が文句を言う筋合いなんて、これっぽっちもない。

意を決してうどんを口に運ぶと、秒で噎《む》せた。あ、やっぱ無理かも。

「普通に、断ったみたいやで。今はそんな気持ちになれないーって」

北條の言葉に、俺は内心ホッと胸を撫で下ろす。それと同時に、安堵した自分を殴りたくなった。一体何様のつもりなんだ、俺は。

「ま、もうすぐクリスマスやしなー。周りもめっちゃカップル増えてるし。七瀬のこと狙《ねら》ってる奴《やつ》、他にもいっぱいいいると思うで」

「……何が言いたいんだよ」

「変な意地張ってたら、取り返しつかなくなるんちゃう？　っていう話」

俺は黙って、ずず、とうどんを啜る。辛《から》すぎて、ちょっと涙出てきた。

「手遅れになっても知らんで」

「……どうでもいいだろ、俺のことなんか。自分はどうなんだよ」

やり返すつもりで言ってやったのだが、北條は得意げにニヤリと笑った。

「おれ、クリスマスに早希とデートしてくるから。そろそろ勝負決めてくるわ」

そう言ってのけた北條に、「ふーん」とそっけなく返事をする。うどんを啜った拍子に七味が気管に入って、またしても思い切り噎せてしまった。

◇◇◇

十二月二十五日、クリスマスの夜。

「ありがとうございました！」

最後のお客さんを見送ってから、ふうと息を吐く。ドアにかかった札をクローズに変えて、外に置いてある立て看板を店内に入れた。

クリスマス当日、わたしは一九時から二十三時までバイトのシフトが入っていた。お店は二十二時閉店なので、残り一時間は店内の掃除や機械の洗浄、後片付けだ。

「最後のカップル、結局閉店まで粘ってたね。離れがかたったんだろなー」

わたしが店のカウンター内へ戻ると、先輩である篠崎絵美《しのざきえみ》さんが苦笑した。バイトを始める前からこっそり憧《あこが》れていた、綺麗《きれい》なおねえさんだ。実際に知り合った絵美さんは、仕事ができて優しい素敵な人で、わたしはすぐに絵美さんのことが大好きになった。

「ほんとに。それにしても今日、忙しかったです」

「そうだねー。ま、クリスマスだし許してあげよう」

カフェの近くには、電子部品のメーカーの本社があり、そこで大規模なイルミネーションが行われているのだ。二十一時頃に店を訪れるカップルが多かった。きっとイルミネーションを見て晩ごはんを食べた後カフェに移動する、というデートのお決まりの流れがあるのだろう。

わたしもいつか好きな人と、そんな素敵なデートをしてみたい。

……そのとき隣にいるのが、相楽くんだったらよかったのに。

もし相楽くんなら、「なんでわざわざ人混みに行くんだよ」とか言うかもしれない。それでもなんだかんだ、わたしに付き合ってくれるのだ。そんな想像をして、虚しくなった。やっぱり全然、諦《あきら》められてない。

こっそり落ち込んでいると、絵美さんが「ハルコちゃん」と声をかけてきた。

「これから暇？　こんな時間だけど、よかったらゴハン行かない？」

「えっ、い、いいんですか⁉」

「家帰って、一人で飲むのも寂しいし。遅くなるけど大丈夫？」

「わ、ぜ、絶対行きます！　よし、頑張って片付けしよっと！」

絵美さんとはシフトが重なることが多いけれど、一緒にごはんを食べたり、遊びに行ったりしたことはない。このチャンスを逃すまいと、張り切って洗い物に取り掛かる。

「絵美さんと七瀬ちゃん、飲みに行くんすか？　俺も行っていい？」

どこから聞いていたのか、柴田さんがわたしたちのあいだに割り込んできた。

絵美さんはチラリとわたしを見て、「どうする？」と尋ねてくる。本当は絵美さんと二人きりがよかったけれど、きっぱり断る勇気はない。

「……はい」

「やった！　俺、美味《うま》い焼き鳥屋知ってるんすよ。空いてるか電話してきます」

柴田さんはそう言ってバックヤードへと引っ込んでいった。絵美さんがこちらを向いて、悪戯《いたずら》っぽく片目を瞑《つぶ》る。

「ハルコちゃん。二人っきりのデートは、また今度ね」

ウィンクが直撃して、わたしの心臓は見事に撃ち抜かれた。やっぱり、絵美さんは素敵だ。

　結局わたしたちは深夜二時頃まで、焼き鳥屋さんでごはんを食べた。柴田さんのおすすめの店は、雰囲気も良くて美味《おい》しかった。

「じゃ、私はここで。篤志くん、ちゃんとハルコちゃんのこと送ってあげてね」

　西大路五条にあるマンションの前で、絵美さんが言った。

　絵美さんはかなり飲んでいたはずなのに、少しも顔色が変わっていない。「はーい」と答える柴田さんもいつも通りだ。

「くれぐれも、可愛い可愛いハルコちゃんに変なことしないように」

「しませんよ、信用ないなあ」

　そう言って柴田さんはへらへらと笑う。絵美さんはそんな彼の襟元《えりもと》をぐいと摑《つか》んで、いつもよりオクターブ低い声ですごんだ。

「念押し、しとくけど。……ハルコちゃんに手ェ出したら殺すからな」

「わ、わかりました」

　そう答える柴田さんの顔は青ざめて、声はやや震えていた。

　絵美さんの姿が見えなくなるまで見送って、わたしと柴田さんは肩を並べて歩き出す。女好きという前評判のせいもあってか、二人きりになるのは少し緊張する。びゅうびゅうと吹きすさぶ風が冷たくて、マフラーに顔を埋めると、ぶるりと身体を震わせた。

「七瀬ちゃん、寒い？　手ーつなぐ？」

左手を差し出してきた柴田さんに、きっぱり「結構です」と答える。両手をコートのポケットに突っ込み、絶対に隙を見せるものか、としっかり拳を握りこんだ。

それから五分ほど歩いたところで、わたしのアパートの前に着いた。オンボロアパートの外観を見た柴田さんは、意外そうな顔をする。

「へー。こんなとこ住んでるんや。なんか、七瀬ちゃんっぽくないな」

「送ってくれてありがとうございます。お疲れさまでした」

ぺこりと頭を下げると、柴田さんは熱のこもった目でこちらを見つめていた。しばしの沈黙の後、ぐいと腕を掴まれる。

驚いて振りほどこうとしたけれど、力が強くてびくりともしなかった。

◆◆◆

頭の上にサンタクロースの帽子を載せた俺は、死んだ目をして接客をしていた。心を殺してレジを打ち、無表情のまま「ありがとうございました」と頭を下げる。

「ありがとうございました！　メリークリスマス！」

隣で同じくレジ打ちをしている糸川《いとがわ》さんは、ノリノリだった。愛想が良くて明るい彼女には、真っ赤なサンタクロースの帽子もよく似合っている。

十二月二十五日の深夜。俺は当然のように、バイトのシフトを入れていた。

クリスマスに好き好んでバイトをしたがる人間は少ないらしく、俺は店長から非常にありがたがられた。金は欲しいいし予定もないし、クリスマスに働くことにまったく文句はない。

しかし、サンタクロースの帽子をかぶらされるのは、予想外だった。糸川さんならともかく、客の方も無愛想な男がサンタ帽をかぶっていたところで、面白《おもしろ》くもなんともないだろうに。

……パンダの着ぐるみ姿でミスコンのステージに立たされるよりは、マシだろうか。

夕方からなかなか客足が途切れず、深夜にしてはかなり忙しい。あちこちでクリスマスパーティーが開かれているのか、チキンや菓子類、酒やつまみが飛ぶように売れる。ケーキの売り上げはそこそこ、といったところだ。

手を繋《つな》いだカップルが、チキンを二本買っていくのを見送りながら、ぼんやりと七瀬のことを考えていた。もしかすると彼女も、俺の知らない男とクリスマスを過ごしているのかもしれない。そんな想像をして、吐き気がしてくる。

「あー、しんどぉ。今日めっちゃ忙しいな」

客足が途切れたところで、隣で糸川さんがうーんと伸びをして言った。

「結構ケーキ売れ残ってんなあ。もーちょい値引きしよか」

クリスマスケーキは生物だし、二十六日になるとほとんど売れなくなるので、最終的にはほぼ叩き売りのような値段になる。店長からも、値下げしてでもできるだけ売り切るように、と言われているらしい。

「相楽くん、もう上がりやろ？　相楽くんの分のケーキ、買うたげるわ」

「ありがとうございます」

つくづく思うが、糸川さんは愛想のない俺に対しても本当に面倒見が良い。十二月になってもパーカー一枚で乗り切ろうとしている俺を見かねて、「これ、彼氏が太って着れんくなったやつやから、あげる」と黒のダウンジャケットを譲ってくれた。ちょっと人が良すぎるのではないか。俺は糸川さんと七瀬がいなければ、とっくの昔にのたれ死んでいた気がする。

「ワンホール、食べ切れる？　ま、若いからいけるかぁ。食べ盛りやもんな」

糸川さんの言葉に、苦笑した。大学生というものはどうして、ふたつみっつしか変わらない後輩のことを若者扱いしたがるのだろう。

「俺、甘いモンそんなにたくさん食わないんで。小さいやつでいいです」

「えー、そうなん？　そんなら、お隣さんと食べたらいいやん」

俺は黙って下を向いた。そんなこと、できるはずもない。

糸川さんからケーキを貰《もら》うと、「お疲れさまです」と言って店を出た。

日付は変わっており、クリスマスはとっくに終わっている。カップルの姿も見られたが、街の浮かれた空気も落ち着いているように見えた。クリスマスとはいえ、ただの平日なのだ。

アパートの近くまで来たところで、男女の争う声が聞こえてきた。こんな時間に痴話喧嘩だろうか、とうんざりする。素知らぬふりで通り過ぎてしまおう。

「嫌です、無理です。か、帰ってください」

しかし、切羽詰まった女の声に、聞き覚えがあった。

途端に俺の心臓は早鐘を打ち出す。嫌な予感がして、早足にアパートに向かう。すると、街灯の下で、男が女の肩に腕を回していた。

嫌な予感が的中した。そこに立っているのは、七瀬だ。彼女は必死で顔を背《そむ》けて、男から逃れようとしている。それを見た瞬間、腸が煮えくり返るような感情が襲ってきた。

「七瀬!!」

今までにないぐらいに大きな声で、彼女の名前を呼んだ。

俺の姿を見つけた七瀬は、大きく目を見開いて、ほっとしたように表情を緩ませる。唇の形が、さがらくん、と動くのが見てとれた。

「何してんの、こんなとこで」

第三者が現れたことにより、男がやや怯《ひる》んだ。七瀬は男の手を振りほどくと、こちらに駆け寄ってきて、俺の背中にさっと身を隠した。男が忌々しげに舌打ちをする。

「……七瀬ちゃんのお友達？　それとも彼氏？」

どう答えるべきか、躊躇《ためら》う。俺は七瀬の友達でも、ましてや彼氏でもない。たまたま通りかかっただけの、ただの隣人である。

七瀬はまるで救いを求めるかのように、俺のダウンの裾《すそ》をぎゅっと握りしめている。その指先が真っ白になっているのを見て、覚悟を決めた。

「……彼氏です」

男が気圧《けお》されたように、一歩退いた。その隙を逃さず、男の横をすり抜けると、七瀬の手を引いてアパートの階段を上る。

七瀬の部屋がバレるのはまずい気がしたので、とりあえず俺の部屋に押し込んだ。後ろ手で扉の鍵《かぎ》を閉めて、ようやくほっと息をつく。

薄暗い部屋の中で、七瀬は肩を震わせていた。きっと、寒さのせいだけではないだろう。

「さっきの、誰?」

「バイトの、先輩……」

「言い寄られてんの?」

「そ、そういうわけじゃない、けど……」

そういうわけじゃなかったら、あれはなんなんだ。どう見ても下心丸出しの触り方されてただろ。先ほどの光景を思い出して、むかっ腹が立ってきた。

「七瀬、いっつもニコニコしてるから、ああいうのに付け込まれるんじゃねえの。もうちょっと、適当にあしらえよ」

俺の言葉に、七瀬が「ごめんなさい」と涙ぐんだ。俯いて、下唇をきつく噛《か》んでいる。しまった、言いすぎた。これではまるで、七瀬に問題があるかのように聞こえてしまう。悪いのは全面的に、さっきの男だ。

「……あ、いや、ごめん。その、七瀬が悪いわけじゃない」

俺が言うと、七瀬は目元をごしごしと拭って、ゆっくりと話し始めた。

「バイトのせ、先輩たちと、三人でごはん食べてたの。あの人と、ふ、二人っきりじゃない。お、送ってくれたんだけど、きゅ、急に、部屋入れろって言われて」

「はあ？」

「こ、断りたかったのに、腕掴まれて、ち、力強くて、全然振りほどけなくて……」

……あんの、クソ野郎。

話を聞いただけで、怒りがふつふつと湧《わ》き上がってきた。やはり、警察を呼ぶべきだったか。

顔を上げた七瀬は真っ赤な目をして、ぐす、と洟《はな》を啜《すす》る。

「怖かった……助けてくれてありがとう……」

真正面から顔を見るのは久しぶりだというのに、泣いているところなんて見たくない。そういえば俺は最近、七瀬の泣き顔ばかり見ている気がする。いや、このあいだ泣かせたのは俺だった。そんなことを思い出して、ちくちくと罪悪感で胸が痛む。

今回ばかりは、俺に彼女を慰める権利があるだろうか。

ゆっくりと七瀬の背中に手を伸ばすと、ぽんぽんと軽く叩《たた》いた。華奢《きゃしゃ》な身体は、未《いま》だ小刻みに震えている。しばらくして、七瀬が涙目でじっとこちらを見つめてきた。

「……相楽くん。お、お願いがあるんだけど」

「内容による」

「……ぎゅっとしてもいい？」

「……は……はぁ⁉」

思わず後ずさった拍子に、後頭部を扉にしたたかにぶつけた。ゴン！　という音が響いて、じんじんと鈍い痛みが走る。

……いやいや。何考えてんだ、この女は！

今は深夜で、ここは俺の部屋で、二人きりだ。ついさっき男に襲われかけたばかりだというのに、まったくもって危機管理能力が欠如している。

「ば、馬鹿《ばか》なこと言うなよ！」

「で、でもわたし、このまま部屋に戻っても、気持ち悪くて眠れないよ。なんというか、いろんな感覚を、相楽くんで上書きしたいというか……」

ちょっと待て、とんでもないことを言っている。自分が口にした言葉の意味を、ちゃんと理解しているのか。言われた俺が何を思うかとか、考えないのか。なんだかいろんな意味で、頭がくらくらしてきた。狼狽《ろうばい》する俺を見て、七瀬はしょんぼりと下を向いてしまう。

「……ごめんなさい。こんなこと言われても、困るよね……」

……困らねえから、困るんだよ。

俺は考えた。あまりにも非常識な申し出ではあるが、震えている彼女をこのまま帰すのは可哀想《かわいそう》だ。馬鹿野郎、これ以上思わせぶりな真似《まね》してどうする。いいじゃねえか、ラッキーだと思ってやっちゃえよ。脳内で理性と本能が喧嘩をしている。ええい、うるさい黙れ。

「……じゃあ、十秒だけ」

結局、自分自身の欲求に負けた。ただし、きっちり十秒だ。それ以上は理性が保たない。

その場で両手を広げた俺に、七瀬はぱっと表情を輝かせる。

「え⁉　ほ、ほんとにいいの？」

「い、いいから、早くして。このカッコ、はずい」

「は、はい。し、失礼します！」

律儀にそう断ってから、七瀬は勢いよく抱きついてきた。

華奢な腕が背中に回される。分厚いダウン越しでも、身体の柔らかさを感じられた。甘い香りが鼻腔《びこう》をくすぐると、体温が急上昇して、心臓の鼓動が早くなる。全身の血液が、頭のてっぺんから爪先まで、猛スピードで巡っているのがわかる。

七瀬は目を閉じて、俺の胸に頭を預けている。ぴくり、と無意識に腕が動いた。

抱きしめたい。

頭によぎったそんな本能を無理やり追い出す。七瀬の両肩を摑んで、強引に引き剝《は》がした。

「はい、十秒経《た》った。終わり」

平静を装いながら言うと、七瀬は名残惜しそうに俺から離れた。頰を染めて、恥ずかしそうにこちらを見つめてくる。

「相楽くん、ありがとう。上書き、できた」

……おまえが今抱きついてた男が、何考えてたかも知らないで。よく礼なんか言えるな。

いつまで経っても、頰の熱が冷めてくれない。自分の心臓の音が、ばくばくとうるさい。

こんなにも柔らかくていい匂《にお》いがする彼女のことを、他の誰かが抱きしめるのかと思うと、どうしようもなく苦しくなる。

そのとき俺は、自分の中にあるどうしようもない身勝手な本音に気付いてしまった。しかしそれを飲み込んで、手にしていたコンビニ袋を持ち上げる。

「……七瀬。一緒に、クリスマスケーキ食べよう。バイト先の売れ残りだけど」

「う、うん！　食べたい！」

七瀬はそう言って、屈託《くったく》なく笑う。

部屋の電気を点《つ》けると、部屋の片隅に置いた、古ぼけた電気ストーブのスイッチを入れる。

相変わらず厳しい寒さだが、二人でいると、多少は暖かくなるだろうか。

七瀬はケーキを綺麗に切り分けると、皿の上に載せた。テーブルの上にはコンビニケーキと、コップに入ったお茶がふたつ。クリスマスパーティーと呼ぶには、あまりにも味気ない。せめて飲み物だけでも、買ってくればよかった。

ケーキを一口食べた七瀬は、ぱっと表情を輝かせる。

「美味しい！」

「……ただのコンビニケーキで、悪いけど」

「ううん、嬉《うれ》しい。最近のコンビニスイーツって、すごいよね！」

七瀬は綺麗な所作で、フォークを口に運ぶ。幸せそうに緩く弧を描く唇は、ケーキに載ったイチゴと同じくらいに赤い。思わず見惚《みほ》れていると、大きな瞳《ひとみ》がふいにこちらを向く。目と目が合って、落ち着きかけていた心臓がまた暴《あば》れ出《だ》しそうになる。

「相楽くん。……今日、ありがとう。変なこと言っちゃって、ごめんね。わたし早く、気持ちの整理つけられるように頑張るから」

七瀬はそう言って、ぎこちなく口角を上げる。痛々しい笑みに、罪悪感が胸を刺す。

はっきり言って、七瀬が駄目なところなんて、ひとつもない。俺が彼女の気持ちを受け入れられないのは、ただの俺の面倒臭い性分が原因なのだ。

「……七瀬が、悪いわけじゃない。これは……俺の問題だから」

「問題って？」

そこで、何も言えなくなる。情けなくてみっともない自分の内面を、誰かに吐露したことなど、一度もない。だから、うまく言葉にできそうにない。

七瀬は俺の返事を諦めたのか、再びケーキを食べ始めた。「美味しいね」と微笑《ほほえ》みかけてくる彼女に、俺は素直に「うん」と頷く。

深夜のオンボロアパートで食べる売れ残りのコンビニケーキが、どうしてこんなにも美味く感じられるのか。俺はもう、その答えに気付いている。

「あれ、もしかして雪降ってない？　どうりで寒いと思った」

立ち上がった七瀬が、窓の外に目をやった。夜の闇《やみ》の中に、白い粉雪がちらちらと舞っているのが見える。もうとっくに日付は変わっているので、ホワイトクリスマスには一足遅い。

「京都来てから、雪降ってるの初めて見た。今年の初雪だね」

七瀬がこちらを向いて、ふにゃっとした笑みを浮かべる。その表情を見た瞬間に、先ほど自覚したばかりの卑怯《ひきょう》な本音が、再び蘇《よみがえ》ってきた。

……七瀬が俺以外の男と付き合うの、嫌だな。

そんなことを口に出したら、須藤にブン殴られてしまいそうだ。俺は内心の屈託とともに、甘酸っぱいイチゴを飲み込んだ。

◇◇◇

クリスマスが終わると、大学は冬休みに入る。わたしは部屋で机に向かって、レポート課題に取り掛かっていた。すっぴんに眼鏡、ジャージの上に半纏を着ている。誰かに見せられるような格好ではないけれど、勉強をするときはこのスタイルが一番楽ちんだ。

一心不乱にキーボードを叩いていると、ピンポーン、とインターホンが鳴った。手を止めたわたしは、せめてもの抵抗にと大きなマスクをつけてから、俯きがちに扉を開く。

「宅配便でーす。サインお願いします」

ボールペンでサインをして、大きな荷物を受け取る。差出人は実家の母だった。段ボールには黒いマジックで［救援物資］と書かれている。

京都にやって来てからも、実家からは時折こうして荷物が届く。中身はお米とか野菜とか、インスタントのお味噌汁《みそしる》とか、カップラーメンとか、わたしの好きなお菓子とか。

今回はそれらと一緒に、憧れのブランドのクリスマス限定コフレが入っていた。［晴子《はるこ》へクリスマスプレゼントだよ］と書かれた字は、大好きなおねえちゃんのものだ。カラフルなアイカラーやチークに、心が躍る。

両親と従姉《いとこ》にお礼のＬＩＮＥをした後、わたしは窓際へと歩いて行った。カーテンを開けて、ぼんやりと窓の外を見つめる。相楽くんは、今日もバイトに行っているらしい。そろそろ帰ってくるだろうか、と知らず彼の姿を探してしまう。

時刻はもう零時近い。この時間だと、晩ごはんを差し入れることもできない。そうなると、彼に会いに行く理由がなくなってしまう。理由がなくても、いつでも好きなときに会える関係になれればいいのに。なんて、振られたくせに図々《ずうずう》しいことを考えてしまう。

……相楽くんのおひとりさま主義の根幹にあるものは、一体何なのかな。

そういえば相楽くんが初めてわたしを拒絶したのは、実家の話をしたときだった。きっと彼が抱えている問題は、そこにあるのだろう。相楽くんは今も心を閉ざして、誰とも関わらず、一人で生きていこうとしている。

もし相楽くんが、本当におひとりさまの世界を望んでいるのなら。わたしはそれでも、いいと思っているのだ。彼が心の底から一人でいたいと願うなら、（そりゃあ、寂しいけど）わたしはそれを邪魔するつもりはない。

……でも。相楽くんが、苦しい思いをしてるのは……嫌だな。

わたしのことを受け入れられない、と突き放したときも。これは俺の問題だから、と言ったときも。相楽くんはずっと、苦しそうだった。

もしわたしが根っからのキラキラ女子になれて、友達がたくさんできて、楽しい日々を手に入れたとしても。相楽くんが笑っていないなら、きっとわたしの大学生活は、薔薇《ばら》色にはなりえないだろう。

相楽くんは、自分のおひとりさまの大学生活を守るために、わたしに協力すると言っていた。

それならわたしは、自分の薔薇色の大学生活を手に入れるために、相楽くんを助けるのだ。

そのとき窓の向こうに、街灯に照らされた相楽くんの姿が見えた。黒いダウンジャケットを着た彼は夜の闇に溶け込んでいるけれど、わたしの目は不思議と彼のことを見つけてしまう。

居ても立ってもいられなくなったわたしは、部屋から飛び出すと、階段を上ってきた相楽くんに向かって「おかえりなさい！」と声をかけた。

◆◆◆

バイトからの帰り道、スマートフォンに残る着信を見て、僅かに息を呑《の》んだ。立ち止まって電柱に寄りかかる。かじかんだ指でスマホを操《あやつ》り、履歴を確認した。

電話の主《ぬし》は母親だ。一時間おきに合計三回、着信が残っている。こんなに頻繁に電話をかけてくるのは、家を出てから初めてだ。まさか事故や病気ではないだろうか、という嫌な想像で胸がざわめく。現在時刻は二十二時、母はきっとまだ起きているだろう。

少し悩んだ後、電話番号から発信ボタンをタップした。

「創平？　元気だった？」

ワンコールで、すぐに母が出た。少し緊張したような、硬い声色だ。

実家を出てからも、母は何度か電話をかけてきた。しかしそのやりとりは、母子のものとは思えないほどにぎこちなく、居心地の悪い沈黙が続き、気まずい空気のまま電話を切るのが常だ。俺はもう、家族に対する遠慮のない距離感を忘れてしまった。

「何か、用だった？」

「その、創平……冬休み、こっちに帰ってくるの」

「……あー。バイト、あるから。難しいと思う」

バイトがあるのは嘘《うそ》ではない。もともと俺は、帰省するつもりはなかった。

母は今、新しい恋人と一緒に暮らしている。俺が帰ったところで、きっと邪魔になるだけだろう。事実俺は、家を出てから一度も母に会っていない。ゴールデンウィークも夏休みも、帰って来いとは言われなかった。

しかし珍しく、母は引き下がらなかった。

「……ちょっとだけでも、帰って来ない？　交通費は出すから」

「……でも……」

「あのね、創平。実は母さん、あんたに大事な話があるの」

電話越しでもわかる、強い意志のこもった声だった。そこでようやく、母の意図を察知する。

ああ、そういうことか。母さんはたぶん、俺に会いたいわけじゃない。

「母さん。もしかして、再婚すんの？」

俺の問いに、電話の向こうの母は黙り込んだ。ややあって、溜め息が聞こえてくる。

「……電話でするような話じゃ、ないでしょ」

「……ごめん」

「また予定確認して、連絡ちょうだい。じゃあおやすみ、創平。風邪ひかんようにね」

母はそう言って、今日もまた気まずい空気のまま通話が終了した。

ダウンのポケットにスマホを突っ込んで、再び歩き出した。冷たい風がびゅうびゅうと吹き荒《すさ》んで、耳が千切れそうに痛い。


アパートの階段を上ると、部屋から七瀬が飛び出してきた。すっぴん眼鏡に半纏姿の七瀬は、俺の顔を見て、嬉しそうに表情を綻《ほころ》ばせる。

「相楽くん！　おかえりなさい！」

彼女の顔を見た瞬間に、ほっと心が安らぐのを感じる。しかしそれを押し隠し、俺は肩を竦《すく》めた。

「おまえ、こんな時間に外出てくんなよ」

「相楽くんが帰ってくるの、窓から見えたもん」

まさか、見られていたとは思わなかった。もしかすると、俺のことを待っていたのだろうか。

……落ち込んでいたから、顔が見れてよかった。なんて、口が裂けても言えない。そんな思わせぶりなことを言ったら、きっと彼女を戸惑わせてしまうだろう。

ニコニコと無邪気に笑っている七瀬を見て、頭をガシガシと掻《か》く。

「……？　相楽くん、何かあった？」

浮かない顔をしている俺に気付いたのか、七瀬が心配そうに尋ねてくる。俺は躊躇いつつも、口を開いた。

「……七瀬は、冬休みのあいだに、帰省すんの」

「え？　うん。一応、帰るつもり」

「……地元、帰りたくないんじゃねえの」

「ううん。わたしはもう、大丈夫だよ」

きっぱり言った七瀬に、無理をしている様子はなかった。俺は「そっか」と短く答え、俯く。

七瀬は過去を気にするのをやめて、前を向いて歩き出そうとしている。いつまでも立ち止まっているのは、俺だけだ。

「……相楽くんも、実家に帰るの？」

七瀬がおずおずと訊《き》いてきた。俺は下を向いたまま、スニーカーの爪先を睨《にら》みつける。

本当は帰るべきなのだと、わかっている。俺はまだ未成年で、法的には親の庇護下にある。

現時点で金銭的な援助は受けていないが、今後何かあれば、母に迷惑をかけないとも限らないだろう。いつまでも実家を突っぱねているわけには、いかないのかもしれない。

……それでも、俺は。

「帰りたくない」

「どうして？」

「俺の母親、再婚するんだって」

七瀬が小さく息を呑む。俺は自嘲気味に笑って、言った。

「俺が帰っても、邪魔なだけだろ」

七瀬は瞬きをして、そのまま目を伏せてしまった。しばしのあいだ、沈黙が落ちる。

「……相楽くん」

ややあって、七瀬が俺の両手を取って、ぎゅっと握りしめた。外気で冷えた俺の手が、彼女の体温でゆっくりと溶かされていく。俺の目を見つめながら、七瀬は言った。

「ちゃんと実家に帰って、お母さんとお話しした方がいいんじゃない？」

「……え？」

「よく、わかんないけど……相楽くんが頑なに一人でいようとするのは、おうちの事情が関係してるんだよね？」

七瀬はまるで小さな子どもに言い聞かせるような口調で、ゆっくりと続ける。

「……問題を解決するためには、まずそれに真正面から向き合うことが、大事だと思うの。そうしないと、相楽くん……いつまで経っても、前に進めないよ」

「……無責任なこと、言うなよ。何も、知らないくせに……」

思わず口走ってから、これはただの八つ当たりだ、とすぐ後悔した。しかし七瀬は怯むことなく、まっすぐに俺のことを見据えている。

「うん、知らない。だって相楽くん、わたしに何も言ってくれないから」

ぐっと言葉に詰まった。……それは、たしかにそうだ。

「もし相楽くんが不安なら、わたしも一緒に帰る」

「……え、ええ？」

予想外の提案に、俺は目を見開いた。こちらを見つめる七瀬の瞳は、らんらんと輝いていた。強い意志を秘めたその光に、ややたじろぐ。

「い、一緒に帰るって、おまえ……」

「大丈夫、押しかけたりしないから。途中まで、一緒に行くだけ」

「……でも……」

「いいよね？　相楽くん」

とんでもない強引さだ。友達を誘って断られるのが怖い、とビビっていたかつての彼女は、一体どこに行ってしまったのだろうか。

「わかっ……た」

半ば押し切られるように頷くと、七瀬はニッコリ笑って、小指を差し出してきた。

「じゃあ、約束ね」

恐る恐る小指を絡《から》めると、ぎゅっと強く握られた。ゆーびきーりげんまん、という声がやけに呑気《のんき》に響く。子どもじゃねえんだから、と思いつつ、俺の気持ちは少し慰められていた。

その翌日。善は急げとばかりに、七瀬は俺を駅まで連れて行った。京都駅から高速バスに乗り込み、実家がある名古屋へと向かう。バスの中では、互いにほとんど会話を交わさず、窓の外ばかりを眺めていた。

バスが名古屋駅に到着した頃には、白い粉雪がちらちらと舞っていた。そういえば、この週末は大寒波に襲われるでしょう、というネットニュースの見出しを目にした気がする。

「相楽くん、実家までバス？」

七瀬が問いかけてくる。最寄りのバス停を伝えると、「わたしと同じ路線だ」と白い息を吐きながら言った。

バスターミナルから市営バスに乗って、実家までは三十分ほどかかる。

きちんと母と向き合うと決意したはずなのに、窓の外の景色が変わっていくにつれて、俺の気持ちは鉛《なまり》のように重く沈んでいった。車窓に映る自分は、いつも以上に険しい顔をしていて、眉間には深い皺《しわ》が刻まれている。目的地に近付くにつれて、雪の勢いが次第に強まっていく。

隣に座る七瀬はもの言わず、背筋《せすじ》を伸ばしてじっと前を見つめていた。彼女は今、一体何を考えているのだろう。

そのとき、車内アナウンスが次の停車駅を知らせた。

「……次、降りる」

俺が立ち上がると、七瀬は「じゃあ、わたしも」と言って、後ろをついてきた。

実家の最寄りのバス停は、俺が通っていた小学校の目の前だ。向かいにあった駄菓子屋は店を畳んでおり、駐車場になっていた。この街で過ごした日々は悪い思い出ばかりでもないし、懐かしさを感じないわけでもない。それでも、俺の憂鬱《ゆううつ》はどうしても拭いきれなかった。

アスファルトには、雪がうっすらと積もっていた。踏みしめるたびに、さくさくと軽い音を立てる。俺も七瀬も、何も言わない。冷たい風がびゅうびゅうと吹きすさぶ。

五分ほど歩いたところで、実家に着いた。俺の生家はごく小さな一戸建てで、両親は俺が生まれる直前にマイホームを購入したらしい。今となっては想像もできないが、きっとその頃は幸せいっぱいの夫婦だったのだろう。父はこの家を出て行き、母は別の男と一緒に住んでいる。

インターホンを押そうとしたところで、指が止まった。

久しぶりに会った母と、何を話せばいいのか。やっぱり、帰って来ない方がよかったのでは。そんなことばかりぐるぐる考えて、身体が動かない。

「……あの、すみません」

背後から声をかけられて、ぎくりとした。慌てて振り向くと、セーラー服の上にダッフルコートを羽織り、黒髪をポニーテールにした少女が立っている。

「うちに、何か用ですか?」

見知らぬ少女が、自分の実家を指して「うち」と表現したことに衝撃を受ける。が、すぐにあっと思い至った。

……そういえば。母の恋人には、高校生の娘がいると言っていた。

「……あ、いや。……なんでもない、です」

俺はボソボソとそう言うと、足早にその場から立ち去った。少女の怪訝《けげん》そうな視線が、背中に突き刺さるのを感じる。これでは、不審者だと思われても仕方がない。

実家近くの公園まで来たところで、足を止めた。後ろから、「相楽くん!」という声が聞こえて、はっとする。しまった。七瀬の存在を、すっかり忘れていた。

「さ、相楽くんっ、待って……きゃっ」

そのとき雪で足を滑らせた七瀬が、悲鳴とともに盛大に転倒した。慌てて彼女に駆け寄り、助け起こす。

「七瀬。だ……大丈夫か」

「う、うん。わたしは平気」

七瀬はそう言ったが、雪と泥が混じった地面のせいで、彼女のワンピースは汚れていた。黒いタイツの膝《ひざ》が破れて、血が滲《にじ》んでいる。申し訳なさで、胸が痛くなる。

「……七瀬、ごめん……俺……」

俺が言うと、七瀬は首を横に振る。ここまで来て逃げ出してしまった、自分にうんざりする。それでも今の俺に、あの場所に飛び込んでいく勇気はなかった。

きっとあそこには、俺の知らない幸せな家族がいる。

「やっぱり、帰れない。俺、無理だ」

俺の言葉に、七瀬は悲しそうに目を伏せる。もしかすると、この期に及んで逃げた俺に、呆《あき》れているのだろうか。こんな情けない姿を見せて、幻滅されても仕方がない。

「……帰れないって……じゃあ、どうするの？　もう、京都行きのバスないよ」

困惑を滲ませながら、七瀬が言った。俺は少し考えて「どっか泊まる」と答える。

「どっかって？　ホテルとか？」

よくよく考えると、今は給料日前であり、ホテルに泊まる金はない。俺が黙っていると、七瀬がすくっと立ち上がった。

「……よし。わかった」

七瀬は覚悟を決めたような表情で、俺の手をぎゅっと握りしめて、「行こう」と言う。

「……どこに？」

「わたしの実家。帰りたくないなら、とりあえず今日はうちに泊まったらいいよ」

「……え……は……はあ⁉」

俺は思わず、素っ頓狂な声をあげた。ちょっと待て、これは一体どういう展開だ。

七瀬は俺の手をしっかりと摑んだまま、ずんずん歩いていく。俺は呆気に取られながらも、引きずられるようにして彼女の後をついていった。

俺の実家からバスで五分ほどの場所で、七瀬が「ここで降りるよ」と言った。

実家に向かう道すがら、年配の女性とすれ違った。どうやら知り合いらしく、七瀬は笑顔で「こんばんは」と挨拶をした。素通りするのもどうかと思ったので、俺も無言で会釈をする。

女性は「こんばんは」と挨拶を返したけれど、どこか釈然としない表情を浮かべていた。きっと、七瀬が誰かわかっていないのだろう。高校時代とはまったく顔が違うのだから、無理もない。七瀬は特に気にした様子もなく、歩いていく。

住宅街の真ん中にある小さな一軒家の前で、彼女が足を止めた。

「……なあ。俺……いきなり来て、ほんとに大丈夫なのか」

冷静に考えると、とんでもなく非常識な行動だ。もし一人娘がいきなり見知らぬ男を連れてきたら、俺ならそいつを一発ぐらい殴りかねない。

「わたしからちゃんと説明するから、大丈夫だよ」

七瀬はそう言って微笑んだが、不安はまったく拭えなかった。説明するって、どうやって。

「この男は思わせぶりな行為を繰り返した挙げ句にわたしを振り、あまつさえ実家に帰りたくないと駄々《だだ》を捏《こ》ねたので、ここまで連れてきました」とでも言うつもりか？　俺だったらそんな男、殴るどころじゃすまないぞ。

鍵を開けた七瀬が「ただいまあ」と声をかける。家の中は薄暗く、誰の返事もない。

「あれ、おかしいな……買い物かな？」

「七瀬……今日帰るって、ちゃんと親に伝えてんの？」

俺が訊くと、七瀬は「あっ」と言って片手で口を押さえた。

「そういえば。勢いで来ちゃったから、言うの忘れてた」

「はあ⁉　お、おまえ、そういうことはちゃんと言っとけよ……！」

「ちょっと電話してみるね！　とりあえず、入って！」

七瀬はそう言って、俺の背中をぐいぐいと押した。促されるがまま、リビングに案内される。電気は消えており、ひんやりと冷え切っていた。明らかに、人の気配がない。

俺はダウンを脱いで、恐る恐るソファに腰を下ろす。七瀬はスマホを取り出して、親に電話をかけ始めた。

「……あ、お母さん？　実は今、こっちに帰って来とるんだけど……え、そうなん？　うん、わかったよ。あの、友達連れて来たんだけど、泊めてあげてもいいよね？」

しばらくして、七瀬が電話を切った。ちょっと困ったように、眉《まゆ》を下げている。

「あの……お父さんとお母さん、今、三河のおばあちゃんのところにいるんだって」

「え」

「泊まるから、今日は帰って来ないって言ってた」

……と、いうことは。俺たちは今夜、ここで二人きり、ということになる。

俺は立ち上がると、「帰る」と言って、脱いだばかりのダウンを再び羽織る。七瀬は「ま、待って！」と慌てた様子で俺を引き留めた。

「そ、そんなのダメだよ！　せっかくここまで来たのに」

七瀬は俺のダウンの裾を強く掴んだまま、離さない。「でも」という俺の言葉を遮《さえぎ》るように、早口で捲《ま》くし立てる。

「わたしなら、大丈夫。お母さんの許可ももらったから。泊まっていきなよ。客間もあるし、そこでお布団《ふとん》敷いて寝たらいいから。ね？」

必死の形相で食い下がってくる七瀬に、何が大丈夫なんだ、と思う。しかし、他に選択肢がないのも事実だった。

「…………わ、わかった」

苦悩しつつもそう言うと、七瀬はほっとしたように息をつく。それから、頬を赤らめて、泥がついたワンピースの襟《えり》ぐりを引っ張った。

「……じゃあ、とりあえず。お風呂《ふろ》入ってきてもいいかな？　さっき転んだせいで、びしょびしょになっちゃった……」

……やはり俺は、今すぐ帰るべきなのではないか。そう思ったが、もう手遅れだった。

◇◇◇

勝手知ったる脱衣所だというのに、服を脱ぐ瞬間、僅かに緊張した。理由はわかっている。ひとつ屋根の下に、相楽くんがいるからだ。

相楽くんのことは、二階にあるわたしの部屋に押し込んできた。物理的な距離だけを考えるなら、普段住んでいるアパートの方が近いのかもしれない。それでもこの状況で、全裸になるのは緊張する。別に何かを心配しているわけではないけれど、一応脱衣所の鍵を閉めた。

えいっと勢いよく服を脱いで、脱衣カゴに入れる。バスルームの中に入ると、コックを捻《ひね》ってお湯が出てくるのを待つ。充分温かくなったのを確認してから、まずはメイクを落として、頭からシャワーを浴びた。泡立てネットでモコモコに泡を立てて、身体を洗っていく。擦《す》りむいた膝にお湯がかかると、傷が沁《し》みて、僅かに眉を寄せた。

わたし、もしかして。とんでもないこと、してるのかも……。

自分の行動の強引さに、いまさらのように思い至り、悶絶《もんぜつ》してその場にしゃがみこむ。

勝手に名古屋までついてきた挙げ句、実家に連れて来られるなんて。もしかすると相楽くん

は今頃《いまごろ》、わたしにドン引きしているのかもしれない。

でも、わたしはどうしても、彼のことがほっとけなかったのだ。

顔面蒼白《そうはく》になった相楽くんが、実家から逃げ出したとき。苦しげに息を吐き出しながら、「帰れない」と言ったとき。わたしは、この人を一人にしてはいけない、と思った。

今のわたしが相楽くんのためにできることなんて、きっと何もない。それでも、相楽くんのそばにいてあげたい。

……わたしって、自分が思ってるよりもずっと……積極的だったんだなあ。

相楽くんに恋をするまで、そんな自分の一面に気付きもしていなかった。どちらかといえば消極的で臆病で、友達を遊びに誘うことすら上手にできなかったのに。

と、いうか。今日は相楽くんと二人っきりで、ここで夜を越さないといけないんだよね。そもそもまさかこんな形で、〝初めてのお泊まり〟をしてしまうとは、夢にも思わなかった。それでも、わたしは彼に振られた身だし、何かがある、と思っているわけではないけれど。それでも、いつもより念入りに、身体を洗ってしまう。

湯気で曇った鏡にシャワーをかけると、生まれたままの姿のわたしが映る。なんだか急に、自分のスタイルが気になり始めた。胸は一応天然モノだし、決して小さくはないと思うけれど、他の人と比べたことはないから、よくわからない。おなかとか出てないかな、大丈夫かな。化粧をしていないすっぴんは、やっぱり地味で冴《さ》えない。

……ああ。せめて、可愛い部屋着でも準備しておけばよかった。

そんなささやかな後悔をしながら、わたしはバスルームから出た。

◆◆◆

俺は今。七瀬の実家に連れて来られて、二階にある彼女の部屋で一人、彼女のシャワーが終わるのを待っている。正座で。

どういう状況だよ、と頭を抱えたくなる。こんなシチュエーション、俺には一生訪れないと思っていた。壁にぴたりと寄せられたベッドが目に入って、余計に変な気持ちになる。一階で待つよりはマシだろうが、ここにいるのも、なかなかきつい。

落ち着かないついでに、ぐるりと室内を見回す。綺麗に片付いており埃《ほこり》ひとつなく、七瀬の家族が定期的に掃除しているのだな、とすぐにわかった。京都のアパートにある部屋とは、また雰囲気が違う。なにせあそこは巨大なクローゼットに圧迫されており、余計なものを置くスペースがないのだ。

勉強机と本棚とベッド。チェストとタンスがひとつ。窓際には小さなオルゴール。本棚には参考書や辞典、図鑑などがぎっしりと並べられており、漫画や小説の類はほとんどない。彼女は図書委員だったわりに、それほど読書家ではないらしい。ただし児童書は意外と豊富で、本棚の下の方には『エルマーのぼうけん』や『モモ』などが並んでいた。

七瀬は小さい頃からずっと、ここで過ごしてきたのか。

いわゆる女性らしい、可愛らしいインテリアの類はない。それでも俺は、非常に七瀬晴子らしさに溢《あふ》れた、心地好《よ》い空間だな、と感じた。

本棚の中には、高校の卒業アルバムもあった。そういえば俺は、卒業したその日に実家を出たため、卒業アルバムに目を通していない。どうせ俺の写真はほとんどないだろうが、久しぶりに高校時代の七瀬を見たくなった。

アルバムを引き抜いた瞬間、隣に入っていたノートがバサッと落ちてきた。しまった、と思い、拾い上げようとして――手を止める。

開いたページには、七瀬の字がぎっしりと書き込まれていた。どういう服に、どういう靴や鞄《かばん》を合わせるのか。自分の肌に合う色や、骨格に合う服装のこと。化粧のテクニックや、色の使い方について。脇《わき》には、あまりうまくはないイラストも添えられている。

おそらくこのノートは――七瀬が大学デビューするために、努力を重ねた跡なのだろう。

七瀬は自分が変わるために、こんなに頑張ったというのに。俺はいつまでも同じ場所に居座ったまま、そこから一歩も動けずにいる。

ノートを閉じて、元あった場所にそっと戻した。そのとき、七瀬が階段を上がってくる音が聞こえてきた。ぎくりとして、再びその場で正座する。

部屋の扉が開いて、七瀬がひょこっと顔を出した。

「おまたせ。相楽くんも、お風呂入ってきなよ」

風呂上がりの七瀬はすっぴんで、でも頬が少し赤らんでいて、シンプルなパジャマを着ていて、毛先がまだ少し濡《ぬ》れている。俺は慌てて七瀬から視線を剝がすと「うん」と頷いた。

風呂を借りて、ダイニングで晩飯を食べた後、七瀬が「ちょっと早いけど、もう寝ようか」と言った。その瞬間、微妙な空気が漂う。しかし俺は、平静を装った。

七瀬に案内されたのは、一階にある客間だった。どうやら俺が風呂に入っているうちに、布団を敷いておいてくれたらしい。

「じゃあ、おやすみ」

俺は「おやすみ」と言って、七瀬から背を向けた。電気が消えて、階段を上っていく音がする。彼女は自室で眠るのだろう。

普段使っているものよりも、やや硬めの枕《まくら》だった。なんだか真新しい匂いがする。カチカチ、という時計の音がやたらうるさく響く。何度も何度も寝返りを打つ。なんだか息苦しくて、うまく呼吸ができない。

無理やりにでも目を閉じて、少しウトウトしたような気になったが、枕元《まくらもと》のスマホで時刻を確認すると、二時間も経っていなかった。

どうしても寝付けず、俺は客間を出てリビングに戻る。電気も点けず、ソファに座って、薄暗い天井《てんじょう》を見上げた。

……俺、どうしたらいいんだろう。

実家のことも、七瀬のことも。俺はいつまで経っても中途半端《ちゅうとはんぱ》だ。このままではいけないと、理解してはいるのだけれど――いまさら母と向き合ったところで、どうなるのか。ただあそこに自分の居場所がないことを、思い知らされるだけではないのか。

思い悩んでいたそのとき、トントン、と階段を下りる音が聞こえてきた。

「……相楽くん？」

パジャマの上から毛布を羽織ったすっぴんの七瀬が、俺の名前を呼ぶ。俺は無言で、視線だけを彼女の方に向けた。

「……何しに来たんだよ」

「ちょっと、喉渇《のどかわ》いちゃって……」

七瀬はそう言うと、キッチンに立ってミネラルウォーターをグラスに注《そそ》いだ。それを飲み干してから、こちらにやって来ると、ぽすん、と俺の隣に腰を下ろした。

「相楽くんこそ、どうしたの？　眠れない？」

「……うん」

「そっか。ここ、寒いでしょ。毛布半分こしよう」

七瀬がそう言って、俺の膝に毛布を掛けてくれた。肩と肩が軽く触れ合った瞬間に、甘い香りが漂ってきて、心臓が跳ねる。ふわふわの毛布よりも、右肩に感じる七瀬の体温の方が、今の俺にとっては、ずっと温かくて安心できるものだった。

喉が渇いた、と言っていたが、七瀬はきっと俺を心配して、様子を見に来てくれたのだろう。彼女はそうやって他人を思いやれる、優しい性格なのだ。……俺とは、全然違う。

「ね……ひとつ、訊いてもいい？」

「なんだよ」

「相楽くんは……どうして、おうちに帰りたくないの？」

核心に迫る質問だった。しかしもはや、関係ないだろ、と突き放す気にはなれない。俺は七瀬から目を逸らし、下を向いたまま、ボソボソと答える。

「母さんには……あの人はもう、別の幸せがあるんだ。俺の居場所なんかないし……居場所が欲しいとも、思ってない」

「……本気で、そう思ってる？」

「……居場所なんて、ない方が……一人でいる方が、楽だろ。誰かを傷つけたり、傷つけられたりするぐらいなら……ずっと、一人でいい」

しんと静まり返った、薄暗いリビングルームに、俺の声だけが情けなく響く。

やがて七瀬が、囁《ささや》くような音量で、尋ねてきた。

「相楽くん。ほんとは、寂しかったの？」

　虚を突かれて、思わず七瀬の方を見る。化粧をしているときよりも、穏やかな印象を受けるすっぴんの目が、優しく俺のことを見据えていた。

「誰かと関わり合うのって、怖いよね。わたしも、大学入ってから……高校時代からは想像もできないぐらい、たくさん傷ついたし、辛い思いもたくさんした」

「……うっ。す、すみません」

　反射的に謝罪が飛び出す。しかし彼女は笑って、俺の顔を覗《のぞ》き込んできた。

「でもね。わたしは勇気出して、自分の世界を広げてよかったな、って思ってるの。もちろん、辛いこともあったけど……友達ができて、好きな人もできて……その何倍も、楽しいことや嬉しいことがあったから」

「七瀬……」

「ありがとう。相楽くんのおかげで、わたしの大学生活、とっても楽しくなったよ。だから、今度は……わたしが、相楽くんが笑えるように、協力してあげたいな」

　七瀬の言葉が、俺の胸にじんわりと沁み込んでいく。彼女はこんな俺のことを一生懸命励まして、背中を押そうとしてくれている。

　俺が黙っていると、七瀬は何かを決意したように、ぐっと唇を引き結んだ。そのまま俺の背中に腕を回して、そっと身体を寄せてくる。

「……――っ⁉」

何やってんだ、と言おうとしたけれど、声が出なかった。全身の血液が、凄《すさ》まじい勢いで巡り出す。

触れ合った身体は、同じ人間とは思えないぐらいに柔らかい。布一枚を隔てた先の肌の滑らかさまで想像してしまって、思わず喉が鳴った。栗《くり》色の髪が、俺の頬をくすぐる。どくどくと鳴るうるさい鼓動を、互いの身体で感じている。

理性が吹っ飛びそうになる寸前、七瀬の身体が小刻みに震えていることに気付く。強張った身体が、彼女の緊張を嫌というほど伝えてきて――それでようやく、頭が冷えた。

「だ、大丈夫。大丈夫だよ、相楽くん」

「……あ、あのなあ。そんな無理して、おまえが大丈夫かよ……」

なんで俺なんかのために、ここまで必死になってくれるんだ。俺は七瀬に、こんなに優しくて一生懸命な女の子に、好きになってもらえるような、価値のある人間じゃない。

顔を上げた七瀬は、瞳を潤ませて、じっとこちらを見つめてくる。

「……だから、そんな顔、しないで……」

どんな顔だよ、と言おうとした瞬間に。ぽたり、と雫《しずく》が毛布に落ちた。それが自分の目から溢れたものだと気付くのに、数秒かかった。頬を拭った手の甲が、濡れている。

あれ。俺……なんで、泣いてるんだ？

寂しくなんかない、と思っていた。一人でいい、と思っていた。それでも俺は今、自分のものではない体温に包まれていることに、どうしようもなく安心している。

……ああ、そうか。俺、ずっと……寂しかったのか。

「ごめん……もうちょっとだけ、こうしてて」

情けないことを言っているのはわかっているけれど、七瀬は「うん」と頷いてくれた。華奢な肩に顔を埋めると、堪えきれなかった涙が、また少し溢れてしまった。

目が覚めた瞬間、七瀬の寝顔が目の前にあった。

至近距離で、すやすやと穏やかな寝息を立てている彼女に、心臓が止まりそうになる。動揺した俺は盛大にソファから転がり落ちて、テーブルでしたたかに頭を打ちつけた。ゴン、と鈍い音が鳴り響く。

頭を抱えて悶えていると、七瀬が「ううん……？」と身じろぎをした。

「……あ、相楽くん。おはよう……」

目を覚ました七瀬が、俺に微笑みかけてくれる。その笑顔を見た瞬間、もう、いろんなことがどうでもよくなってしまった。頭をさすりながら、「……おはよう」と答える。

「よく眠れた？」

「……爆睡できた自分にドン引きしてる」

ぐっすり眠ったせいか、ずいぶんとすっきりしていた。あの状況で呑気に寝てしまうなんて、どういう神経をしているんだ。俺は自分で思っているよりも、図太かったのだろうか。

「そっか、よかった」

七瀬はソファから立ち上がり、シャッと音を立ててカーテンを開ける。

「朝ごはん、近所のパン屋さんに買いに行こうよ。クリームパンが美味しいんだよ」

窓の向こうには、抜けるような青空が広がっていた。栗色の髪が太陽を反射して、キラキラ輝いている。なんだか妙に眩しく感じられて、俺は思わず目を細めた。


朝食を食べた後、七瀬とともに市営バスに乗って、俺の実家へと向かった。バスを降りたところで、七瀬に向かって「ここで大丈夫」と告げる。

「母さんと話したら、すぐ戻ってくるから……カフェかどっかで、時間潰《つぶ》しててて」

「うん、わかった。いってらっしゃい」

七瀬は柔らかく微笑んで、手を振って見送ってくれる。

……七瀬は、俺のためにここまでしてくれたのに……俺、自分のことばっかりだな。

身勝手な言い分で七瀬を突き放して。傷つくのが怖くて、相手の気持ちからも、自分の気持ちからも、逃げてばかりいた。このままじゃ駄目だってことくらい、わかってる。

俺が、七瀬の気持ちにまっすぐ向き合うためには。まずは俺自身が抱えている問題と向き合って、解決しなければならない。

俺は背筋を伸ばして、実家へと歩き出した。

バス停から家までの道すがらに、小さな公園がある。昨日、七瀬が転んだ場所だ。そういえば昔、やんちゃをしてジャングルジムから落ちて、後頭部を縫うケガをしたことがあるらしい。当時の記憶はないけれど、後になってから母が「あのときはほんと、生きた心地しなかったわ」と話していたのは覚えている。

……ずっと蓋をして、目を背けていた記憶は。実はそんなに、悪いものばかりではないのかもしれない。

しばらく歩いて、実家に到着した。緊張はしていたが、昨日のように、逃げ出したいとは思わなかった。深呼吸をしてから、インターホンを押す。

「おかえり、創平」

扉が開いて、母が顔を出した。久しぶりに会った母は記憶よりも少しふっくらしており、顔色も良い。俺はどんな顔をしていいかわからず、ダウンジャケットのポケットに手を突っ込んだまま突っ立っている。

「寒いでしょ、中入って。雪大丈夫だった？」

促されるままに家の中に入った。暖房が利いていて暖かい。玄関に用意されていたのは、かって俺が使っていたものではなく、真新しい客用スリッパだ。生地が硬く、履き心地が悪い。ここは間違いなく、俺が暮らしていた家のはずなのに、妙なよそよそしさを感じた。

「昨日、なんで帰って来なかったの？」

そう言った母の声に、俺を責めるような響きはなかった。どちらかというと、俺を心配している……ように、聞こえる。

「あー……ごめん。えっと、友達の家、行ってた……」

「一花《いちか》ちゃんが、創平らしき人がうちに来てた、って言ってたけど」

やはり、気付かれていたのか。誤魔化《ごまか》すこともできず、曖昧に「うん」と頷く。

俺の顔をじっと見つめた母は、心底安堵したような声で呟《つぶや》いた。

「……来てくれてよかった」

予想外の言葉に、思わず「え？」と訊き返す。母は下を向いて、ボソボソと続ける。

「……電話しても、めったに出てくれんし。仕送りも受け取ってくれんし」

「……それは……」

「もう、ここには来ないのかと思ったじゃない」

そう言った母の声は、やや震えていた。そのまま、くるりと背中を向けてしまう。

俺が「ごめん」と謝ると、ぐすっと洟を啜る音が聞こえた。泣いているのだ、と気が付いて動揺する。父に何をされても、絶対に涙を見せなかったのに。この人は自分の母親である以前に一人の人間なのだ、とようやく気が付いた。

素早く目元を拭った母が、こちらを振り向く。無理したように口角を上げて、ぎこちなく笑ってみせた。

「……まあ、いいわ。晩御飯、食べてく？　唐揚げにしようか」

唐揚げは、俺の好物だ。母は今でもちゃんと、俺の好きなものを覚えていてくれた。

「……母さん」

「なあに？」

「俺を産んだこと、後悔してる？」

それはずっと、肯定されるのが恐ろしくて、訊けなかったことだった。

俺の唐突な質問に、母は一瞬言葉に詰まった後、恥じ入ったように目を伏せた。

「……ごめんね、創平。母さん……創平に、ひどいこと言った」

——創平さえいなかったら、よかったのに。

かつて父との口論の中で、母が口走った言葉だ。ずっと俺の胸の奥に、呪《のろ》いのように絡みついていた言葉。

「言い訳にも、ならないけど……あのときの母さん、毎日辛くて余裕がなかったの」

俺は「うん」と頷いた。今なら、わかる気がする。母親だって、一人の人間だ。気持ちの余裕を失って、心にもない発言をしてしまうことだって、あるだろう。

「創平が許せないのも、当然だと思う。ただ、これだけは言わせて」

そこで言葉を切った母は、まっすぐに俺を見つめて、きっぱりと言った。

「あんたを産んだことを、後悔してるだなんて……そんなわけ、ないでしょ」

その瞬間、ずっと胸に突き刺さっていた棘《とげ》が、ぽろりと抜け落ちた気がした。

ここはもう俺の居場所ではないのかもしれないけれど、母はきっと今でも、俺のことを愛してくれている。それがわかっただけでも、ここに来てよかった、と思えた。

「母さん。……再婚、おめでとう」

俺の言葉に、母は「ありがとう」と笑った。それは久しぶりに見る、心の底から幸せそうな、母の笑顔だった。


俺は母とぽつぽつ会話を交わした後、「そろそろ帰る」とダウンを羽織った。

「もうちょっと、ゆっくりしていけばいいのに」

「いや、今日は……友達、待たせてるから」

母はやや残念そうに「そう」と言ったが、強くは引き留められなかった。

「また今度、ちゃんと来るから。……その、再婚する人に……挨拶とか、あるだろうし」

そう言うと、母は嬉しそうに「わかった」と頷いてくれた。年頃の女子もいることだし、あまり頻繁に帰省するつもりはないが、たまになら顔を見せてもいいかな、とは思う。

スニーカーを履いて、玄関から外に出た。

相変わらず寒さは厳しく、吐く息が凍りつきそうだったが、空を覆う灰色の雲間から、一筋の太陽の光が射《さ》し込《こ》んでいる。溶け残った雪がそれを反射して、白くキラキラと輝いていた。

早く七瀬に会いたい、という気持ちばかりが募って、自然と早足になる。

ふと、バス停に人影が見えた。長い髪の女性が一人、立っている。

「……七瀬！」

大声で、彼女の名前を呼んでいた。俺に気付いた七瀬は、足早に駆け寄ってくる。

「……なんで、こんなとこに。……どっかで待ってろって、言ったのに」

「……うん。やっぱり、落ち着かなくて……」

「寒かっただろ」

七瀬は白い息を吐きながら「大丈夫」と答えたが、鼻の頭は真っ赤になっている。思わず彼女の手に触れると、氷のように冷たかった。

……この寒さの中、ずっと。俺のことを、待っていてくれたのか。

凍りついた手を溶かすように、強く握りしめる。七瀬は俺の手を握り返しながら、遠慮がちに尋ねてきた。

「……相楽くん。その……どうだった？」

「……うん。やっぱり、俺の居場所……あそこには、なかった」

俺が答えると、七瀬は長い睫毛《まつげ》を伏せて、悲しげに俯く。

「そっ、か。ごめん……わたし、余計なことしちゃったかな……」

「……いや。そんなこと、ない」

余計な意地を張って凝り固まっていた俺の心を解きほぐしてくれたのは、七瀬だった。七瀬のおかげで、俺は母と向き合う覚悟ができたのだ。

「たぶん、もう……大丈夫」

「……ほんと？　それなら、よか」

七瀬が言い終わらないうちに、彼女の手を引いて、そのまま胸の中に閉じ込めた。すっぽりと収まった身体を、きつくきつく抱きしめる。栗色の長い髪からは、甘い香りがした。

「……七瀬、俺……」

伝えるべきことはたくさんあるはずなのに、何も言えなくなってしまう。ただただ溢れてくる感情のままに、彼女を抱きしめることしかできない。

しばらくして、七瀬の手が、ゆっくりと俺の背中に回される。肌に突き刺さるほどの寒さの中で、七瀬と触れ合った部分だけがやたらと熱い。

今の俺はただ胸の中のぬくもりを手放したくなくて、彼女を抱きしめる腕に力をこめた。

◇◇◇

名古屋への弾丸帰省から、はや二週間が経った。

冬休みは終わり、後期試験が間近に迫っている。わたしは今回も最高評価を獲るべく、全力を尽くす所存だ。

相楽くんは相変わらず、不機嫌そうな顔でバイトばかりしているけれど、なんだか少し、吹っ切れたように見える。今まで誰とも関わろうとしなかったのに、ゼミの子たちと話しているところも見かけるようになった。実家に帰って、多少は気持ちの整理ができたのかもしれない。余計なお世話だったかも、と心配していたから、ちょっと安心した。

わたしたちの関係はひとまず、わたしが相楽くんに告白する前に戻ったような形だ。たまに晩ごはんを差し入れして、大学で会えば会話をして。名古屋で抱きしめたことも、抱きしめられたことも、お互いなかったみたいに振る舞っている。

そんな関係にどういう名前をつければいいのか、わたしにはわからない。相楽くんは、わたしに決定的なことを、何も言わないからだ。

まだ薄暗い、朝六時。ゴミ出しのために早起きをしたわたしは、深呼吸をして冷たい空気を肺いっぱいに吸い込んだ。寒さは厳しいけれど、冬の朝の清々《すがすが》しい空気は、結構好き。冬はつとめて、と記した清少納言《せいしょうなごん》の気持ちがよくわかる。

そういえば、相楽くんは、バイトの夜勤が入っていると言っていた。そろそろ帰って来る頃だろうか、と思い、部屋の前で待つことにした。

こうしていると、相楽くんに振られた日のことを思い出してしまう。あのときも同じ場所で、白い息を吐きながら、彼のことを待っていた。

街灯の光をぼんやり眺めていると、相楽くんが歩いてくるのが見えた。手を振ると、彼は驚いたように目を見開く。階段を上がってきた彼は、「何やってんの」と呆れた声で言った。

「……冬の朝の空気って、気持ちいいなって思ってた」

「どこが？　寒いだけだろ。……風邪ひくぞ」

嘘だよ。ほんとは、相楽くんのこと待ってた。

そんな言葉を飲み込んで、わたしは「そうだね。そろそろ部屋入るよ」と笑ってみせる。

今わたしが、あのときと同じように、好きだと言ったら。相楽くんは、どう思うだろう。喜んでくれるだろうか、それとも……困らせてしまうだろうか。

それは困る、と突き放されたあの日の言葉は。今もわたしの胸の奥にしこりのように残っていて、思い出したようにちくちくと刺してくるのだ。

「じゃあね、相楽くん。また学校でね」

相楽くんは眠そうな声で「うん」と言った。きっと今から一限の授業まで、仮眠するのだろう。試験前だというのに、ずいぶんとハードなスケジュールだ。わたしはそろそろ支度《したく》しないと、一限に間に合わない。なにせ、顔を作るのに一時間以上かかるのだ。

部屋に戻ると、わたしは隅っこで一人膝を抱えた。

……相楽くんって……結局わたしのこと、どう思ってるのかな……？

考えれば考えるほど、不安が募ってくる。おそらく嫌われてはいない、と思うけど。好かれているかというと、今ひとつ確証が持てないのだ。

強固なおひとりさま主義を掲げていた彼が、本当にわたしと一緒にいてくれるのか、彼にそのつもりがあるのか知りたい。わたしたちの関係にちゃんと名前をつけて、安心したい。

……こうなったら、わたしがもっともっともっと、頑張るしかない！

今までのわたしだったら、何もできずに諦めていただろうけど――今のわたしには、化粧という武器がある。

顔を洗ってスキンケアをして、とびきり気合いを入れてメイクをしたわたしは、最後に薄い唇に口紅を引く。鮮やかに染まった唇の端を持ち上げて、鏡に向かって笑ってみせた。

◆◆◆

「相楽くん、こんばんは」

二十一時。バイトを終えて帰って来ると、オンボロアパートに不釣り合いなキラキラ美女が、俺の部屋へやって来た。こんな時間だというのにバッチリ化粧を施している。

「クリームシチュー、作ったの。よかったらどうぞ」

「あ、ああ。ありがと」

俺が差し出された鍋を受け取ると、七瀬は綺麗に微笑む。思わず見惚れてしまうほどの美しさだったけれど、ふにゃっと目が垂れる笑い方が恋しくなった。

そういえばここ最近、七瀬のすっぴんを見ていない。

以前までは帰宅したらすぐ化粧を落としていたようだったが、最近はいつ見ても化粧をしている。どことなく態度も他人行儀……というか、まったく隙がない、感じがする。この違和感はなんだろうかと考えて、ようやく思い至った。

ああ、そうか。これは俺が七瀬と知り合う前に大学で見かけた、キラキラモードの七瀬だ。

「じゃあね相楽くん、おやすみなさい！」

七瀬はスカートの裾を翻《ひるがえ》して、颯爽《さっそう》と自分の部屋へと戻って行く。その後ろ姿を見送りながら、どうしようもない不安に襲われた。

……なんか、前より距離広がってる気がするんだけど……。

名古屋での一件を経て、俺は七瀬と向き合う覚悟を決めた。俺は七瀬が好きで、一緒にいたい。おそらくその気持ちは、彼女に伝わっている……と思う。

しかし七瀬は、今でも俺のことを好きでいてくれているのか？

七瀬が俺のことを好きだと言ってくれたのは、もう二カ月も前のことだ。たかが二カ月、という気もしなくもないが、木南《きなみ》はその間に彼女と別れ、別の女と付き合い、また元の彼女とヨリを戻したらしい。リア充は、俺とは違う時間の流れで生きているのだろうか。

……というか。あんな振り方しといて、いまさら好きとか言うの、最低すぎねえ？　万が一、七瀬に「えっ⁉　もう、とっくに終わったことだと思ってたよ！　今はわたしも、他に好きな人いるし！」とか言われたら、もう自害するしかない。想像だけで苦しくなって、喉を掻きむしりたくなった。もしタイムマシンがあったら、あのとき七瀬を振った自分を、助走つけてブン殴ってやるのに。

「相楽くん、一緒にお昼食べよう」

金曜日のゼミが終わった後、七瀬が俺に声をかけてきた。

七瀬と俺が連れ立って研究室を出ても、誰も好奇の視線を向けてこない。俺たちが一緒にいることも、ゼミの連中にとっては、もはや当たり前の光景になっていた。

「今日ね、相楽くんの分もお弁当作ったの。唐揚げ入ってるよ！」

そう言った七瀬のことを、すれ違った男どもがチラ見していく。隣を歩くのに気後れしてしまうほど、完全無欠の美人だ。

そう、ここ最近はいろいろあって忘れかけていたが――化粧を施した七瀬はもともと、俺とは別世界のキラキラ美女なのである。

噴水広場を横切ったところで、須藤と北條がベンチに座っているのを見つけた。七瀬に気付いた須藤が、「ハルコー！」とぶんぶん手を振ってくる。

「なんや、また二人一緒におるやん。仲良いなー」

俺と七瀬を交互に見た北條が、にやにやとからかってくる。俺はそっぽを向いて「うるさい」と言った。おまえらだって、最近よく一緒にいるだろうが。

「そういや、気になってたんやけど」

「なんだよ」

「結局、相楽と七瀬って、付き合ってんの？」

北條の問いに、ほんの一瞬、緊張が走った。

……この男は、へらへら笑いながら、微妙なところを容赦なく突っ込んでくる。そんなの、俺が訊きたい。あのー七瀬さん、ぶっちゃけ俺たちって、付き合ってるんですかね？

当然そんなことを言えるわけもなく、俺は「あー……」と口籠《ご》もる。チラリと隣の七瀬に目をやると、彼女はニッコリ笑って言った。

「ううん！　付き合ってないよ！」

……そんなにはっきり、言わなくてもいいだろ……。

満面の笑みとともに繰り出された言葉は、俺をぐさりと突き刺した。

七瀬は平然とした顔で、「早くしないとお昼休み終わっちゃう！」と言って、軽《かろ》やかな足取りで歩いていく。その場に残された俺は、茫然《ぼうぜん》と立ち尽くすことしかできない。

「なになに？　相楽、フラれた？　かわいそーに」

「ふん、いい気味やわ。もっと痛い目みたらええねん」

北條と須藤が、落ち込んでいる俺に追い打ちをかける。俺はどんどん小さくなっていく七瀬の背中を、小走りで追いかけた。


六号館の空き教室に移動した俺たちは、二人で向かい合って弁当を食べていた。

七瀬の作った唐揚げは、相変わらず文句なしに美味い。が、今の俺はそれをゆっくり味わうどころではなかった。

目の前で卵焼きを食べている七瀬に向かって、俺は恐る恐る口を開く。

「……その、七瀬。さっきの……ことなんだけど」

「あ。そういえば、さっちゃんと北條くん、とうとう付き合い始めたらしいよ！」

「えっと、いや。あいつらのことは、わりとどうでもよくて……」

今直面している重大な問題は、北條と須藤ではなく、俺と七瀬のことである。

なあ七瀬。おまえ、まだ俺のこと好き？

そんなことをうっかり口に出しかけて、いや何様のつもりだよ、と飲み込んだ。とはいえ、どうやって七瀬の気持ちを確認すればいいのか、わからない。

一人でうんうん唸《うな》っていると、七瀬が口角を上げて、ニコッと笑みを浮かべた。

「相楽くん、わたしね。薔薇色の大学生活を目指してるの」

「……知ってる」

「だから、もし誰かとお付き合いするなら、とびきりロマンチックなシチュエーションで、好きな男の子から告白されたいなあ」

そう言った七瀬の瞳は、キラキラと輝いている。期待に満ちた目を向けられた俺の背中に、嫌な汗が流れた。

こ、これはもしかして……待たれている、のか……!?

しかし、簡単に言ってくれる。〝ロマンチック〟だなんて、あまりにも自分から程遠い単語だ。まずは辞書を引いて、きちんと意味を調べるところから始めなければならない。

俺は居住まいを正し、改まった口調で七瀬に尋ねた。

「……七瀬さん。その、参考までに、聞かせていただきたいんですが」

「はい、なんでしょう相楽くん」

「……ろ、ロマンチックなシチュエーション、って、どんな？」

七瀬は頬を染めると、ややあざとい仕草で小首を傾《かし》げ、耳元に顔を寄せてきた。そのまま、耳に唇がくっつきそうな距離で、囁いてくる。

「おしえてあげない」

「え」

「……好きな人が自分のために、一生懸命考えてくれるのが、一番嬉しいの」

耳元をくすぐる吐息は甘く、心臓が止まるかと思った。小悪魔めいた笑みに、頭がくらくらする。漂ってくる七瀬の香りに浮かされたように、俺は馬鹿みたいに「はい」と頷いていた。

◇◇◇

「ああ……どうしよう……絶対、やりすぎた……」

温かいミルクティーのカップを持ち上げたわたしは、はあ、と深い溜め息をついた。目の前に座っているさっちゃんは、涼しい顔で「いやいや、そんなことないやろ」と言って、チーズケーキを頰張《ほおば》る。

授業が終わるなり、さっちゃんが「今すぐ甘いもの食べへんと死ぬ」と駄々を捏ねたので、わたしはさっちゃんと北條くんと三人で、大学の近くにあるカフェにやって来た。「わたしがいるとお邪魔なんじゃ」と遠慮しかけたけれど、さっちゃんは「邪魔なんは博紀の方やから」とばっさり切り捨てていた。

「さっちゃん。やっぱり、わたしには向いてないよ……絶対、変に思われたあ……」

「何言うてんの！　ああいうタイプは、やりすぎなぐらいでちょうどええねん」

さっちゃんの指南により〝いい女モードで相楽くんをドキドキさせよう〟大作戦を決行したわたしだったけれど、やっぱりやるんじゃなかった、と後悔していた。自分の行動と、唖然《あぜん》とした相楽くんの顔を思い出して、その場で悶えたくなる。好きな男の子から告白してほしいの、なんて、誘い受けにもほどがある。とんだ小悪魔気取りだ。

「よし、今度はボディタッチ作戦でいこう。太腿《ふともも》あたりをさりげなく触るといいらしいで」

さっちゃんの提案に、思わずヒィッと声が出た。そんな勇気があったら、わたしはとっくに薔薇色の大学生活を手に入れているだろう。

「で、できるわけないよ、そんなの！」

「できない、ちゃうねん、やるねん！　気合いと根性！」

「じ、自分は絶対そんなことしないくせに！　そこまで言うなら、さっちゃんもやってよ！」

「はぁー!?　あたしがそんなこと、するわけないやんか」

わたしはがっくり項垂れた。ううっ、ひどい。これ絶対面白がってるよね……。

さっちゃんの隣でコーヒーを飲んでいた北條くんが、にやにやしながら口を挟んできた。

「ボディタッチで誘惑、してくれてもええんやけど？」

「絶対嫌。てか、なんでいんの。あたし、今日はハルコとデートなんやけど？」

隣に座る北條くんを、さっちゃんはジロリと睨みつける。北條くんにこんな態度を取れる女の子は、さっちゃんぐらいだろう。仲が良いなあ、と微笑ましく感じる。

「てか相楽の奴、いつまでウダウダしてるつもりなんやろ！　こんなにハルコが頑張ってるんやから、いい加減に観念すればええのに」

「さっきは『もっと痛い目見たらええねんざまあ』とか言うてたくせに。ブレブレやんけ」

「そりゃ、あたしは未だに相楽のこと認めてへんけど。でも、ハルコが相楽がいいって言うんやから、しゃあないやん。あたしは、ハルコが幸せやったらそれでええの」

「えっ。さっちゃん、面白がってるだけじゃなかったんだ……」

わたしの言葉に、さっちゃんは「アホ」と言って、わたしの額を軽く弾《はじ》いてきた。それからお互い顔を見合わせて、笑ってしまう。

面白がっているのも本当なんだろうけど、さっちゃんがわたしのことを心配して、心の底から応援してくれていることを、わたしはちゃんとわかっている。友達がいるっていいな、といまさらのように心があったかくなった。

「とにかく、ハルコから折れたらあかんで。恋愛なんて、主導権握られたら負けなんやから」

「う、うん……が、頑張ってみる！」

「さすが、折れた側の人間の言葉は重みが違うな」

北條くんが茶化すように言うと、さっちゃんは「うるさい！」と真っ赤になった。なるほど、どうやらこの二人に関しては、北條くんが主導権を握っているらしい。さっちゃんには申し訳ないけれど、わたしはこっそり笑ってしまった。

◆◆◆

三限の授業が予想外に休講になってしまったため、俺は研究室で一人勉強をしていた。集中力が途切れたタイミングで、七瀬の言葉が頭をよぎって、ふいに手を止める。

――もし誰かとお付き合いするなら、とびきりロマンチックなシチュエーションで、好きな男の子から告白されたいなあ。

俺はかれこれ一週間ほど、七瀬の発言に頭を悩ませていた。ただでさえ試験勉強とバイトで手一杯なのに、これ以上悩みの種を増やしてどうする。恋愛するって大変だ。恋人をとっかえひっかえしている人間のキャパシティは、一体どうなっているのだろうか。

七瀬が本来望んでいた〝素敵な彼氏〟ならば、こんなに悩まずとも、彼女を喜ばせることができるのだろう。そもそも俺は、七瀬の隣に並ぶのに、相応《ふさわ》しい男なのか?

最初こそ危なっかしかった七瀬だが、今はずいぶんと社交的になったものだと思う。おそらく彼女は俺がいなくても、薔薇色の大学生活を実現させるのだろう。ひた隠しにしていた素顔がバレた今、彼女が〝ありのままの自分〟をさらけ出せるのは、もはや俺だけではない。俺の役目は、もうとっくに終わっているのだ。

……そんな俺が、本当に……彼女の隣にいて、いいのだろうか。

机に突っ伏して頭を抱えていると、背後から「あ」という声が聞こえてきた。

「相楽。何してんの？」

振り向くと、須藤が立っていた。怪訝そうな目つきで、こちらを見ている。

「……あー。べ、勉強？」

「そんな風には見えへんけど」

須藤は呆れたように言うと、机の上に置かれたポーチを鞄に入れる。どうやら、忘れ物を取りに来ただけだったらしい。

立ち去ろうとする須藤の後ろ姿に向かって、俺は「なあ」と声をかけていた。

「……須藤、北條と付き合ってんだって？」

須藤は素早く瞬きをした。俺が話しかけてきたことが、意外だったのだろう。

「ハルコから聞いたん？　別に、隠してへんからいいんやけど」

「……おまえ、ずっと北條の気持ち知ってて、無視してただろ。どういう心境の変化？」

「急に何？　珍しく、めっちゃ突っ込んでくるやん」

須藤は肩を竦めると、椅子を引いて俺の正面に座る。頬杖《ほおづえ》をついて、淡々と話し始めた。

「あたし。モテる男と付き合うの、嫌やってん。周りのやっかみとか、いろいろめんどいやん。

そんなリスク背負い込んでまで、付き合うメリットある？　と思てて」

その気持ちはちょっと、わかる気がする。

「でもそれって結局、自分が傷つきたくなくてビビってるだけやな、って気が付いて。よく考えたら、博紀があたし以外の女と付き合うの、絶対嫌やし。それなら腹括《くく》って、周りを敵に回す覚悟するべきやろ」

そこまで言って、さすがにちょっと照れたのか、須藤は頬を赤らめて「はい！　もうこの話終わり！」と打ち切った。

須藤の話を聞いて、俺は彼女に対し、親近感にも近いような感情を覚えた。

傷つくのが怖くて、自分の本当の気持ちから逃げて、相手の気持ちを受け入れられなかった。そういうところは、俺も須藤も同じだ。

それでも須藤は、自分が傷つく覚悟をして、北條と一緒にいることを選んだ。

「……おまえと俺って、ちょっと似てるのかもな……」

ぽつりと呟くと、須藤は露骨に顔を顰《しか》めた。それから、心底嫌そうな声を出す。

「はぁ～⁉　何言ってんの？　マジでやめて。最悪。死にたい」

……俺と一緒にされて嫌なのはわかったから、そんなゴキブリでも見るような目を向けるのはやめてくれ。さすがの俺も、ちょっと傷ついた。

「てか、あたしのことなんか気にしてる場合？　ハルコのこと、ちゃんとするつもりあんの？」

「そ、それは……」

「ハルコ普通にモテるし、愛想尽かされても知らんで。ま、あたし的にはハルコがもっといい男と付き合うなら、その方がいいと思ってるけど」

吐き捨てられた台詞は、想像以上の破壊力で俺にクリティカルヒットした。なんでこいつは、いつも的確に俺のことを刺していくんだ。

わかってるよ、そんなこと。みっともなくて情けない俺のことを、好きだと言ってくれた女の子のことを――もうこれ以上、待たせたくはない。


授業を終えて帰宅した後、俺は七瀬の部屋のインターホンを押した。「ちょ、ちょっと待って！」という声が聞こえて、五分ほどしてから、マスクをつけた七瀬が出てくる。

「……あれ、風邪？」

「う、ううん。今、すっぴんだから……」

七瀬はそう言って、恥ずかしそうに両手で目元を隠す。その瞬間、両手首を摑んで思い切り暴いてやりたい衝動が湧いてきたが、ぐっとこらえた。

「そ、そんなことより。急にどうしたの？」

「……あ。う、うん。えーと……し、試験終わったら、春休みだよな」

本題への前置きとして、自明の事実を口にしてしまった。七瀬は不思議そうに首を傾げている。俺はできるだけ自然に、と自分に言い聞かせながら、続けた。

「し、試験終わったら……どっか行こう」

七瀬が驚いたように、眼鏡の向こうの目を見開く。

「それって……二人で？」

俺は無言で頷いた。七瀬は今、何を考えているのだろう。大きなマスクのせいで表情がよくわからないので、不安になる。

「……うん。わたしも、行きたいな」

しばしの沈黙の後、七瀬がそう答えてくれた。俺は内心、ほっと胸を撫で下ろす。

「……ん。じゃあ、その、いろいろ……考えとく」

「ありがとう。楽しみにしてるね」

七瀬は目元を緩めると、「それじゃあ」と扉を閉めた。意外とそっけない反応に、にわかに不安が襲ってくる。……大丈夫、だよな？

落ち込みそうになる気分を無理やり浮上させて、俺はバイト前の腹ごしらえをすべく、三十円のうどんを茹《ゆ》で始めた。

◇◇◇

扉を閉めた瞬間、わたしはその場で高々と拳を突き上げた。

やった！　ついに、デートに誘われた‼

よく考えたらデートとは言われなかったな、と思ったけれど、二人きりで遊びに行くのだから、デートと言っても間違いないだろう。うん、そういうことにしておこう。

ウキウキが止まらなくて、何着て行こうかな、とクローゼットを開ける。すぐに、気が早すぎる、と閉めた。まだ先の話なのだから、試験が終わったらすぐ、新しい服を買いに行こう。

まさか相楽くんの方から、誘ってくれるなんて。さっちゃん直伝のいい女大作戦も、効果があったということなのだろうか。太腿にボディタッチは、できなかったけど……。

隣の部屋に気付かれないよう、静かに喜びを爆発《ばくはつ》させた後、ようやく少し冷静になった。

それと同時に、これが最後のチャンスかもしれないな、と考える。

ぱちんと両頬を叩いたわたしは、気持ちを切り替えて、途中だった試験勉強に取り掛かる。

相楽くんとのデートを万全のコンディションで迎えるためには、なんとしてでも最高評価を獲らなければならない。勉強にも恋にも、手を抜くつもりはないのだ。

◆◆◆

かくして無事に後期試験が終わり、春休みが始まった。俺は一人、四条河原町にあるファッションビルの前で、七瀬のことを待っている。

思えば京都に来てから、この界隈《かいわい》に足を踏み入れたことは数えるほどしかない。周囲の人間がやたらとキラキラしているように思えて、腰が引けてしまう。

……ええい、ビビってる場合か。俺は今日、七瀬に告白するんだぞ。

しかも、普通の告白では駄目だ。七瀬を満足させるような〝ロマンチックなシチュエーション〟を演出しなければならない。

俺はさんざん頭を悩ませ、苦渋の末にデートコースを絞り出した。まずは七瀬の好きそうな恋愛映画を観て、それから洒落《しゃれ》たカフェでタルトを食べて、鴨川の河川敷に並んで座って夕陽《ゆうひ》を見る。少し前の自分が聞いたら、泡を吹いて卒倒しそうな行程だ。

しかしこれも、七瀬に相応しい〝素敵な彼氏〟になるための一歩である。

落ち着かない気持ちで待っていると、横断歩道の反対側に、七瀬を見つけた。白っぽいワンピースの上から、見たことのないコートを羽織っている。あいつまた新しい服買ったな、とこっそり思う。彼女はバイト代のほとんどを、洋服代に費やしているのではないだろうか。

七瀬も俺に気付いたらしく、嬉しそうに手を振ってくる。俺は控えめに片手を上げて、ちょっとだけ手を振り返した。青信号になると同時に、七瀬が小走りに駆け寄ってきた。

「相楽くん、ごめんね！　待った？」

「いや、そんなに……」

そう答えた後で、あっと思った。こういう場面では、素敵な彼氏としては「今来たところ」と答えるのが正解なのではないか。実際は、十五分前からここで待っていたのだが。

しかし俺がモゴモゴしているうちに、七瀬はニッコリ笑って歩き出した。

「こういうの、なんだか新鮮！　隣に住んでたら、待ち合わせしないもんね」

「え、ああ、うん」

「相楽くんが映画観たいなんて、珍しいよね。一体どうしたの？」

「まあ、ちょっと……」

俺は返答を濁しつつ、ぎこちなく七瀬の手を取った。そうっと握りしめると、七瀬の頬が赤く染まる。ややあって、ぎゅっと手を強く握り返された。

そして俺は、彼女が望む薔薇色のデートを実現させるべく、気合いを入れて歩き出した。


……の、だが。そう簡単に、事は進まなかった。

昨夜は深夜まで働いていたせいか、二時間の上映時間の大半を、俺はほとんど眠って過ごした。映画館の椅子が、必要以上にフカフカなのも悪い。七瀬は「面白かったよ」と言っていたが、たぶん俺が寝ていたことに気付いていただろう。

次に訪れたタルトの店は、想像以上に混雑していた。三時間待ちってなんだよ、テーマパークのアトラクションじゃねえんだぞ。並ぶべきか悩んでいるうちに、七瀬が「わたし、クレープ食べたいなあ」と助け船を出してくれた。逆に気を遣わせてどうする。

その後、七瀬の希望でファッションビルに移動したときも、彼女が買おうかどうか悩んでいたアクセサリーの値段をこっそり確認して、愕然《がくぜん》とした。もし購入したら、俺は来月毎日そのへんの雑草を食べて過ごさなければならなくなるだろう。七瀬は「バイト代が出たら買おうかな」と言って、結局何も買わずに店を出た。

……俺、全然なんもできてねえじゃん……。

ここまでの俺は、どう考えても〝素敵な彼氏〟からは程遠い振る舞いである。

それに比べ、七瀬の立ち振る舞いはまさに完璧だった。俺の失敗にも笑ってくれて、優しくフォローしてくれる。どこにいても何をしていても楽しそうだし、行き先に困ったときは、さりげなく希望を伝えてくれる。ありがたかったが、もう少し呆れたり怒ったりしてくれてもいいのに、と思う。もしかすると、俺は七瀬に無理をさせているのではないだろうか。

がっくりと肩を落としながら四条大橋を渡り、階段を下りて河川敷に下りる。タイミングが遅かったのか、いつのまにか日は暮れており、太陽は山の向こうにすっかり隠れてしまっている。本当は、夕陽を見るはずだったのに。どこまでも予定通りにはいかない。

鴨川の河川敷には、この寒さのせいか少ないものの、カップルが一定の間隔を空けて座っていた。俺は七瀬に向かって、小さな声で「座る？」と尋ねる。

「え、いいの⁉　嬉しい！　座りたい！」

七瀬がそう言って表情を輝かせた瞬間、俺のくだらないポリシーなんて、大文字山の向こうに放り投げてしまった。俺はもう二度と、鴨川で等間隔に座るカップルを馬鹿にはしない。

俺と七瀬は、河川敷に並んで腰を下ろした。二月の夕べは、思っていたよりもうんと寒い。

「くしゅんっ」と小さなくしゃみをした七瀬に、俺は慌てる。

「わ、悪い。寒いよな」

「うん、ちょっとだけ」

自分が巻いていたマフラーを外して、七瀬の首にぐるぐると巻きつけた。彼女は黒いマフラーに顔を埋めて、「ありがとう」と微笑む。ただそれだけのことで、吹き抜ける風の冷たさなんて、少しも気にならなくなる。

「……七瀬。これ、あげる」

俺はショルダーバッグから取り出した紙袋を、七瀬に押しつけた。彼女はその袋に描かれたブランドのロゴに見覚えがあったのか、「あっ」と声をあげた。

「開けてもいい？」

俺が頷いたのを確認してから、七瀬は丁寧な手つきで包装を解いていく。中から出てきたのは、黒くて小さな筒――口紅だった。

一週間ほど前、百貨店で購入したものだ。なんでこんなに色の種類があるんだ、と眩暈がしそうになった。店員に七瀬の写真を見せて、似合いそうなものを購入した。「彼女へのプレゼントですか?」と尋ねられて、顔から火が出そうだった。

「可愛い! わたし、ここのブランド好きなの。ありがとう。大事に使うね」

本音はどうあれ、そう言ってもらえてホッとした。なにせ、自分のセンスほど信用できないものはないのだ。

どう贔屓目《ひいきめ》に見たところで、俺は周りから羨ましがられるような恋人ではない。俺と付き合ったところで、薔薇色には程遠いんじゃないかと思う。七瀬の望みを全《すべ》て満たしてくれるような男が、きっと他にたくさんいるだろう。

それでも俺は、これからもずっと、七瀬と一緒にいたかった。

穏やかに流れる川が、ゆらゆらと街灯の光を跳ね返している。無言でそれを眺めながら、どちらからともなく、手を重ね合わせた。二人の体温が少しずつ溶け合って、次第に同じ温度になっていく。

俺はまっすぐ、七瀬と向き合った。こちらを見つめる彼女の瞳は、まるで吸い込まれそうに澄み切っている。出逢ったばかりの頃は、眩しくて直視できなかったけれど。一年近くかけてようやく、彼女と向き合う覚悟ができた。もう、彼女の気持ちからも、自分の気持ちからも逃げるのはやめだ。今俺が伝えるべき言葉は、ひとつしかない。

「その、俺……七瀬のことが………す、好きだ」

……あ、くそ、つっかえた。

俺には気の利《き》いた台詞なんてちっとも思い浮かばないし、綺麗な夕陽もないし、真冬の鴨川はクソ寒い。勇気を振り絞った一世一代の告白は、ちっともかっこよく決まらなかった。

七瀬は大きく目を見開いた後、瞬きをして――ぽろっ、と涙を零《こぼ》した。

「⁉　え、う、うわ、ご、ごめん、七瀬！」

突然泣き出した七瀬に、俺は狼狽《うろた》える。

や、やっぱり、まずかった？　もうちょいかっこよく、言うべきだったか……？

慌ててハンカチの類を探したが、生憎《あいにく》そんなものは持っていない。大粒の涙がはらはらと頬を流れて、顎を伝って彼女のスカートに染みを作っていく。俺がオロオロしていると、瞳に涙をいっぱいに溜《た》めた七瀬が言った。

「うう、うれじい～……」

「え、え？」

「や、やっと、言ってくれたぁ……よがっだよぉ……」

七瀬はまるで小さな子どものように、えぐえぐとしゃくり上げている。

「わ、わたし……さ、相楽くんのこと、ぜ、ぜんぜん、諦められなくて……す、好きって、もう一回言いたかったけど、言えなくて……」

「七瀬……」

「だ、だから、相楽くんの方から、告白してもらうしかない、って、頑張って……うう、ほ、ほんとはすごく、不安だったの」

「……ごめん」

俺がはっきりしないせいで、七瀬のことを、こんなにも不安にさせていた。申し訳なさと愛《いと》おしさで、胸が締め付けられそうだ。目の前で泣きじゃくる彼女を、今すぐ抱きしめたくなる衝動を、ぐっと理性で押さえ込む。

「ぐすっ、うう、ど、どうしよう。お、お化粧落ちちゃう……が、頑張ったのに……」

七瀬の目元のラメはすっかり落ちて、涙が少し黒っぽくなっている。今俺の目の前で泣いている女の子は、彼女自身が憧れているような、キラキラ女子には程遠い。

それでも俺にとっては、世界で一番可愛い女の子だ。

俺は手を伸ばして、ぐずぐずと泣いている七瀬の頬を軽く拭ってやった。

「大丈夫だよ。俺の前では、そのままの七瀬でいい」

「……ほ、ほんとに？」

「……頑張ってる七瀬のこと、その、す、好きだけど……俺の前で、無理しなくてもいいから。七瀬が自然体で本音言えて、笑ってる方が、俺は嬉しい」

ぐすんと洟《はな》を啜った七瀬が、ふにゃ、と気の抜けた笑みを浮かべた。涙でドロドロになっていても、完璧に口角が上がっていなくても。そういう笑顔が、一番魅力的だと思う。

「……じゃあ、ひとつだけ。本音、言わせて」

俺は「何?」と尋ねる。拗《す》ねたように唇を尖《とが》らせた七瀬が、囁いてきた。

「……わたし、いっぱい傷ついたの。あと百回ぐらい好きって言ってくれないと、ゆるさない。ちゃんと、わたしが安心できるまで、わからせてほしい」

たしかに、それはそうだ。俺はこれから全力で、彼女への罪滅ぼしをしなければならない。

「……わかった」

俺はそう言って、七瀬の華奢な手首を、緩く摑んで引く。驚いたように目を丸くした彼女に、少しずつ顔を近付けていった。唇が触れ合うギリギリのところで、「まって」と言った七瀬のてのひらが、俺の口元を覆う。俺はやや焦《じ》れて、彼女の手を引き剝がした。

「何? わからせてほしい、って言ったの、おまえだろ」

「な、何するつもり、なの?」

「……恋人同士でしか、できないこと」

途端に、七瀬の顔が真っ赤に染まる。俺の顔も、たぶん同じぐらい赤い。

彼女はキョロキョロと周囲を確認した後、覚悟を決めたように、ぎゅっと目を閉じた。

口紅で覆われた薔薇色の唇に、自らのそれを不器用に押しつける。触れ合っていたのはほんの一瞬で、すぐに離れた。

「……わかった?」

「……まだ、わかんない」

至近距離で尋ねると、七瀬はそう答えた。誘うように瞼《まぶた》を下ろした彼女に引き寄せられるように、まだぎこちない二回目のキスをする。もういっかい、と囁かれるたびに、唇を重ねる。七瀬に俺の気持ちが余すことなく伝わった頃には、彼女の唇の薔薇色は、もうすっかり落ちてしまっていた。

終章　君とまた迎える春

「おい、いつまで化粧してんだよ。もういいだろ」

巨大なメイクボックスを広げて、真剣な表情で鏡に向かう背中に向かって、俺《おれ》は耐えきれず声をかけた。こちらを振り向いた七瀬《ななせ》は、眉《まゆ》をつり上げて睨《にら》みつけてくる。

「全然、よくない！　まだ八合目！」

「ええ……集合時間、間に合わないぞ。そのままでも充分……」

「絶対ダメ！　相楽《さがら》くんが素顔のままのわたしを可愛《かわい》いって思ってくれるのは嬉《うれ》しいけど、それとこれとは話が別なの！」

七瀬はそう言って、再び鏡の前に向き直る。なんだかよくわからない粉を顔にはたいているのを眺めながら、あと何分後に出発できるんだ、と溜《た》め息《いき》をついた。


俺が七瀬に告白してから、一カ月が経《た》った。

正直言って、七瀬が憧《あこが》れていた〝素敵な彼氏〟がやれているかと言われると、そうでもない。俺は相変わらずバイトづくめで、金もなければ愛想もない、つまらない男だ。

　今日から三日間、俺たちが所属しているゼミの親睦《しんぼく》旅行がある。どうするか悩んだのだが、結局参加することにした。須藤《すどう》には「やっぱハルコが誘ったら来るんやな」と呆《あき》れられ、北條《ほうじょう》は「いやいや、相楽って意外と付き合い良いから」と笑っていた。

「夜通し猥談《わいだん》しようぜ！」などと言っていた木南《きなみ》はともかく、実のところ俺は、あいつらと過ごす時間が、そんなに嫌いではないのだ。


　七瀬の化粧が終わったのは、それから二十分後のことだった。明るいピンク色の口紅を引いた七瀬が、「お待たせ！」と笑いかけてくる。俺がプレゼントした口紅だ、と気が付いて、くすぐったいような気分になった。

「どう？　可愛い？」

　そう言って小首を傾げた七瀬は、誰《だれ》にも文句のつけようがないぐらい、可愛かった。素直に「うん」と頷《うなず》くと、嬉しそうに目を細める。

「よかった。やっぱり、いつでも可愛いわたしでいたいもん」

　七瀬は周りに素顔がバレた今でも、化粧をやめることはない。いつだって可愛い自分でいたい、と言って、素顔を覆《おお》い隠して着飾っている。それが彼女の鎧《よろい》であり、武器だからだ。

　俺はそういう七瀬が、一番可愛いと思う。顔の造形云々《うんぬん》よりも、可愛くあろうと努力している姿勢が、キラキラと輝いているのだ。

しかし俺は素面の状態で、「そういうところが可愛いよ」と言えるような男ではない。七瀬に告白したときの根性は、一体どこに消えてしまったのだろうか。「あ、そう」と答える声は、自分でもうんざりするほどそっけない。

「……よし、準備できた！　じゃあ、行こっか！」

さんざん悩んで、アクセサリーを選んだ七瀬は、そう言って俺の腕を引いた。部屋の外に出ると、カンカン、と音を立ててアパートの階段を下りていく。

◇◇◇

淡い色をした空に太陽が輝き、柔らかな日差しが注《そそ》いでいる。まだ二月だというのに、今日はまるで春を先取りしたような暖かさだ。わたしは鼻歌を歌いながら、思わずスキップをしてしまった。そんなわたしを見て、相楽くんが苦笑する。

「ゼミ旅行、楽しみだなあ！　こういうのなんかいいよね、青春っぽい！」

「青春、ねえ……」

わたしが言うと、相楽くんはつまらなさそうな顔で呟《つぶや》いた。相変わらず、〝青春〟をちょっと小馬鹿《こばか》にしたような態度だ。おひとりさま主義を（一応）脱したはずの彼だけれど、やっぱりちょっと、ひねくれている。少なからず、変化の兆しは見えるのだけれど。

「わたしね、友達とお泊まりして恋バナするのが夢だったの！　ふふ、楽しみだなあ」

「恋バナって、俺の話するつもり？　絶対、須藤にボロカス言われるじゃねえか……」

相楽くんは、やや憂鬱《ゆううつ》そうに眉を寄せる。どうやら彼は、さっちゃんを恐れているみたいだ。なんだかんだ言って、二人は結構似たもの同士だと思うけど、そんなことを口に出したら、さっちゃんに怒られてしまうかもしれない。

「大学の春休み、長くて嬉しいなあ。今度、バイト先の先輩たちとドライブするの。あっ、このないだ知り合った文学部の子と、映画観に行くんだよ」

「へえ」

「ＬＩＮＥの登録人数、三十人超えたんだ！　えへへ、すごいでしょ」

相楽くんに向かって、ピースサインをしてみせると、彼は「頑張ったな」と優しい顔で笑ってくれた。友達百人、には程遠いし、まだまだ薔薇《ばら》色の大学生活と呼べるものではないけれど。わたしの未来は、結構明るいんじゃないか、と思うのだ。

「相楽くんとも……二人でいっぱい、いろんなところ行きたいな！　あっ、今度タルトのリベンジしようね！」

以前のデートでの失敗を思い出したのか、相楽くんが「うっ」と呟いて胸を押さえる。あのとき食べたクレープも美味《おい》しかったんだから、そんなに気にしなくてもいいのに。

「……わかった。今度はちゃんと予約しとく」

「わたし、ディズニーランドにも行きたいんだ！　一緒に耳付きカチューシャつけようね！」

「ええ……そ、それはちょっと勘弁してほしい……」

この期に及んで逃げ腰になるとは、往生際が悪い。乗り気ではない彼の顔を覗き込むと、わたしは口を開いた。

「相楽くん、わたしね」

◆◆◆

俺の顔を覗き込んだ七瀬が、ニッコリと笑う。鮮やかに色づいた唇が、綺麗《きれい》に弧を描く。

「相楽くん、わたしね。薔薇色の大学生活を送りたいの」

「知ってるよ」

「もちろん相楽くんも、協力してくれるんだよね？」

……七瀬の〝薔薇色〟に付き合うのは、なかなか骨が折れる。それでも俺は、面倒だとはちっとも感じなかった。

七瀬の世界は少しずつ広がっていて、俺の世界もまた、彼女と出逢《あ》ったことで広がりつつある。俺はもうそのことを、煩《わずら》わしいとは思わない。

俺は七瀬の左手を摑《つか》むと、さりげなく手を繋《つな》いだ。正面を向いたまま、早口で言う。

「協力、してやるけど……言っとくけど、おまえのためじゃないからな」

「え？」

「俺がおまえと一緒にいたいから、協力してやる」

そう言うと、七瀬は嬉しそうに頷いて、俺の手をきつく握りしめてくる。柔らかくて小さな手は、俺よりも体温が高くて温かい。

そのとき腕時計に視線を落とした七瀬が、「あ！」と大きな声をあげた。

「どうしよう！　次のバスに乗らないと、集合時間に間に合わないよ！」

「まじか。おまえがのんびり化粧してるから……」

やはり七瀬と一緒にいると、ちっとも予定通りにはいかない。それでも彼女に振り回される大学生活は、一人きりで過ごすよりも結構楽しいんじゃないか、と思うのだ。

「急ごう、相楽くん！」

「人の話聞けよ！」

そして俺たちはしっかりと手を繋いだまま、走り出した。

これは俺と彼女の、薔薇色には程遠い大学生活の物語である。

あとがき

はじめまして！　織島《おりじま》かのこと申します！　このたびは『嘘つきリップは恋で崩れる』をお手に取っていただき、誠にありがとうございます！

本作は第十五回ＧＡ文庫大賞にて《銀賞》を受賞した作品となります。元となった原稿は、私が初めて書いたオリジナルの小説であり、相楽《さがら》とハルコへの思い入れもひとしおだったので、こうして刊行に至り、たいへん感慨深いです。とっても嬉しい～!!

本作の改稿作業中にふと思い出したのですが、ハルコというキャラクターの着想のきっかけとなったのは、私が大学時代に書いた卒業論文でした。テーマは『女子大学生における化粧行動と対人能力の関係性について』。論文の出来は、それはもう酷いもので、教授から「もっともらしくまとめているが、結局〝何もわからないことがわかった〟としか書いてない」とこき下ろされて涙目になったのですが、なんとか卒業はさせてもらえました。当時は「無益なものを書いてしまった……」と落ち込んだものですが、あれが『嘘つきリップ』誕生のきっかけになったのなら、それなりに意味があったのかもしれません……。

それでは、謝辞を。

素晴らしいイラストでキャラクターに新たな命を吹き込んでくださった、ただのゆきこ先生。どれも本当に素敵で、いただくたびに感動してました……！　美しく可愛らしいイラストの数々、ありがとうございます！　カバーイラストを最初にいただいたとき、ハルコのキラキラの瞳に吸い込まれそうになり、数分じっと見つめ合っていました。今でも定期的に見つめ合います。お、俺のハルコ……（相楽のです）。

執筆当時から私を支えて見守ってくれて、受賞時にお祝いをしてくれた友人たち。Ｗｅｂ掲載時から応援してくれた読者の皆さま。ここまでこれたのも、当時読んでくれた方たちのおかげです！　ありがとうございました！

ＧＡ文庫大賞の選考に携わっていただいたＧＡ文庫編集部の皆さま、この本の出版に携わってくださった皆さまにも、この場を借りてお礼申し上げます。

担当編集のぬるさん。度重なる改稿作業を、苦悩しつつも非常に楽しく進めることができたのは、ぬるさんが作品の魂を大事にしてくださって、的確に道を示してくれたおかげです！　いろいろとご迷惑もおかけしましたが、今後ともよろしくお願いいたします！

サブ担当の檀浦《だんうら》さん！　大変可愛くて素敵でキャッチーなタイトルをつけていただき、ありがとうございます！　この作品は、檀浦さんなくしてはできませんでした……！

そして何より、この本を手に取ってくださった、そこのあなたに！　心の底から、ありがとうございます！　願わくば、また次巻でもお会いできますように！

織島かのこ

ファンレター、作品の
ご感想をお待ちしています

〈あて先〉

〒105－0001
東京都港区虎ノ門2-2-1 住友不動産虎ノ門タワー
SBクリエイティブ（株）
GA文庫編集部 気付

「織島かのこ先生」係
「ただのゆきこ先生」係

本書に関するご意見・ご感想は
右のQRコードよりお寄せください。

※アクセスの際や登録時に発生する通信費等はご負担ください。

https://ga.sbcr.jp/

嘘つきリップは恋で崩れる

発　行　　2024年1月31日　初版第一刷発行
著　者　　織島かのこ
発行人　　小川　淳

発行所　　SBクリエイティブ株式会社
〒105-0001
東京都港区虎ノ門2-2-1 住友不動産虎ノ門タワー
電話　03−5549−1201
03−5549−1167（編集）

装　丁　　AFTERGLOW

印刷・製本　中央精版印刷株式会社

ISBN978-4-8156-2340-1
Printed in Japan
GA文庫

試読版は
こちら!

試読版は
こちら!